# 插图本
# 俄国文学史

刘文飞 编著

## 图书在版编目(CIP)数据

插图本俄国文学史 / 刘文飞编著. —北京：北京大学出版社, 2010.3
（插图本外国文学史系列）
ISBN 978-7-301-15048-1

Ⅰ. 插… Ⅱ. 刘… Ⅲ. 文学史-俄罗斯 Ⅳ. I512.09

中国版本图书馆 CIP 数据核字(2009)第 042590 号

| | |
|---|---|
| 书　　名： | 插图本俄国文学史 |
| 著作责任者： | 刘文飞　编著 |
| 责任编辑： | 张　冰 |
| 标准书号： | ISBN 978-7-301-15048-1/I·2095 |
| 出版发行： | 北京大学出版社 |
| 地　　址： | 北京市海淀区成府路 205 号　100871 |
| 网　　址： | http://www.pup.cn |
| 电　　话： | 邮购部 62752015　发行部 62750672 |
| | 编辑部 62767347　出版部 62754962 |
| 电子邮箱： | zbing@pup.pku.edu.cn |
| 印　刷　者： | 北京大学印刷厂 |
| 经　销　者： | 新华书店 |
| | 787 毫米×1092 毫米　16 开本　14.5 印张　300 千字 |
| | 2010 年 3 月第 1 版　2010 年 3 月第 1 次印刷 |
| 定　　价： | 45.00 元 |

未经许可，不得以任何方式复制或抄袭本书之部分或全部内容。
版权所有，侵权必究　举报电话：010-62752024
　　　　　　　　　　　　　电子邮箱：fd@pup.pku.edu.cn

# 前　言

　　研究俄国文学已近卅载，在感受其博大精深的同时，也时常觉察到她的神秘莫测，在俄国文学的发展过程中，至少有这么几个颇费思量的历史之"谜"：

　　首先，在世界民族文学之林中，俄国文学相对而言是一位迟到者，其历史不过千年，然而从19世纪中期开始它却后来居上，向世界贡献了大批的名家和名著，从而成为人类文学构成中最重要的组成部分之一。一个文明发端较晚、文化传统并不十分深厚的民族，何以突然以文字和文学见长？俄国文学在史诗《伊戈尔远征记》之后沉寂了许多个世纪，直到彼得改革后才开始亦步亦趋地模仿法、德、英、意等国的文学，可她为何能在短短的几十年之后就突然腾飞，成为欧洲，乃至世界的主流文学之一？俄国文学迅速崛起的内在逻辑性、亦即其原因和动力究竟何在呢？

　　其次，俄国文化中存在着一个有目共睹的"文学中心主义"现象，在俄国社会，至少是从普希金开始，作家从来就不仅仅是作家，而是集哲学家、政论家、思想家，甚至社会活动家等于一身的"百科全书式"人物，每个时代都会出现一位作为社会精神领袖、被视为民族良心的大作家；文学也不仅仅是文学，同时也是最重要的启蒙手段、思想武器和意识形态载体。与"文学政治化"相伴生的，也时常有某种有趣的"政治文学化"表现，如叶卡捷琳娜、托洛茨基、勃列日涅夫等人的"涉足"文学。俄国文学对戏剧、音乐、绘画、电影、舞蹈等领域的渗透和影响如此巨大，使得这些艺术门类往往沦为文学的跟班和侍女。这种"文学中心主义"的起源和意义何在？该如何理解它存在的合理性及其未来命运呢？

　　第三，近两个世纪以来的俄国文学呈现出某种爆炸式、跳跃式的发展态势，而始终不是一个循序渐进、平铺直叙的过程。普希金去世时，果戈理曾预言这样的天才要过两百年才能再出一个，不承想，在普希金之后不到50年的时间里，这样的"天才"却成群地诞生，构成世界文学星空的一个璀璨星团，形成了世界文学史中的第三高峰。托尔斯泰之后，俄国作家再次求学于法国象征主义等西欧现代文学流派，但在极短的时间里，他们便以"白银时代"的辉煌震撼了世界，他们为所谓的世纪末情绪寻找新的文学表现形式，在寻神的同时"创作生活"，将宗教存在主义的求真与社会人道主义的终极关怀相调和，对整个20世纪的西方现代主义文化产生了深远的影响。十月革命后的"新"文学如今虽然面临着截然不同的评价，但它毕竟产生出了高尔基、肖洛霍夫这样的大师。20世纪中期开始，在一统的社会主义现实主义文学遭到普遍质疑之后，根基深厚的"主流"文学，暗渡陈仓的"地下"文学和后现代文学，昂扬激越的持不同政见文学，花开墙外的侨民文学，众多的"次文学"既相互角力又相互补充，共同组成20世纪俄国文学的合唱队，并推出了索尔仁尼琴和布罗茨基这样的新经典。俄国文学这一次次气势磅礴的爆发，其核心驱动力大致是什么？这几个辉煌文学时代各自的特性以及它们相互之间的关系又是怎样的呢？

最后，俄国文学时常自觉或不自觉地陷入与权力、与政治的游戏之中，其幸运与不幸相互交织的悲喜剧也由此而来。从普希金的"诗人与沙皇"、"诗人和群氓"的对立，到布罗茨基的"诗与政治"、"个性与集体"的冲突，俄国文学始终体现出一种难以遏止的个性追求，一种强烈的知识分子情怀。俄国教会大分裂后，俄国文学中就开始有了所谓的"异教色彩"和"分裂派传统"；在俄国首倡讽刺文学的叶卡捷琳娜女皇，最终却不能容忍文学对她的讽刺；普希金与宫廷若即若离、对峙多于合作的微妙关系，后来成了19世纪大多数俄国作家推崇或心仪的姿态；在整个20世纪，革命和保守，正统和边缘，官方和地下，颂歌和异议，境内和境外，"我们的成就"和"古拉格群岛"等等，这些对立的统一始终贯穿在俄国文学之中。纵观俄国文学的历史，可以发现，文学和政治关系紧张的时候，往往也是俄国社会最为动荡的时候，而来自官方的压力却总是会导致文学的强力反弹。该如何认识俄国文学在塑造俄国知识分子性格方面所起的作用，反过来，俄国知识分子的在野立场又对俄国文学的性质和风格产生了什么样的影响？与政治和权力的博弈或调情，对于俄国文学来说究竟是福还是祸、是喜还是忧呢？

或许，这些问题本身就是相互关联的，它们纠缠起来，会合成一个更大、更复杂的谜。面对这样的问题，一本十来万字的小书，即便附有众多或旁证、或补充、或直观诠释的插图，也自然无法给出圆满的答案或谜底。笔者在此想做的，仅仅是给出一个关于俄国文学千年历史的简明索引和图示，以使更多的读者对俄国文学产生兴趣，并进而诱惑更多的人来加入我们关于俄国文学的猜谜游戏。

刘文飞<br>
2009-3-11<br>
于美国密歇根大学

# 目　录

第一章　19世纪之前的文学 …………………………………………… 1
　　第一节　史事歌和编年史 …………………………………………… 2
　　第二节　《伊戈尔远征记》 ………………………………………… 4
　　第三节　彼得改革时期的文学 ……………………………………… 6
　　第四节　古典主义 …………………………………………………… 8
　　第五节　叶卡捷琳娜与讽刺文学 …………………………………… 13
　　第六节　感伤主义和卡拉姆津 ……………………………………… 15

第二章　19世纪初期的文学 …………………………………………… 18
　　第一节　克雷洛夫 …………………………………………………… 19
　　第二节　浪漫主义 …………………………………………………… 21
　　第三节　格里鲍耶陀夫 ……………………………………………… 25

第三章　普希金 ………………………………………………………… 27
　　第一节　生平和创作 ………………………………………………… 28
　　第二节　创作主题和特色 …………………………………………… 31
　　第三节　普希金的意义 ……………………………………………… 35

第四章　19世纪中期的文学 …………………………………………… 38
　　第一节　莱蒙托夫 …………………………………………………… 39
　　第二节　自然派 ……………………………………………………… 42
　　第三节　果戈理 ……………………………………………………… 44
　　第四节　革命民主派批评 …………………………………………… 47
　　第五节　赫尔岑 ……………………………………………………… 51
　　第六节　丘特切夫 …………………………………………………… 53

第五章　19世纪下半期的文学 ………………………………………… 56
　　第一节　屠格涅夫 …………………………………………………… 57
　　第二节　冈察罗夫 …………………………………………………… 60

第三节　涅克拉索夫 ········· 62
　　第四节　奥斯特罗夫斯基 ····· 64
　　第五节　萨尔蒂科夫-谢德林 ··· 66
　　第六节　契诃夫 ··············· 68

第六章　陀思妥耶夫斯基 ········· 71
　　第一节　早期创作 ············· 72
　　第二节　两部"手记" ········· 73
　　第三节　《罪与罚》 ··········· 75
　　第四节　《群魔》 ············· 76
　　第五节　《卡拉马佐夫兄弟》 ··· 78

第七章　托尔斯泰 ··············· 80
　　第一节　"明亮的林中空地" ··· 81
　　第二节　《战争与和平》 ······· 83
　　第三节　《安娜·卡列尼娜》 ··· 85
　　第四节　《复活》 ············· 87
　　第五节　托尔斯泰的出走 ······· 89

第八章　白银时代的文学 ········· 92
　　第一节　白银时代 ············· 93
　　第二节　象征主义和勃洛克 ····· 95
　　第三节　阿克梅主义和阿赫马托娃 ··· 103
　　第四节　未来主义和马雅可夫斯基 ··· 108
　　第五节　布宁 ················· 112
　　第六节　茨维塔耶娃 ··········· 115
　　第七节　"新农民诗歌"和叶赛宁 ··· 119

第九章　十月革命后的文学 ······· 123
　　第一节　革命和文学 ··········· 124
　　第二节　20年代的文学团体 ····· 127
　　第三节　侨民文学 ············· 130

## 第十章　高尔基 … 132
第一节　一个现代文学神话 … 133
第二节　流浪汉小说 … 134
第三节　《海燕》和《母亲》 … 136
第四节　《忏悔》和造神论 … 137
第五节　《克里木·萨姆金的一生》 … 139

## 第十一章　苏维埃文学 … 141
第一节　"英雄"的诞生 … 142
第二节　社会主义现实主义 … 144
第三节　"劳动之歌"和"教育诗" … 146
第四节　卫国战争文学 … 150

## 第十二章　20世纪中叶的文学 … 155
第一节　解冻文学 … 156
第二节　普里什文 … 159
第三节　布尔加科夫和《大师与玛格丽特》 … 162
第四节　帕斯捷尔纳克 … 166
第五节　肖洛霍夫 … 168
第六节　"高声派"和"细语派"诗歌 … 170
第七节　战争文学的"新浪潮" … 173

## 第十三章　"停滞"时期的文学 … 176
第一节　"停滞"时期的文学生活 … 177
第二节　乡村散文 … 179
第三节　道德题材文学 … 180
第四节　西伯利亚文学作家群 … 183
第五节　战争文学的"第三浪潮" … 186
第六节　回归文学 … 189

## 第十四章　索尔仁尼琴 … 193
第一节　被逐的"先知" … 194
第二节　《伊万·杰尼索维奇的一天》 … 195
第三节　永恒的持不同政见者 … 196

## 第十五章　布罗茨基 …… 199

第一节　从"小于一"开始 …… 200
第二节　"悲伤与理智" …… 201
第三节　"文明的孩子" …… 204

## 第十六章　苏联解体后的文学 …… 206

第一节　"后苏联文学" …… 207
第二节　后现代文学 …… 209
第三节　当代女性文学 …… 212
第四节　佩列文 …… 221

# 第一章

## 19世纪之前的文学

## 第一节　史事歌和编年史

像世界上大多数民族一样，俄国最早的文学形式也是诗歌，而最早的诗歌形式则是所谓的"史事歌"（又译"壮士歌"、"武士歌"、"英雄歌谣"等）。这是俄国民间具有史诗性质的歌曲，主要内容就是对俄国历史上的英雄事件和英雄人物的歌颂。

史事歌最早出现在基辅罗斯，基辅罗斯于12世纪下半期开始衰落之后，史事歌逐渐传向西北方向，最后在诺夫哥罗德地区赢得繁荣，因此，俄国古代的史事歌有两个主要的分支，即基辅史事歌和诺夫哥罗德史事歌。史事歌中唱到的历史人物和传说英雄有上百个，但其中最为著名的有三位，即基辅史事歌中

史事歌中勇敢的武士伊里亚·穆拉梅茨
(18世纪70年代的俄国民间版画)

的伊里亚·穆拉梅茨和多勃雷宁·尼基季奇，诺夫哥罗德史事歌中的萨德阔。伊里亚·穆拉梅茨原是一位瘫痪的农夫，在喝下游方僧的蜜酒后站起身来，并获得超人的膂力，从此骑马征战，为俄罗斯民族斩妖除害。

在俄罗斯民族的形成时期，史事歌发挥了相当重要的历史作用：一方面，在地广人稀、冬季漫长的罗斯，它成了让人们聚集起来进行交流，围坐在一起享受精神愉悦的一种方式；另一方面，它也是俄罗斯先民借以重温往昔、增加民族凝聚力的重要手段，史事歌因而也就成了整个俄罗斯民族的历史记忆和文明积淀。

史事歌为一种无韵诗，篇幅一般不长，最常见的修辞手法就是复沓，其情节多建立在三次重复的基础上。这些最初是供歌手在古斯里琴伴奏下演唱的诗歌口口相传，世代延续，但如今已无人能够演唱，史事歌也从口头走向书面，从生活的现实需求变成了文学的研究对象。现今被收入各种选本的史事歌总共约3千首，其中的主题，即故事和人物，却仅有百余个。

# 第一章　19世纪之前的文学

作为俄国文学的源头，史事歌对后世的俄国文学和文化产生了深远的影响，俄国的作家、画家和音乐家们以史事歌中的人物和形象为素材所创作的作品，数不胜数，比如，普希金的《鲁斯兰与柳德米拉》、涅克拉索夫的《谁在俄罗斯能过好日子》、列夫·托尔斯泰的"民间故事"等，就是直接取材于史事歌的。

俄语中的"编年史"一词由"年代"和"书写"两个单词组合而成，也就是说，这是一种按照年代来记录历史事件的体裁。每一部编年史，都像是俄国历史之树上的一道年轮。

大约从11世纪起，初步具有民族自觉意识和历史感的俄罗斯人开始了编年史的写作和编纂。编年史的作者，大多为修道院的僧侣修士和王公身边的官吏。编年史是关于俄国历史事件的流水账，它是俄国早年历史的真实、客观的记忆，但同时，它也纪录下了当时俄国人关于生活的体验和思考，对于世界的观察和看法。编年史不仅仅被视为历史著作，因为除了编写者客观、冷静的记叙之外，其中还收录了各种历史文献、神话传说、圣徒行传和战争故事等等，这就使它成了俄国古代文化的集大成者。编年史是一种"开放的"体裁，它大多不具有统一的风格，似乎是由各种文体组合成的大拼盘，编年史作者往往首先是一个忠实的摘抄者，因此，俄国的编年史大多表现为"编年史合集"。编年史作者最喜欢使用的一个手法就是比较，他们在叙述中喜欢在远古寻找当代事件的"原型"，将身边的生活视为往事的"回声"，就在这样连续不断地对比之中，编年史借古喻今的教谕功能得到了体现。

现存最早的俄国编年史就是大约在1110—1113年间编纂成的《往年故事》，其作者据说是基辅洞穴修道院的僧人涅斯托尔。《往年故事》的题目是由后人加上去的，它取自这部编年史的第一句话："这就是

编年史作者涅斯托尔
(瓦斯涅佐夫作于1885—1893年间)

往年的故事,它叙述俄罗斯国家的来历,最初在基辅为王的人是谁……"这部编年史的内容十分丰富,记叙了罗斯与拜占庭的战争、留里克三兄弟的应邀入主罗斯、基辅洞穴修道院的历史、基辅罗斯王公们之间的纷争等等。这部优秀的编年史的内容和文字能使人感觉到,其作者不仅是一个历史往事的叙述者和记录者,他同时也是一个天才的历史学家、深刻的思想家和卓越的政论家。在后来出现的各种版本的俄国编年史合集中,这部编年史常常被放在篇首,因此,它又被称为《编年序史》。

## 第二节 《伊戈尔远征记》

《伊戈尔远征记》是耸立于俄国文学源头的一座丰碑,是俄国古代文学中最为重要的作品之一,它与法国的《罗兰之歌》、德国的《尼伯龙根之歌》和西班牙的《熙德之歌》一起被并称为欧洲中古的"四大英雄史诗"。

相对于其他三部英雄史诗,《伊戈尔远征记》发现较晚,它并不是从中古一直流传下来的,而是在18世纪末才被偶然发现。当时,莫斯科的收藏家穆辛–普希金在斯巴斯–雅罗斯拉夫尔修道院一位祭司处发现了一批16世纪的古代文献,其中就有一份《伊戈尔远征记》的抄本,1796年,这份抄本的抄本被呈献给叶卡捷琳娜二世,1800年,抄本被公开发表。可是,那份抄本的原件却在1812年的莫斯科大火中被焚毁了。偶然的发现过程,抄本原件的缺失,以及这部史诗在其创作年代的俄国文学史中的鹤立鸡群等,使得有人对这部史诗的真实性产生了怀疑,关于《伊戈尔远征记》之真伪的争论也从它被发现时一直持续到现在。但是,绝大多数俄国学者和文化人还是对这部史诗的历史真实性持完全肯定的态度的,在这方面,普希金的意见很有说服力:作品所使用的语言是任何一位18世纪或更晚的作者所无法创造出来的;作品中那种荡气回肠的史诗气魄、厚重的"古文献精神"、丰富而深刻的抒情诗意等,更是18世纪的俄国文学中所没有的。

《伊戈尔远征记》以俄国历史上的真实事件为描写对象:12世纪末,基辅罗斯出现封建割据局面,众多公国各自为政,因而遭到了南部游牧民族更多的侵袭。公元1184年,基辅大公率军征讨南方的波洛夫人(又译波洛伏齐人)获得胜利,次年,没能参加此次征讨的诺夫哥罗德–谢维尔斯基大公伊戈尔与兄弟子侄一起擅自发兵，攻打波洛夫人，结果惨遭失败。《伊戈尔远征记》再现的，就是罗斯历史上的这一悲剧事件。

全诗除序曲外大致可以划分为三个部分：序曲是史诗作者对"古代的夜莺"、伟大的歌手鲍扬的致词，同时也阐明了他写作史诗的动机和目的。正是因为诗中提到了鲍扬，再结合诗中写到的史实，研究者得以将史诗的写作时间确定在1185—1200年之间。至于史诗的作者到底是什么人，众说纷纭，虽然有史家如雷巴科夫等指出，其作者可能就是基辅的大贵族彼得·鲍里斯拉维奇，但这一说法至少还没有获得广泛的认同。

第一部分写伊戈尔的出征：尽管在出征前目睹了日蚀的凶兆，伊戈尔仍坚决发兵。有趣的是，据史家考证，俄国历史上的确发生过这次日蚀，时间在1185年5月1日下午3点25分，日蚀实际上发生在伊戈尔出征之后，但作者为了体现伊戈尔的决心和勇敢，同时也是为了加强诗中的悲剧意味，有意将日蚀的发生安排到了伊戈尔出征之前。顶着凶兆出征的伊戈尔，在与敌人的相遇中初战告捷，缴获甚丰，可次日早晨却遭到强大敌人的围攻，残酷的战斗持续了两日，伊戈尔全军覆灭，他和自己的兄弟、儿子和侄子都被波洛夫人俘虏。第二部分写基辅大公斯维雅托斯拉夫的"含泪的金言"。在基辅罗斯的历史上，斯维雅托斯拉夫并不是一个很有作为的大公，但史诗作者却将他塑造成一个罗斯团结的象征。在伊戈尔战败前夜，他做了一个"迷离的梦"，在获悉伊戈尔战

雅罗斯拉夫娜在普季夫尔城头哭诉 (法沃尔斯基为《伊戈尔远征记》所作插图)

败的消息之后,他噙着泪水,向整个罗斯道出了"金言"。他责备伊戈尔等为了个人的荣光擅自发兵,同时也谴责了众大公的见死不救以及诸侯们的内讧,"要知道,正是由于你们的内讧,暴力才从波洛夫人的国土上袭来"!大公进而号召俄罗斯人在异族的威胁面前统一起来,为国雪耻。史诗的这个中心部分,既可以说是基辅大公的"金言",也可以说是史诗作者自己的"金言"(在诗中,大公之言和作者的抒情插笔之间的界限也很不清晰),是作者通过这部史诗最想告诉给世人的话。

第三部分写伊戈尔的妻子在雅罗斯拉夫娜在普季夫尔城头的"哭诉"。这是全诗最优美的段落,体现了书面文学和民间文学的完美结合,雅罗斯拉夫娜也被视为俄国文学中第一个完美的女性形象。她在城头上哭诉:"光明的、闪亮的太阳啊!/你在爱抚所有的人,/可你为何要把那滚烫的光芒/投射在我夫君的武士们身上?/要在那干涸的原野里,/用干渴扭弯他们的弓,/用忧伤塞满他们的箭囊?"在雅罗斯拉夫娜之哭诉的感召下,伊戈尔终于逃出敌营,回到了罗斯,罗斯大地上的山川河流、草木鸟兽,都在热情地迎接伊戈尔的归来。这个明朗的结局冲淡了全诗的悲剧氛围,也在诗中强烈的政论激情中注入了抒情的韵味。

《伊戈尔远征记》是俄国文学史上一部不可多得的珍品,由于在这部史诗前后相当长的时间里都没有一部可以与其相提并论的杰作,它对于俄国文化所具有的意义就越发显得突出了。

## 第三节 彼得改革时期的文学

彼得一世(1672—1725),又称彼得大帝,他10岁即位(1682),7年后亲政,是俄国历史上最强势的沙皇之一。他在位期间竭尽全力发展军力,尤其是海军,并通过与土耳其、瑞典等国的战争在亚速、芬兰湾和里加湾等处获得出海口;在国家的发展模式上,他主张一切向西欧看齐,大到国家体制和教育体系,小到语言和服饰,决心让俄国迅速成为一个真正的欧洲强国;他竭力压缩教会的势力,积极发展商业,并在涅瓦河畔创建了新的都城彼得堡,极大地改变了俄国人的生活习惯。所有这些改革,必然会对包括文学在内的俄国文化产生巨大的影响。具体地看,彼得时期的文学主要体现出这样几个特征:

首先是文学的"西化"。彼得以西欧为榜样的激进改革，也落实在了文化生活的各个方面，如1700年1月1日采用新历，1703年创办第一份报纸《新闻报》，各类学校的创办，来自各个阶层的青年被派往西欧留学，法语等西欧语言在都市和上层社会中的通行，西欧的各种人才和专家纷纷涌入俄国等等。在这样的社会条件下，俄国的文化开始与西欧文学接轨，无论是就文学创作的内容和形式而言，还是从文学作品的接受方式和社会影响来看，都是这样。西欧的文学作品进入俄国，根据西欧的文学时尚编写的一些教谕小说和轻松诗歌也渐渐步入了大众的阅读视野。

其次是文学的世俗化。为了巩固中央集权制度，彼得对俄国东正教会实行打压，1721年的教会改革，更是明确地把神权置于君权的控制之下。教会的权力和社会影响的相对缩小，使得一直受到教会压制的世俗文学获得了空前的自由，随着私人印刷所的开办，各种通俗读物大量出现，尤其是其中那些鼓吹进取奋斗、情绪轻松乐观的小说，成为越来越多的贵族和市民茶余饭后阅读和谈论的对象，所谓的"传奇故事"和"爱情小诗"很是流行。世俗诗歌的繁荣，构成了文学世俗化的一个重要标志，在教会占据社会统治地位的中世纪，俄国诗歌的发展受到严重制约，直到彼得登基后的17世纪中后期，区别于民间诗歌和教会诗歌的世俗诗歌才获得了真正的发展。在俄国格律诗歌的发展中，西梅

彼得斥子（尼·盖作，1871年）

翁·波洛茨基（1629—1680）起到了一个奠基性的作用，他借鉴波兰诗歌的格律创建了俄语音节诗体。在彼得改革时期，特列季亚科夫斯基和罗蒙诺索夫又在西梅翁·波洛茨基的音节诗体的基础上加入重音因素，进一步制定出了音节—重音诗体，这一诗体一直被沿用至今。

最后是文学的功利化。文学不再被要求仅仅服务于宗教和教会，而且更要服务于政治和国家，在这一方面，政论体裁的兴盛具有某种代表性，当时最著名的政论作家就是费奥凡·普罗科波维奇（1681—1736）。毕业于基辅神学院的普罗科波维奇虽然是一位神职人员，却积极赞同彼得的改革，他写的一篇致彼得的欢迎词引起彼得的注意，因此被召到彼得身边，成为学者侍从团的首领，他将彼得改革称为"罗斯的再度受洗"，论证了彼得事业的历史合理性和必然性。

需要指出的是，在彼得改革时期，相对于其他领域，文学和文化的发展还是相对滞后的，因为，文化的发展不仅需要更多的时间，也需要更为坚实的积累。到彼得一世去世时的1725年，俄国还没有出现真正的文学大家，古典主义也是稍后在18世纪30—40年代才开始兴起的。也就是说，俄国历史上伟大的彼得时代，却并不是俄国文学史上的一个伟大时代，直到一百年之后，才由普希金在俄国文学中完成了彼得一世在俄国历史中完成的那种壮举。

## 第四节　古典主义

彼得的改革为古典主义在俄国的兴起奠定了社会基础，理性的精神、启蒙的目的和服务国家的志向，这样的文学追求与当时俄国的社会氛围恰好是吻合的。

文学史意义上的古典主义，最早产生于17世纪的法国，因将古希腊罗马的文化遗产奉为经典而得名。它以哲学上的唯理论为基础，认为世间的一切都包含着内在的规律，文学的目的就是去接近、呼应这些规律，艺术和美的原则是永恒不变的。因此，它在政治上拥护君主专制制度，强调个人及其情感对国家和理性的服从；在艺术上主张严谨的形式和风格，用庄重的体裁表现庄严的主题，史诗、悲剧和颂诗等"高级"体裁受到推崇，戏剧中的"三一律"成为必须遵守的法则，作品中的人物也多为一些具有理想色彩和献身精神的类型化形象。

俄国古典主义无疑是从西欧传入的,彼得的改革欲使俄国的一切都看齐西方,其中自然也包括文化和文学,法、德等外国语在俄国贵族阶层的普及,去除了俄国文化和西欧文化之间的屏障,从彼得时期起不断派往西欧的俄国留学生,有许多人在归国之后都开始了文学创作,这都为古典主义文学进入俄国铺平了道路。俄国古典主义与法国和西欧的古典主义文学基本相似,但是,俄国古典主义的出现毕竟稍晚,此时的西欧已经开始了启蒙运动,可以说,古典主义是和启蒙思想一起进入俄国的,这就使得俄国的古典主义与西欧的古典主义有了某些差异,其最为突出的两个特点,就是俄国古典主义诗人创作中较强的讽刺意味和抒情气质。这一时期的俄国诗人不仅采用所谓的"教谕诗歌"、"哲理抒情诗"和"颂诗"等标准的古典主义诗歌形式,同时也诉诸"讽刺诗"、"寓言"等"低级"体裁,因为他们肩负着改变世风、教育大众的社会使命;弘扬公民精神的"贺拉斯体诗歌"是俄国大多数古典主义诗人的热衷,但也有一些诗人如特列季亚科夫斯基等,偏好歌颂生活欢乐的"阿那克瑞翁体",因为他们还胸怀着抒写个性、张扬自由的时代义务。

从18世纪30年代到19世纪20年代,俄国古典主义经历了近一个世纪的发展过程,涌现出了康捷米尔、赫拉斯科夫、苏马罗科夫、特列季亚科夫斯基、罗蒙诺索夫、冯维辛等杰出的诗人和剧作家。

康捷米尔(1708—1744)是摩尔达维亚大贵族的后代,3岁就随父来到俄国,他虽然自称为"发展不久的科学之不成熟的果实",实际上却是一个很有修养的人,他精通多国外语,彼得的谋士普罗科波维奇、历史学家塔季舍夫等都是他的好友,他常年在伦敦、巴黎担任外交使节,与孟德斯鸠、伏尔泰等西欧文化名流都有交往。康捷米尔在俄国文学史上的地位,是由他的9篇讽刺诗所奠定的。康捷米尔说:"我所写的一切都出自公民的义务,我在抨击一切危害同胞的东西。"因此,虚伪、虚荣、懒惰、贪婪,甚至连贵族的寄生生活、社会的不公正,都成了他抨

康捷米尔(版画,作者不详)

击的对象。他的讽刺诗引起了民众广泛的关注，同时也招来了统治阶层的不满。他长期驻外，数次要求回国都未获准许，最后客死巴黎，他的经历被后来的文学史家们解释为一种特殊的流放。

康捷米尔之后，在彼得的女儿伊丽莎白·彼得罗夫娜当政时期的18世纪40—60年代，文坛上最重要的两位诗人是苏马罗科夫和罗蒙诺索夫，这两位诗人风格不同，苏马罗科夫的诗具有古典主义的"明晰和朴实"，罗蒙诺索夫的诗则比较复杂、华丽，但他们的诗都体现出了"对理性语言之教育作用的信仰"。苏马罗科夫（1717—1777）出生于大贵族家庭，是俄国贵族中全身心地投入文学和诗歌的第一人，他将文学视为教育贵族阶级、提升民族文明水平的重要途径，试图运用一切诗歌体裁来影响整个社会。俄国文学史家古科夫斯基曾说，苏马罗科夫"说他自己是俄国新文学的创建者，他绝对不是在自吹自擂"。他创办杂志，介绍西欧文学，同时创作了大量各类体裁的作品。苏马罗科夫在当时赢得了大量追随者，这些团结在莫斯科大学出版的一份题为《有益的消遣》杂志周围的年轻诗人，被称为"苏马罗科夫派"，由于这批诗人的头领是赫拉斯科夫（1733—1807），该派又被称为"赫拉斯科夫派"，其成员有瓦西里·迈科夫、阿列克赛·尔热夫斯基、伊波利特·鲍格丹诺维奇等。

罗蒙诺索夫（1711—1765）是俄国第一个"百科全书式的人物"，出身贫寒的他，完全依靠自己的努力抵达了那个时代科学和文化的顶峰。他生在俄国白海岸边一个文盲农民家庭，一位识字的邻居教他识字，激发起了他的求知欲望，19岁的他步行来到莫斯科，进了那里的斯拉夫—希腊—拉丁学院（即后来的莫斯科神学院），毕业时由于成绩优异，被选派到德国马尔堡大学留学（1736），5年后回国，之后毕生都在俄国科学院工作。罗蒙诺索夫在物理、化学、天文、冶金等方面都有科学建树，也是俄国历史上著名的思想家和哲学家，他在俄国文学中的地位，则是

罗蒙诺索夫

由他的诗歌创作和诗体改革所奠定的。罗蒙诺索夫的诗是典型的古典主义诗歌,受到伊丽莎白女皇恩宠的这位"宫廷第一诗人",每逢节日庆典都要献上一首颂诗,其诗形式华丽,情绪庄严,《伊丽莎白女皇登基日颂》是此类诗歌的代表作,由于每年都要写,题目相同,只好在题末注明"1742、1747"等字样以示区别。较之于其诗歌创作,罗蒙诺索夫在俄语诗体方面所做的改革,对于俄国诗歌之后的发展而言具有更为重大的意义。和世界上大多数民族的诗歌一样,俄语诗歌中也存在着格律诗和自由诗这两大种类的诗歌。俄国古代的口头诗歌大多是没有严格格律的"自由诗"。大约在17世纪中叶,西梅翁·波洛茨基根据波兰诗歌的特点为俄语诗歌制定了以音节多寡为基础的"音节诗律",并相应的写出了许多合乎规范的诗作,为俄语格律诗的发展奠定了一个基础。但是,由于俄语不像波兰语,其单词上的重音位置是不固定的,因此,从波兰引进的这一格律似乎不大适应俄语,于是,在1735年,与罗蒙诺索夫同时代的大诗人瓦西里·特列季亚科夫斯基(1703—1769)发表了《俄语诗歌简易新作法》一文,建议在俄语中采用注重重音的"重音诗律",即重音在诗行中的有规律分布。数年之后,罗蒙诺索夫在特列季亚科夫斯基理论的基础上进一步完善了俄语诗歌格律,他在《论俄文诗律书》中给出了一种最适合俄语表达习惯的诗体:重音—音节诗律,即在诗行中给予音节和重音以同样的考虑,从而使俄语诗歌格律更加科学、严密,同时也丰富了俄语诗歌的表现力。作为一位名垂俄国历史的人物,当今俄国城市的许多街道都以他的名字命名,根据他的倡议于1755年创办的莫斯科大学,也是以他的姓氏命名的。

戏剧是古典主义文学中最重要的体裁之一,而在18世纪下半期的俄国,冯维辛(1744或1745—1792)也许是最为杰出的剧作家。冯维辛有德国血统,他的姓氏过去常被写作"冯·维辛",直到1917年后才被按照俄国人的习惯写成"冯维辛"。冯维辛担任过当时的外交大臣潘宁的秘书,他与潘宁一同写作的《论国家必需之法律》(1782)一文,提出了限制君权、倚重贵族的政治思想,这篇被称为"潘宁政治遗嘱"的政论文,虽然长期遭到查禁,却被视为整个18世纪最重要的政治文献之一。冯维辛最重要的文学作品,就是《旅长》和《纨绔少年》这两部喜剧。《旅长》(1769)描写都市贵族的盲目崇外以及由此引起的种种滑稽场面,很具有朗诵才能的冯维辛,曾在彼得堡的沙龙中朗诵此

冯维辛在皇太子的沙龙里朗诵《旅长》

剧，一年后该剧又被搬上舞台，剧中的台词被人们广为传诵。《纨绔少年》（1782）写外省女地主普罗斯塔科娃想让突然获得大笔遗产的养女索菲娅嫁给自己的儿子米特罗凡（"纨绔子弟"就是指他），而索菲娅却在舅舅的帮助下最终嫁给了她所爱的青年米隆。通过这个爱情故事，冯维辛把启蒙贵族和保守贵族间的矛盾突出出来，进而展示并抨击了俄国农奴制的现实。冯维辛的戏剧遵从"三一律"等古典主义原则，人物无名无姓，或用"旧信仰"（索菲娅的舅舅斯塔罗杜姆）、"畜生"（普罗斯塔科娃的弟弟斯科季宁）等寓意化的姓氏，表现出了类型化的特征。但是，剧作家所表现出来的针砭现实的态度，却为后来的俄国批判现实主义文学开了先河。冯维辛的喜剧让人捧腹，他的戏剧语言机智幽默，但是，他的喜剧绝不是为了搞笑，而是在表达他因社会和人的不完善而生出的深刻忧伤。

杰尔查文（1743—1816）早年因为那部歌颂女皇的《费丽察颂》（1782）而博得叶卡捷琳娜的欢心，曾担任女皇的秘书。之后，在长达30余年的时间里，他一直被视为俄国诗坛的第一小提琴。他被公认为俄国古典主义文学的代表，但也有学者认为，这位"带着微笑向帝王谈论真理"的叶卡捷琳娜时代诗人，其诗歌中已经开始出现某些新东西，即后来被称为感伤主义和浪漫主义的诗歌基因，他的诗更具抒情性，形式上也更加自如一些，忧伤、痛苦、孤独等常常成为他的诗歌主题，他将康捷米尔的讽刺诗传统和罗蒙诺索夫的颂诗传统合为一体，同时扮演着宫廷歌手和公民诗人的双重角色，他的创作，构成了18—19世纪之交俄国文学之转折的一个标志。

杰尔查文肖像
（勃罗维科夫斯基作，1795年）

## 第五节 叶卡捷琳娜与讽刺文学

叶卡捷琳娜二世（1729—1796）是俄国历史上继彼得一世之后的又一个强势君主，她原是一个德国公主，十几岁时嫁到俄国皇室，1762年通过宫廷阴谋，"踏着她丈夫彼得三世的尸体"登上王位。这是一个伟大的君主，俄国的疆土在她在位期间得到拓展，克里米亚、北高加索、西乌克兰、白俄罗斯、立陶宛等地都是被她并入俄国的；这又是一个荒淫残暴的君主，对内实行专制统治，引发了一场接一场的农民起义。这是一个开明的君主，她试图将德、法等国的"文明"引入俄国，提升俄国的国民素质和教育水平；这又是一个附庸风雅的虚伪君主，她曾与法国的启蒙思想家通信，并邀请狄德罗访问俄国，结果双方都感到很失望，后来出面主张镇压法国革命的叶卡捷琳娜，被公认为"穿裙子的伪君子"。

叶卡捷琳娜对于俄国文学的贡献，首先就在于《万象》杂志的创办。为了改善社会风气、针砭各种恶习，为了向国内外显示自己的"开明"和"文明"，有时也是为了向自己的政敌发难，叶卡捷琳娜于1767年创办了《万象》。杂志的主编名义上是女皇的秘书科济茨基，实为女皇自己，她不仅挑选、审核作品，甚至还亲自撰写寓言、喜剧等讽刺作品。她还将自己的杂志称为"未来各

镜子前的叶卡捷琳娜二世
(埃里克森作,1779年)

种讽刺杂志的祖母"。在她的倡导下,俄国迅速涌现出7种讽刺杂志,出现了叶卡捷琳娜理想中的"杂志大合唱"。然而,情况的发展却渐渐脱离了她的控制。叶卡捷琳娜原本只主张"含笑的"讽刺,并规定了"微笑"讽刺作品的四条原则:(1)无论何时都不能将软弱称为恶习;(2)在任何场合都要保持爱心;(3)不要指望发现完善之人;(4)求上帝赐予我们温情和宽容。

这样的讽刺自然不是真正的讽刺,"祖母"的伪善很快就被"孙子们"猜透了。《这个那个》杂志的主编米哈伊尔·楚尔科夫写道:"你要矫正我们粗鲁的风习,你向我们证明,肚子饿的时候就要吃饭。你的哲学教导我们,如果一个人没有马,那么他就应该步行。"《什锦》杂志登过的一封来信中有这样一段话:"孙儿们比祖母更理智:在孙儿们身上我没有看到祖母身上的那些矛盾。祖母在无伤大雅的时候试图矫正恶习,而在关键时刻却又纵容这些恶习。"

在非官方的讽刺杂志中,最突出的就是由诺维科夫创办的《雄蜂》。尼古拉·诺维科夫(1744—1818)曾任宪法委员会秘书,一直很关注农民问题,倡导启蒙思想,他把写书、办杂志赚来的钱全都用于为穷人的孩子开办学校、在灾年赈济饥民等慈善事业上。创办《雄蜂》时,他从苏马罗科夫的寓言中挑选出"他们在工作,你们却在享用他们的劳动"这样一句话作为杂志的题辞,公开地亮出了杂志的倾向性。这份杂志经常刊登来自乡村的报道、书信,甚至医生的诊断书和各种文件,以揭露农奴主阶层对农奴们的压迫和剥削。《雄蜂》由于其公正的社会立场

讽刺杂志《雄蜂》的封面

和大胆的讽刺风格而享誉俄国,在1769年,它的订户达1440家,而《万象》却只有500家。

就这样,"含泪的"讽刺与愤怒的讽刺,官方的讽刺与在野的讽刺,标榜开明的讽刺与触犯禁忌的讽刺,这两种讽刺一直在进行着较量和对峙。1770年,专制君主叶卡捷琳娜终于失去了兴趣和耐心,宣布查封所有的讽刺杂志,还流放了诺维科夫,繁荣一时的俄国讽刺文学也就告一段落了。

叶卡捷琳娜以一种颇具"讽刺"意味的方式为俄国文学做出了贡献:一是开辟了俄国讽刺文学、女性文学的先河;二是掀开了俄国文学期刊和文学生活的第一页;三是使俄国初步与西欧的文学和文化风尚接轨。所有这些,也许是叶卡捷琳娜的无心插柳,但它毕竟构成了俄国文学史中一个很独特的时期。

## 第六节 感伤主义和卡拉姆津

在俄国文学史上,感伤主义是继古典主义之后兴起的又一个文学潮流,它和古典主义一样,也是从西欧传入俄国的。所谓"感伤",当时指的就是"心灵对周围世界的感受能力",显而易见,这是对讲究规则和禁欲的古典主义的反拨。西欧的感伤主义大约出现在18世纪50—60年代,其代表作是斯泰恩的《感伤的旅行》(1768)、卢梭的《新爱洛绮丝》(1761)、歌德的《少年维特之烦恼》(1774)等,这些小说名作与涤荡欧洲的启蒙主义思想相呼应,把情感的力量和地位推到了极端。该派文学家和思想家认为,拯救世界的不是理性而是情感,因为,富有情感的人也就富有同情心,世间的恶将因此而减少,以至消失。直到法国大革命失败,这种"情感的乌托邦"才宣告破产。俄国感伤主义的出现比西欧感伤主义要晚20年左右,约在18世纪70年代,其最重要的代表人物就是卡拉姆津(1766—1826)。

卡拉姆津少时所接受的教育并不"感伤",还有过短暂的从军经历,并一度接近共济会。1789—1790年间,卡拉姆津游历欧洲,归来后写成《一位俄国旅行者书信》,并发表在他自己创办的《莫斯

卡拉姆津肖像(维涅季阿诺夫作,1828年)

科杂志》上。这部作品的内容就是异域的所见所闻在一位敏感的俄国青年行者内心所引起的感触和思考，其主题可以概括为两句话："俄国就是欧洲。""俄国应该向欧洲看齐。"这部作品引起巨大反响，也在俄国引发了长达20余年的争论，支持俄国西化的人为之喝彩，而持相反立场的人则将其作者称为"学舌法国的鹦鹉"和"俄国的法国人"，据说，在拿破仑军队打进俄国后，曾有人冲着卡拉姆津大喊："瞧，您的朋友们来啦！"

  1792年，卡拉姆津发表了中篇小说《可怜的丽莎》，这是一部标准的感伤主义文学作品，是一部俄国版的《少年维特之烦恼》，只不过最后自杀的是女主角。小说的情节非常简单：乡村姑娘丽莎遭到贵族青年埃拉斯特的诱惑和抛弃，最后投水自尽。但是，作者在描写这个故事时所投入的真挚情感，在小说中所营造出的哀婉、抒情的氛围，通过两位主人公的爱情故事所凸显的"自然人"和"文明人"之间的相互对立等，却强烈地打动了当时的读者。在小说的结尾，作家这样写道："一个灵魂和肉体都很美丽的生命，就这样结束了。温柔的丽莎啊，当我们在新生中相遇的时候，我是能认出你来的！""人们把她葬在水塘边，葬在一棵忧郁的橡树下，还在她的墓上竖了一个木头十字架。在这里，我常常倚在安葬丽莎遗骸的土丘上，沉思着；水塘在我的眼前波光荡漾；树叶在我头上飒飒作响。"小说中丽莎的投水地点——莫斯科西蒙修道院附近的那个池塘，在小说发表后的数十年间一直是众多痴情的恋爱男女们的朝觐圣地。

  卡拉姆津不仅是一位出色的小说家，更是一位杰出的社会活动家和历史学家。他创办的《欧洲导报》被视为俄国的第一份政治杂志，他也被视为俄国第一位政治评论家。他将自己一生中的最后20余年都献给了《俄国国家史》的写作，这部洋洋十余卷的巨著，直到今天仍被视为俄国最权威的史学著作之一。这部史学著作同时也具有巨大的文学史意义：在语言上，它摆脱了俄国传统"编年史"的教会意味和"实录"性质；在内容上，它后来也成了从普希金到托尔斯泰的众多俄国作家频繁进入其间寻宝的题材宝库。

  今天，人们几乎将卡拉姆津和他的《可怜的丽莎》当成了俄国感伤主义的唯一代表。其实，在谈到俄国感伤主义时，至少有两个人不能不提。一是诗人穆拉维约夫（1757—1807），人们普遍认为，正是在穆拉维约夫的诗中，第一次出现了对抒情主人公内心世界、内在情感运动的描写。另一位俄国感伤主义的代表人物就是拉季舍夫（1749—1802）。在传统的俄国文学史中，拉季舍夫被定性为"俄国第一个知识分子革命家"，他那部因揭露农奴制俄国生活现实而遭到查禁的著作《从彼得堡到莫斯科旅行记》，以及普希金的"我追随拉季舍夫歌颂自由"的名句，都强化了拉季舍夫革命家的身份。然而，无论是从体裁（即旅行记）上看，还是就其强烈的同情心和伤感的情绪而言，拉季舍夫的《旅行记》都可以被视为一部感伤主义作品，只不过，他在一定程度上将其同情心政治化了，只不过，他的呼吁出现在叶卡捷琳娜统治晚期的专制制度下，因而招来了更为严酷的对待。

# 第二章

## 19世纪初期的文学

彼得堡夏园中的克雷洛夫纪念碑（克洛德作）

# 第一节 克雷洛夫

克雷洛夫（1769—1844）是俄国最著名的寓言作家，也是俄国第一个赢得世界性声望的作家，他的创作对格里鲍耶陀夫、普希金和果戈理等人产生了很直接的影响，为19世纪俄国文学的兴起做出了贡献。在他去世10年后的1855年，人们在彼得堡为他建立了一座纪念碑，这也是彼得堡的第一座作家纪念碑。在矗立于彼得堡夏园的这座纪念碑上，克雷洛夫手捧他那本著名的《寓言》，在给我们朗诵他那些生动、智慧的寓言故事，纪念碑基座上那些栩栩如生的克雷洛夫寓言中的动物，似乎也在和我们一起聆听。

克雷洛夫（布留洛夫作，1839）

克雷洛夫生在莫斯科，幼年时曾随从军的父亲在奥伦堡省的雅伊茨要塞居住，其间赶上普加乔夫起义，遭遇围困，这位"大尉的儿子"后来把这段经历告诉给普希金，对后者写作《大尉的女儿》提供了帮助。后来，克雷洛夫跟随大贵族里沃夫来到彼得堡，爱上戏剧，被当时著名的剧作家克尼亚日宁看中，写作了多部剧作，还创办过多种杂志，但后来由于冒犯权贵而被迫离开彼得堡，在俄国各地流浪了10多年，担任过家庭教师等职。1806年，克雷洛夫回到彼得堡，开始在都市的沙龙和贵族的客厅里朗诵自己编写的寓言，大受欢迎，甚至被邀请到皇宫去朗读。1809年，《克雷洛夫寓言集》出版。之后，这部寓言集每隔三四年就要再版一次，作者也不断地添加上寓言新作，该书初版时只有寓言20余篇，到克雷洛夫生前的最后一版，所收寓言已达两百多篇。

克雷洛夫的寓言既有惩恶扬善的主题，也有教谕劝诫的内容，既有同情弱者的人道精神，也有针砭现实的批评倾向。作者在《狼与小羊》中无奈地感慨道："在强者面前弱者总是有罪。"狼对可怜的小羊说："你的罪过就在于我想吃你。"人类社会和动物界一样，也永远存在着的"弱肉强食"的现象。在《大象当官》中，作者的嘲笑对象更是直接指向了当时的社会现实。

1812年卫国战争期间，克雷洛夫的寓言成了抗击拿破仑侵略的思想武器，赢得了俄罗斯人的广泛喜爱，其中的《乌鸦和母鸡》、《梭鱼和猫》、《狼落狗舍》等，更是脍炙人口的名篇。据说，克雷洛夫在写出《狼落狗舍》之后，没等到发表，就直接寄给了在前线的库图佐夫。这篇寓言说的是，一只狼把狗舍当作羊圈误闯进来，不得不向猎犬和猎人求情，白发苍苍的老猎人却深知豺狼的本性，让猎犬扑向那只狼。库图佐夫当着部下的面高声朗诵了这篇寓言，当他读到："你长着灰毛，朋友，我却生有白发，/你们这豺狼的本性我早已知道；/因此，我的习惯就是：/和豺狼绝不能讲和，/而要去把它们的皮剥掉。"这时，他摘下了头上的军帽，露出了自己花白的头发，顿时，俄军官兵们高呼"乌拉"，士气大振。

将克雷洛夫的寓言和伊索寓言、拉封丹寓言等欧洲寓言比较一下，不难看出，其中的许多主题都是相近的，克雷洛夫也的确翻译过拉封丹的寓言，无疑受到过一些启发。但是，克雷洛夫却被普希金称为"最具有民族性的诗人"，这是因为，克雷洛夫在他的寓言中融入了俄罗斯民族独特的思维习惯和价值判断，因此，在他在世的时候就有人评价说，他寓言中的熊是俄国的熊，母鸡是俄国的母鸡，狐狸是俄国的狐狸。克雷洛夫寓言的俄国味道，还来自其形式，克雷洛夫寓言是用诗体写成的，用俄语读起来朗朗上口，生动形象，与俄国人的阅读、记忆习惯很吻合，因此，他寓言的许多句子，如"狗的友谊"（指一根骨头就会引起分裂的不牢靠的友谊）、"杰米扬的鱼汤"（指东西虽好，过量了也会让人受不了）、"弱者在强者面前总是有罪"等，在俄国早已成了家喻户晓的名言。

## 第二节 浪漫主义

俄国文学中的浪漫主义同样是由西欧传入的,大约在19世纪20—30年代,德国耶拿学派、英国湖畔诗派的文学风格开始影响到俄国,启蒙主义思想的初步普及,使得人们日益注重个性的自由释放、情感的真诚表达和对自然的向往,此前俄国文学中所具有的体裁的规定性、语言的等级划分、文学内容上教会式和古典主义式的训诫和劝谕等,都被俄国文学界的有识之士视为俄国文学进一步发展的障碍。需要指出的是,俄国浪漫主义文学虽然是西欧浪漫主义文学直接影响的产物,但它在很短的时间里却获得了长足的发展,比如,果戈理的《狄康卡近乡夜话》是与雨果的《巴黎圣母院》同一年发表的(1831),拜伦去世的那一年(1824),普希金也已经登上了文坛,因此也许可以说,正是借助浪漫主义,俄国文学第一次真正地与西欧文学比肩而立,并驾齐驱了。

在俄国浪漫主义文学的发端处,站立着茹科夫斯基和巴丘什科夫这两位大诗人。茹科夫斯基(1783—1852)被别林斯基称为发现了"浪漫主义美洲"的"罗斯的文学家哥伦布",被公认为俄国第一个浪漫主义诗人。他的父亲是一位富裕地主,一度在女皇叶卡捷琳娜身边服务,但他的母亲萨里哈却是一位被俄国人俘虏过来的土耳其女子,身为私生子的茹科夫斯基(他的姓氏不来自其父布宁,而是随了一位寄居在他父亲家中的单身贵族的姓),自幼养成了一种敏感细腻、多愁善感的内向性格,这无疑也影响到了他之后的诗歌风格。在莫斯科大学附属寄宿中学学习时,茹科夫斯基就开始了诗歌创作,不久,他就开始在卡拉姆津主编的《欧洲导报》等报刊上发表诗作和译作,并在数年后替卡拉姆津主办这份杂志(卡拉姆津则将自己的主要精力投入了《俄国国家史》的写作),为巴丘什科夫、维亚泽姆斯基等浪漫主义诗人的成长创造了条件。茹科

茹科夫斯基像(基普连斯基作,1816年)

夫斯基可能是俄国文学史上最重要的翻译家之一，他先后翻译了包括荷马、歌德、席勒、拜伦、司各特、塞万提斯等人作品在内的大量西方名著，尤其是西欧的浪漫主义作品，因此曾被称为"西方浪漫主义的俄国回声"，为把浪漫主义从西欧引入俄国做出了巨大贡献。他的许多诗作都是对西欧作品的"改译"，但这些作品经过他的添加和渲染，却又成了地道的俄语作品。他关于翻译的一些言论，如"散文中的译者是作者的朋友，诗歌中的译者是作者的对手"等，一直流传至今。

　　1804—1806年间，茹科夫斯基应其同父异母的姐妹之邀成为她两个女儿的家庭教师，可他却爱上了自己的外甥女玛莎·普罗塔索娃，玛莎于1823年去世，这个无法实现的不幸爱情，为茹科夫斯基的一生投下了浓重的阴影，哀歌因而也成了其创作中最重要的体裁之一。1812年卫国战争期间，曾走上战场的茹科夫斯基创作出《俄国军营中的歌手》一诗，这首颂扬俄国和俄罗斯民族的诗歌不仅为他带来了巨大的声誉，还使他被皇室相中，成为太傅（1826年起担任皇子，即后来的亚历山大二世的老师），谨小慎微的茹科夫斯基，却利用这个位置设法帮助过许多遭难的文学家，如赫尔岑、谢甫琴科和普希金等。茹科夫斯基最重要的诗歌遗产，可能要数他的两部故事诗《柳德米拉》(1808)和《斯维特兰娜》(1813)。这两部故事诗的情节都来自德国诗人毕尔格的《列诺拉》，但是茹科夫斯基为故事主人公换上了地道的俄国名字，将情节的发生地也搬到了俄国，更为重要的是，他用地道的俄语抒写出了地道的俄国人气质，营造出了既神秘又恬淡、既温情又恐怖的俄国氛围。《斯维特兰娜》写一位少女在照着镜子算命，突然看到苍白得像死人一样的未婚夫，骑着马来把她带向墓地，女主人公惊吓中醒了过来，却发现自己在算命时睡着了，做了一场噩梦，而就在这时，她的未婚夫又真的归来了。照镜子算命是当时俄国的民间风俗，天真而又忠诚、温情而又忧伤的斯维特兰娜，更是一个典型的俄国少女形象，长诗发表后不久，茹科夫斯基就获得了"斯维特兰娜的歌手"的别称。

　　与茹科夫斯基诗歌的幻想性质和缥渺氛围不同，巴丘什科夫（1787—1855）的诗歌则充满着对爱情、欢乐等尘世幸福的由衷赞美，是俄国文学史中所谓"轻诗歌"的代表。生于贵族家庭的巴丘什科夫，年少时受到其表舅、著名的感伤主义诗人姆拉维约夫的影响，在国民教育厅工作时即开始写诗，不过，他感兴趣的并不是杰尔查文那种"响亮的颂诗"，而是抒写内心情绪的

"恬静的哀歌"。1806年,他发表了著名的《幻想》一诗,后来,他不断地修改、加工此诗,直到1817年才最终"定稿"。他的《忘川岸边的幻象》一诗,最早提出了"斯拉夫派"一词,为俄国文学和文化中斯拉夫派和西方派两种思想倾向的长期对峙提供了前提之一。1810年,他结识茹科夫斯基和维亚泽姆斯基,三人一同为所谓的"和谐精确流派",即浪漫主义奠定了基础。在《论轻诗歌对语言的影响》一文中,他对"轻诗歌"作了这样的说明:"在轻诗歌中,读者需要一种可能的完

巴丘什科夫(作者不详)

善、表达的纯净、语言的严谨、灵活和平稳;读者需要的是情感的真实,以及对各种最严格的体面的保持。"他生前只出版过一部文集,即《诗与散文尝试》,无论是他本人还是后来的文学史家,都将此书当成他创作的集大成者。让人意想不到的是,这位一生歌唱尘世欢乐的诗人,自己的生活却非常地不幸,他曾于1807年在东普鲁士身负重伤,之后也一直被各种疾病所困扰,1833年,46岁的他更是彻底精神失常,其生命的最后20余年完全是在亲友们的照看下度过的,他生活不能自理,也认不出任何人来。

俄国历史上著名的十二月党人,也在俄国浪漫主义文学中留下了深刻的痕迹。这些革命家大多出身贵族,接受过良好的教育,对西欧的文化非常了解,文学,尤其是诗歌,往往成为他们抒发理想、宣传革命的手段之一,是他们社会活动的有机组成部分。他们的诗,是地道的"政治抒情诗",其中的抒情主人公多为那种呼吁社会公平、甘愿为理想献身的自由战士。十二月党人诗人中最突出的代表是雷列耶夫(1795—1826),他曾在1812年战争中随军远征西欧,回国后目睹俄国社会中种种不公正现象,反而萌生了用激进手段改变现实的念头,不久成为十二月党人最重要的

雷列耶夫(油画,作者不详,19世纪上半期)

秘密组织之一"北社"的领导人。1825年的十二月党人武装起义失败之后,雷列耶夫被判处绞刑。就在这次起义之前不久,雷列耶夫的《沉思》(1825)出版了,"沉思"原为一种乌克兰民间诗歌体裁,主要内容是对历史人物的追忆和颂扬,雷列耶夫利用这一体裁,通过对俄国历史上一些英雄人物的描述来表达自己的政治观点和社会理想。雷列耶夫说过一句名言:"我不是诗人,而是公民。"这句出自他的长诗《沃伊纳罗夫斯基》(1825)的名句,已经成为一句响彻俄国诗歌史,乃至整个文化史的激越之声。

巴拉丁斯基(1800—1844)也是一位重要的俄国浪漫主义大诗人,他出身大贵族,母亲曾是女皇安娜身边的宫廷女官,父亲曾在沙皇保罗一世的军队中担任中将。在彼得堡军校学习时,巴拉丁斯基因为行为不端,被亚历山大一世亲自下令除名,后以列兵身份在军中服役,其间常在彼得堡驻扎,结识了文坛名流,并陆续发表一些诗作,表现出了独特的诗风。其早期诗作的体裁以哀歌为主,但内容却既有关于死亡和悲伤的叹息,也有对生活欢乐的歌唱,普希金因而在《叶夫盖尼·奥涅金》中称巴拉丁斯基是"饮宴和缱绻忧伤的歌手"。巴拉丁斯基晚期创作最重要的作品是1842年出版的《黄昏集》,出版了这本诗集后不久,他携妻子游历欧洲,不幸客死意大利。巴拉丁斯基的诗形式凝练、冷峻,以深刻的内心体验和富有哲理的表达见长,思想的深刻,情绪的专注和紧张,以及理智和情感的冲突,精神和肉体的分裂等,使他的诗在当时就显得很与众不同。普希金在评价他的时候写道:"巴拉丁斯基跻身于我们的优秀诗人之列。他在我们中间是独特的,因为他在思考。他在任何地方都是独特的,因为他在以自己独特的方式思考,在正确地、独立地思考,与此同时,他的情感又是强烈和深刻的。"巴拉丁斯基的"独特"导致了他在当时的"孤独",他曾在一首诗中写道,他只寄希望于"后代里的读者"。到了20世纪,他的诗歌传统经过曼德里施塔姆、布罗茨基等人的"发现"和宣传,获得了越来越广泛的认同,他在俄国诗歌史中的地位也得到了很大的提升。

巴拉丁斯基

## 第三节　格里鲍耶陀夫

文学史中往往存在着这样一些作家，他们传世的作品不多，甚至只有一部，然而它却是一部不朽之作。在俄国文学中，格里鲍耶陀夫（1790/1795—1829）就是这样一位"一部作品的作家"，他的不朽之作就是四幕诗体喜剧《聪明误》（又译《智慧的痛苦》）。

格里鲍耶陀夫学识丰富，于1806—1812年间在莫斯科大学的文学、法学和数学等三个系中学习，并获得学位，他精通多门外语，他不仅是一位杰出的文学家，同时也是一个优秀的军人、外交家和政治活动家。他曾在1812年战争期间投笔从戎，1817年进入俄国外交部工作，由于卷入一场决斗，他被安排出使国外，前往波斯。1828年，他以大使的身份再次被派往德黑兰，赴任途中他在梯弗里斯（今第比利斯）逗留，爱上他的朋友、格鲁吉亚诗人恰夫恰瓦泽的女儿尼娜，两人迅速成婚，度完蜜月之后，新郎前往波斯，不久却在波斯人袭击俄国使馆的事件中被打死。格里鲍耶陀夫的遗体被运回俄国，当时随大军前往俄土战争前线的普希金曾与格里鲍耶陀夫的灵柩相遇，并在他的《阿尔兹鲁姆旅行记》中记叙了当时的场景。格里鲍耶陀夫被安葬在第比里斯附近一座山上的修道院里，他的遗孀在他的墓碑上刻下了这样的话："在俄国的记忆中，你的智慧和事业永垂不朽，可我的爱情为何也比你活得更久？"

格里鲍耶陀夫（版画，作者不详）

《聪明误》的创作大约开始于1822年，在接下来的一两年间，格里鲍耶陀夫经常在莫斯科和彼得堡的沙龙里朗诵此剧，并不断修改。这部讽刺现实的戏剧虽然一直无法发表或上演，可它的手抄本却不胫而走，据说多达万余份。《聪明误》写的就是一个"聪明人"在愚蠢的俄国可能遭遇的命运，这部作品的题目很容易让人想起索福克勒斯的《俄狄甫斯》中的那句名言："当聪明没有用处的时候,做一个聪明人真是可怕啊!"全剧由两个线索交叉而成:一是"聪明人"恰茨基、"蜜糖"莫尔恰林和"女皇"索菲娅之间的三角爱情关系;一是从国外归来的"疯子"恰茨基与俄国庸俗、堕落的上流社会的冲突。格里鲍耶陀夫自己曾说,在他的这部戏剧中,"25个傻瓜在反对一个思维健全的人"。恰茨基在现实中的处处碰壁,折射出了这个现实的恶劣;恰茨基被包括他所爱的索菲娅在内的所有人视为"疯子",更说明了他所处的社会环境的残忍;恰茨基最后的愤然离去,则已经在昭示某种变革现实的必要性和迫切性了。恰茨基的形象是俄国文学中的一个先声,一方面,他是一个为环境所排斥、所不容的"多余人";另一方面,他又是一个不懈追寻生活真理的赤子,在他之后的奥涅金(普希金的《叶夫盖尼·奥涅金》)、毕巧林(莱蒙托夫的《当代英雄》)、罗亭(屠格涅夫的《罗亭》)、安德烈公爵(托尔斯泰的《战争与和平》)、维尔希洛夫(陀思妥耶夫斯基的《少年》)等,都或多或少地具有恰茨基的性格基因。

在俄国文学中,格里鲍耶陀夫在《聪明误》中第一个真正地做到了"像说话一样写作",他的戏剧语言生动传神,富有个性色彩,其中的许多台词都变成了俄国家喻户晓的谚语。

法穆索夫、斯卡洛茹布和恰茨基(《聪明误》插图,卡尔多夫斯基作,1913年)

# 第三章

## 普希金

"冬天的晚上"（普希金与奶娘在米哈伊洛夫斯科耶）

## 第一节　生平和创作

　　1837年2月8日（俄历1月27日）下午，在彼得堡郊外黑溪的雪地上，普希金被他的决斗对手丹特斯射出的子弹击中腹部，在持续了两天的痛苦折磨之后，这位俄国最伟大的诗人那颗仅仅工作了38年的心脏停止了跳动。

诗人普希金肖像（基普连斯基作，1827年）

　　普希金于1799年6月6日（俄历5月26日）生于莫斯科的涅曼街，其父是世袭贵族，爱好文学，拥有许多藏书，与当时的文化界颇多交往，这对幼小的普希金是有影响的。其母是著名的"彼得大帝的黑孩子"阿勃拉姆·汉尼拔的孙女。汉尼拔原是非洲阿比西尼亚（最近有研究称实为喀麦隆）一个酋长的孩子，后被土耳其人所掳，又被一位俄国使臣买下，带回彼得堡献给彼得大帝，汉尼拔成了彼得大帝的养子，彼得送他赴法留学，他学成归国后屡建战功，在工程和数学等领域也有造诣，被封为贵族。普希金很为这一传奇式的家族史感到自豪，并在小说《彼得大帝的黑孩子》等作品中对此做过描绘。被称为俄罗斯民族诗人的普希金，身上却流淌着八分之一的非洲血液。像当时大多数贵族家庭的父母一样，普希金的双亲很少关心子女的成长，从普希金后来的作品中不难看出，他对外祖母、奶娘、姐姐和弟弟以及众多朋友的感情，似乎远远地超出了对自己父母的感情。据说，在读了父亲藏书室中的大量法文图书后，8岁的普希金就开始用法文写诗了。

　　1811年，普希金被送进彼得堡的皇村学校。这所学校是专门招收贵族子弟、为国家培养高级人才的皇家学校，设在彼得堡郊外的皇村（现名普希金城）。虽然生性自由的普希金非常痛恨学校严格的管理制度，曾称皇村学校为"修道院"，称自己为"囚徒"和"苦僧"，但是，皇村学校仍是普希金自由民主思想初步形成的摇篮。正是在这所学校里，他结交了许多校内外的朋友，更为重要的是，他开始了积极、自觉的诗歌创作活动。在一次文学课的升级考试中，普希金当众朗诵了《皇村的回忆》一诗，引得出席考试的老诗人杰尔查文大为感动，并预言将有一个新的诗歌天才诞生。走出校园的普希金，已经是一个相当成熟的诗人了。

皇村学校旁的普希金纪念碑

普希金自皇村学校毕业后来到彼得堡，在俄国外交部任十等文官。在彼得堡，普希金一边过着贵族青年的放浪生活，一边进行着勤奋的诗歌创作。1820年，他的长诗《鲁斯兰与柳德米拉》公开发表，引起巨大轰动，当时俄国诗坛的泰斗茹科夫斯基读了长诗之后大为感动，他送了一张自己的画像给普希金，并在画像下方写下了这样的文字："战败的老师赠给获胜的学生，以纪念他完成长诗《鲁斯兰与柳德米拉》的难忘时光。"直到今天，这张照片还悬挂在彼得堡普希金故居中诗人的书房里。

在写作《鲁斯兰与柳德米拉》的同时，普希金还写作了一组充满强烈反专制色彩的"自由诗作"，这引起了官方的不满，沙皇亚历山大一世决定将诗人流放至西伯利亚或白海的孤岛，后经卡拉姆津、茹科夫斯基等人的斡旋，诗人才被"开恩地"流放到了俄国南方。在南俄，普希金曾跟随拉耶夫斯基将军一家在高加索、克里米亚等地旅行，后至基什尼奥夫，在英佐夫将军手下任职。后来，他又转而去了奥德萨，受奥德萨总督沃隆佐夫的监管。沃隆佐夫忍受不了普希金的自由精神，同时也因普希金与其妻子的友好关系而嫉恨，便向当局告了普希金的许多状，于是，1824年7月，沙皇下令将普希金押往其父母在普斯科夫省的庄园米哈伊洛夫斯科耶，由当地长官负责监视。在南方的4年，普希金与当地的十二月党人多有交往，邻近的希腊民族解放运动也激动着他，使他写出了许多富有自由激情和战斗精神的诗篇；具有异国情调的南方山水和民风，也给普希金的诗歌注入了新的题材和风格。普希金在这一时期的重要作品有长诗《高加索的俘虏》等。在南方的流放转为"北方的流放"（指被囚于米哈伊洛夫斯科耶）之后，与俄国乡村和自然的接近，使普希金创作中的"俄罗斯味"更浓重了；同时，孤居者的心境也深化了普希金作为一个诗人的思索和感觉。在米哈伊洛夫斯科耶的两年时间中，普希金完成了长诗《茨冈》、历史剧《鲍里斯·戈都诺夫》、诗体长篇《叶夫盖尼·奥涅金》的三至七章，以及大量的抒情诗作。

1825年的十二月党人起义失败后，普希金获新沙皇尼古拉一世赦免，回到了莫斯科，但他仍一直处在当局严格的监视和控制之下，他的每一个作品甚至都要经沙皇本人批准后才能发表。就是在这样的环境下，普希金在写作长诗《波尔塔瓦》、长篇小说《彼得大帝的黑孩子》等"历史"题材作品的同时，仍写了《在西伯利亚矿井的深处》等对十二月党人及其事业表示同情的政治抒情诗歌。1828年，普希金在向莫斯科的美人冈察罗娃求婚未获明确回答之后，随远征土耳其的俄国军队到了高加索、土耳其等地，写作了《阿尔兹鲁姆旅行记》。

1830年回到莫斯科后，普希金的求婚终于获得冈察罗娃及其父母同意，为了接受父亲作为结婚礼物赠送的位于下诺夫哥罗德的鲍尔金诺庄园，普希金去了那里，但为流行的瘟疫所困，在该庄园滞留达三个月之久。令人吃惊的是，被突如其来的瘟疫所烦扰、时刻惦记着刚订婚不久的未婚妻的诗人，却能潜心写作，赢得了其创作史中著名的"鲍尔金诺的秋天"。在这个金色的秋天里，普希金完成了《叶夫盖尼·奥涅金》的最后两章，《科隆纳一人家》等长诗，短篇小说集《别尔金的小说》，《莫扎特和沙莱里》等四部"小悲剧"，以及大量的抒情诗。

1830年底，普希金回到莫斯科，并于两个月后与冈察罗娃终成眷属。5月，普希金与妻子定居彼得堡，普希金仍在外交部供职。在这一时期，普希金开始将主要的创作精力投入在小说上，开始了《杜勃罗夫斯基》、《大尉的女儿》、《黑桃皇后》等小说的创作，同时，还于1833年去奥伦堡等地调查，为《彼得大帝史》收集材料。

回到彼得堡后不久，已经35岁的普希金却被沙皇授予"宫廷近侍"头衔，沙皇一是为了更严密地监视普希金，同时也是为了能更方便地见到他所喜欢的普希金美貌的妻子，普希金为此而感觉受到了侮辱，与宫廷和环境的冲突趋于尖锐。1837年1月，为了维护自己的名誉，普希金向追求自己妻子的流亡俄国的法国人丹特斯提出决斗，后在决斗中负伤死去。在其生命动荡不安的这最后几年，普希金却一直在从事积极的文学活动，他先后完成、出版了一大批重要作品，如《叶夫盖尼·奥涅金》的全本、童话诗《渔夫和金鱼的故事》、长诗《铜骑士》、抒情诗《纪念碑》等等；他创办了《现代人》文学期刊，开展了积极的文学批评活动。就在进行决斗的当天上午，他还在认真地写作《彼得大帝史》。普希金那颗文学的心脏一直跳动至他生命的最后一息。

普希金的妻子娜塔丽娅（加乌作，1842—1843年间）

## 第二节　创作主题和特色

自1814年7月在《欧洲导报》上发表第一首诗，到1837年1月搁下《彼得大帝史》写作的那个上午，普希金的创作持续了23年。使后人吃惊的是，在这并不算太长的20余年时间中，在这充斥着流放和旅行、恋爱和宴饮、周旋和应酬、供职和囚居乃至赌博和决斗的20余年中，普希金居然写下了如此之多的文学作品。他的作品体裁多样，有诗歌、小说和戏剧，有童话、史著和批评；单就诗歌而言，又有诗体长篇小说、长诗、童话诗、政治抒情诗、山水诗、颂诗、哀歌、讽刺诗、献诗、译诗等等。普希金的文学遗产就像一个琳琅满目的博物馆。与其丰富的体裁一样，普希金创作的主题也是多样的。将普希金各类体裁的作品总括起来看，普希金的创作主题主要有这么几类：

一、现实的生活。所谓的现实生活主题，有这样几个层面的含义：对社会的积极介入，对生活的多面反映，对典型人物的塑造。普希金各个时期创作的政治抒情诗，都是直面社会和人生的。他在诗中抨击专制制度，歌颂自由，憧

《叶夫盖尼·奥涅金》插图（库兹明作，1932年）

憬社会正义和公平的理想，他的诗在当时就是社会进步力量的代言人，在后来则成了俄国反专制的革命历史在艺术中的留存。普希金的作品，小到一首写乡村的诗，大到数千行的诗体长篇《叶夫盖尼·奥涅金》，大多是对现实生活的真实反映，这里有都市的舞会、宴会和赌场，有乡村和自然、婚礼和祈祷，有宫廷和驿站，远征和旅行，狩猎和幽会，复仇和起义……19世纪前期俄国社会丰富多彩的生活场景在普希金的作品中得到了全面、细致的再现。在再现生活的同时，普希金塑造出了一大批不朽的文学形象，如《叶夫盖尼·奥涅金》中的"多余人"奥涅金，美丽善良的塔吉雅娜和她慈祥的奶娘，《别尔金的小说》中可怜的"小人物"驿站长，《黑桃皇后》中冷酷的赌徒赫尔曼，《杜勃罗夫斯基》中的"强盗"杜勃罗夫斯基等等。通过典型形象的塑造，可以更准确地概括一代人、一个社会和一个历史阶段，普希金对现实生活题材的诉诸因而达到了一个崭新的高度。别林斯基曾称普希金的《叶夫盖尼·奥涅金》为"一部俄国社会生活的百科全书"，这个评语也同样可以用来概括作为一个整体的普希金的创作。

二、民族和家族的历史。普希金生活在一个俄罗斯民族意识开始普遍觉醒的时代，对民族历史的强烈兴趣是当时最突出的文化特征之一，普希金也不例外，他对祖国和民族的历史表现出极大的热情，很关注历史著作和历史题材的文学作品，例如，他曾对卡拉姆津的《俄国国家史》表示推崇，却对波列沃依的《俄国民族史》予以否定，他还对扎戈斯金的两部历史小说做出了迅速的反应，对司各特等人的西欧历史小说也进行了认真地阅读。与此同时，普希金自己也以历史为题材进行了大量创作，不仅写下了历史著作《普加乔夫暴动史》、《彼得大帝史》和许多历史札记，还以文学作品的形式来写历史，如长诗《铜骑士》、《波尔塔瓦》，长篇小说《大尉的女儿》，剧本《鲍里斯·戈都诺夫》

等。除此之外，普希金对自己传奇般的家族史也颇有兴趣，不仅在诗文中多次提到其外曾祖父汉尼拔，还直接以他的经历写作了长篇小说《彼得大帝的黑孩子》（未完成）。历史与文学的交融，历史向文学的渗透，是普希金创作中一个较为突出的现象。

三、爱情与友谊。作为一位抒情诗人，一位多情的抒情诗人，普希金无疑要将爱情和友谊作为其最主要的诗歌主题之一，这两个主题的诗作，约占普希金所有抒情诗作的二分之一。普希金的第一首诗《致娜塔丽娅》就是一首爱情诗，它表露了一个少年情窦初开时的朦胧感情，之后，他先后给不下十余位可爱的女性写过可爱的诗作，它们构成了普希金抒情诗歌中最优美、悦耳的旋律，也是最受后代读者喜爱的诗作，其中的《致克恩》、《假如生活欺骗了你》、《我曾经爱过您》等，早已成为不朽的情歌。普希金是生活之欢乐的歌手，从他早期的"轻诗歌"开始，直到他后期的情诗，他诗中的爱情主题一直是明朗的，虽然他也常常写到爱的愁苦和忧郁，但那却是一种近乎"透明的"哀伤，它给人更多的是美而不是悲。与此形成呼应的，是普希金小说中的爱情主题，《暴风雪》、《村姑小姐》、《大尉的女儿》中男女主人公的恋情在经历了一番波折之后，均都有情人终成眷属了。如果说，普希金的情人是经常变更的话，他对友谊却是非常执著的，对皇村学校的几位同学和他文学上、思想上志同道合的朋友，他一直保持着最纯真的感情，并给他们写下了许多友谊的献诗。有趣的是，在普希金的抒情诗歌中，爱情诗一般都写得简短、精致，注重细节，而友谊诗则写得铺陈、自然，充满回忆性的叙述。

四、借自民间和异域的主题。在普希金年幼的时候，他的外祖母和他的奶娘经常给他讲俄国童话故事，在被囚于米哈伊洛夫斯科耶的两年间，陪伴普希金度过孤独夜晚的也常常是奶娘讲述的民间传说；热衷于民族传统文化

普希金在米哈伊洛夫斯科耶的故居

的普希金,对史诗、史事歌、谚语、民歌等文学遗产也做过搜集和研究。普希金不仅直接以民间文学素材为基础写出了《鲁斯兰与柳德米拉》、《渔夫和金鱼的故事》、《金公鸡的故事》等长诗和童话诗,还在其他许多作品中采用了民间文学的内容和风格。异域的风土和人情,也是普希金作品中出现较多的题材。除莫斯科和彼得堡之外,除普希金家的庄园米哈伊洛夫斯科耶和鲍尔金诺之外,普希金只在被流放时和随俄军远征时两次到过俄国南部,因此,所谓的"高加索主题"便成了其创作中最突出的"异域内容"。对高加索的关注,也是当时整个文学的时尚之一,在俄国古典主义文学逐渐衰落之后,俄国文学受西欧文学影响开始出现浪漫主义倾向,而高加索瑰丽、雄伟的自然,那里自由、剽悍的山民及其生活,因征战或旅行前去那里的俄罗斯人的传奇经历,都是浪漫主义文学不可多得的素材。然而,普希金对高加索的描写,对浪漫主义的文学模式已有所超越,在长诗《高加索的俘虏》、《巴赫奇萨赖的泉水》、《茨冈人》和游记《阿尔兹鲁姆旅行记》等作品中,普希金对自然的描写是斑斓的但也是客观的,其笔下的人物是传奇浪漫的但也已处于一定的社会关系之中。普希金一生没有到过国外(除如他自己在《阿尔兹鲁姆旅行记》中所述曾短暂地越过俄土之间的界河外),他偷渡西欧的数次尝试都未成功,要求出国的请求(包括欲来中国的申请)均未获沙皇批准,但是,普希金对异国,尤其是西欧诸国及其文化却十分了解,这一点在他的创作中也有所体现。在他的文学批评文字中,有近一半是关于同时代西欧作家的创作的;在其抒情诗作中,有许多是"译诗",即普希金以外国诗人的诗歌主题或意境为蓝本而进行的再创作。被普希金"翻译"过的外国诗人,就有十几位之多。

五、诗与艺术。诗和艺术本身,也是普希金最重要的创作主题之一,在他的这一主题的抒情诗中,在他与友人的书信和文学批评文章中,甚至在他的长诗和长篇小说的某些片断中,他对诗的性质和作用、诗人的使命和地位等问题,都有过深刻的思考和阐述。

至于普希金之创作的基本特征,早已被研究者概括为"简朴与明晰"。这是一个准确的概括,也是一个比较抽象的概括。我们以为,在这一"简朴和明晰"中,至少应该包含这样几层意思:简朴和明晰,首先是就作者的主观创作态度而言的,在普希金进行创作的当时,无论是古典主义的"节制",还是浪漫主义的"夸张",在面对现实时都会出现某种偏颇,而普希金却能对现实持相当客观的态度,在准确地反映生活的同时,也明确地表达了自己对现实的态度;简朴和明晰,其次是指作品结构上的特征,普希金的作品,除了《叶夫盖尼·奥涅金》外,大多篇幅不长,其唯一一部完成的长篇小说《大尉的女儿》,译成中文也不过10余万字,在普希金的叙事诗歌和小说中,人物通常不多,情节也不复杂,一般为两三个主人公,一两条故事线索;简朴和明晰,也可以是指作品与接受者的距离,普希金的许多作品都与俄国的民间文学有着紧密的联系,他所运用的语言也与生活中的语言非常接近,这使得普希金的作品很容易为广大读者所接受;简朴和明晰,更可能是就作品所体现出的情绪而言的,其叙事作品虽然常涉猎人的内心,却较少细腻的心理刻画,更为突出的是,在普希金的作品中几乎找不到阴暗的、幽深的东西,其中充满了阳光般的健康情绪,即便是忧伤,也会被作者那能化解一切的心灵过滤得纯净而又明亮。另外,普希金作品中常常出现的淡淡的戏谑成分,也为其作品添加了些许的明朗。

## 第三节 普希金的意义

普希金逝世时,当时的俄国新闻界写道:俄国诗歌的太阳陨落了。长期以来,关于普希金是"俄国诗歌的太阳"、"俄国文学之父"的说法,似乎一直是毋庸置疑的。那么,究竟是什么奠定了普希金在俄国文学史中如此之高的地位呢?换句话说,普希金对于俄国文学的意义究竟是什么呢?

首先,普希金奠基了俄国的民族文学,使得俄语文学得以屹立于欧洲的民族文学之林。在普希金之前,俄国已有源远流长的古代文学,已有中世纪的英雄史诗《伊戈尔远征记》,在18世纪末,俄国文学与西欧文学在古典主义的潮流中开始了融合,尽管如此,到普希金开始创作时,俄国文学仍被视为欧洲文学中"落后的"文学,因为它还在自觉或不自觉地模仿着西欧文学的范式和风尚,它还没有推出自己的杰作。普希金自幼就深受法国文化和文学的熏陶,后来,法国的启蒙主义思想、德国的唯心主义哲学和英国的浪漫主义诗歌等,又相继对普希金产生过强烈的影响,但是,普希金却通过其创作体现出了一种可贵的对文学的民族意识和民族风格的自觉追求。在创作上,他有意识地贴近俄国的生活和俄罗斯人;在批评中,他对俄国文化的价值、俄国民族精神的特性以及俄语较之于欧洲各语言所具的"优越性"等等,都做过大量的论述。普希金以自己纯熟的文学技巧反映出的俄国生活、塑造出的俄国人形象,他在借鉴西欧文学的同时对俄国民族文学积极的鼓吹和无保留的抬举,他在文学理论和批评方面的建树等等,都极大地扩大了俄国文学的影响,使俄国文学终于可以与西欧诸种文学比肩而立了。

其次,普希金为俄国文学的传统开了先河。普希金的创作表现出了惊人的多样性,他是一位杰出的诗人,也是一个杰出的小说家、剧作家、批评家、童话作家、历史学家等等,他几乎涉猎了所有的文学体裁,并在各个体裁领域中都留下了经典之作。更为重要的是,后来构成19世纪俄国文学传统之内涵的许多因素,也都发端于普希金的创作,如:反对专制制度和农奴制度的自由精神,对人的个性和人的尊严的捍卫,同情"小人物"、为社会不平而鸣的人道主义,对上流社会做作的举止和空虚的精神所持的批判态度,对教会之虚伪的揭露等等。这一严肃的、充满道德感的文学传统,为19世纪,乃至20世纪众多的俄国作家所继承,构成了俄语文学最为突出的特色。可以说,现代俄语文学内容和风格上的基本特征,都是在普希金的时代固定下来的,因此,我们可以将20世纪前的整个俄国文学历史划分为两个阶段:前普希金时期和普希金时期。

最后,普希金规范了现代的俄罗斯语言。俄语的起源是比较复杂的,它所用的"基里尔字母"是由希腊来的传教士发明的,因而与希腊语有某种亲缘关系,后来,德语和荷兰语等中北欧的语言基因大量进入俄语,直到彼得大帝改革后的18世纪,法语的语汇和表达方式又对俄语产生了很大冲击,与此同时,自斯拉夫原始部族保留下来的古字、熟语等,也留存在书面和口头的俄语中间。这样一种庞杂的语言体系,虽然给俄语的发展提供了前提,却也给治理国家、人际交往和文学创作带来了诸多不便,它在呼吁某种整治。终于,出现了罗蒙诺索夫,他对俄罗斯语言进行了一番梳理,对俄语的语法和俄语的诗歌格律等进行了严谨的研究,但是在文学语言的规范上,在活的语言样板的树立上,罗蒙诺索夫没能做出更大的贡献,他自己用来写诗作文的语言,也显得思想大于文字,严格有余而活力不足。规范俄罗斯文学语言的历史使命落到了普希金的身上。普希金主要的不是从语言学的角度、而是通过活的文学创作来完成这一使命的。在他的诗歌和小说中,教会斯拉夫语和外来词,都市上流社会的交际用语和乡下百姓的村语、书面语和口语、雅字和俗词，都有出现，并被赋予了表达情感、描绘生活的同样使命。这是一场空前的"语言民主化"运动，普希金的创作就像一个巨大的语言熔炉，俄罗斯语言中各种庞杂的成分经过他的冶炼，终于成为一种崭新的、极富表现力的文学语言。果戈理称，在普希金的作品中，"有我们语言所有的丰富、力量和灵巧"；高尔基则认为，普希金在语言上最大的功绩，就是"将文学语言和民间口语结合了起来"。普希金是俄罗斯语言的集大成者，他最终完成了现代俄罗斯文学语言的规范工作。懂俄语的人可以发现，如今的俄语与普希金作品中的语言几乎没有什么大的出入，这反过来也说明了普希金之语言的强大生命力，说明了他对俄罗斯语言所产生的巨大而又深远的影响。

普希金自画像

# 第四章

## 19世纪中期的文学

# 第四章　19世纪中期的文学

## 第一节　莱蒙托夫

普希金在决斗中负伤后死去后，莱蒙托夫（1814—1841）立即写出了《诗人之死》一诗，在对普希金之死表达震惊和哀悼的同时，也直接控诉、抨击了导致诗人悲剧的上流社会和宫廷。这首诗让莱蒙托夫一举成名，人们因此而感慨：一位大诗人的死，造就了另一位大诗人的"生"。

莱蒙托夫与普希金之间有太多的相似了：他们都出生于贵族家庭，都生在莫斯科，都很早就开始写诗，都受到过西欧文化的熏陶，都既是大诗人又是杰出的小说家和剧作家，都对俄国的乡村和自然怀有深深的眷恋，都对专制制度

莱蒙托夫自画像（1837—1838年间）

持强烈批判的态度，甚至同样曾被流放到高加索，最后又都同样死在决斗中。

人们常说，像普希金这样的诗歌天才，一个民族两百年才能出现一个，可莱蒙托夫却在普希金之后立即成了人民心目中的又一个诗歌天才。反过来看，莱蒙托夫的"出现"，较之于普希金就要困难得多了。在普希金夺目光辉的映照下，有多少富有天赋的诗人显得黯然失色，只好抱怨自己的生不逢时。其实，在普希金在世时，莱蒙托夫早已开始了认真的诗歌创作，其创作历史已长达十年；到普希金逝世时，先后在莫斯科大学和彼得堡近卫骑兵士官学校就读的大学生莱蒙托夫，已陆续写下了几百首抒情诗，占其抒情诗总量的三分之二，其中就包括《帆》等名作。然而，他还是默默无闻。普希金为当时文学界的诗友写了大量的献诗，却没有一首是写给莱蒙托夫的。但是，普希金死后，在普希金的近朋们大都保持沉默的时候，无名的莱蒙托夫却大胆地喊出了许多人心底的话，公开点明杀害普希金的刽子手就是沙皇及其制度。《诗人之死》不是莱蒙托夫的第一首好诗，甚至也不能算作他最好的一首抒情诗，但它却宣告了一位新的民族诗人的诞生。天赋和机遇，良心和勇气，共同造就了又一位俄国大诗人。

普希金的创作生涯持续得并不长，只有20余年；可莱蒙托夫呢，他在《诗人之死》之后只写作了短短的4年！而这又是在公务、流放、行军、战斗和囚禁等等之中度过的4年！可就在这4年之间，莱蒙托夫最终写出了《童僧》、《恶魔》等多部长诗，出版了一部抒情诗集，写作了长篇小说《当代英雄》，完成了一个文学大师的历史使命。如此之短的时间里如此丰硕的成果，这向人们显示出了莱蒙托夫超人的天赋。此外，莱蒙托夫还是一位艺术上的多面手，他不仅擅长各种体裁的文学创作，精通英、法、德、拉丁文，还是一位杰出的画家，他在一个半世纪前描绘出的高加索风情画，至今仍焕发着丝毫不亚于其"东方抒情诗"的光彩。

《恶魔》(1841) 是莱蒙托夫最著名的长诗，这部作品利用一个宗教形象，塑造了一个具有强烈叛逆精神的人物。这便是恶魔的自白："我是个眼露绝望的人；/我是个谁也不会爱的人；/我是条挞罚众生的皮鞭，/我是认识和自由国之王，/上天的仇敌，自然的灾祸……"这是一个充满着矛盾的个性，他憎恶

比亚季戈尔斯克（莱蒙托夫作，1837—1838年间，莱蒙托夫就是在这里与人决斗后因伤去世的）

天庭,向往自由,却又与环境格格不入,不知什么是真正的自由;他自称没有爱,却真诚地爱上了少女塔玛拉,可他的毒吻最后却夺走了爱人的生命。莱蒙托夫的天性是孤傲的、叛逆的,有些近似他自己笔下的"恶魔"。据说,生活中的莱蒙托夫很少言笑,待人比较冷淡,经常嘲笑各种人和各种事,有时甚至会让人感到他很刻薄、恶毒。除了十二月党人诗人奥陀耶夫斯基等个别人外,莱蒙托夫在文学界没有什么亲近的朋友;在军中,他对同事的嘲讽,多次导致了决斗场面的出现;在被流放至高加索时,他与同样也被流放至当地的十二月党人接触较多,但他们却认为他属于"怀疑的、悲观的、冷漠的另一代"。他回避严肃的谈话,常以冷漠和嘲笑的态度面对社会问题,很少向人敞开自己的内心,他的这一处世态度,甚至使他在1837年与对他评价很高、一直关注他创作的别林斯基等人也逐渐疏远了。在莱蒙托夫的作品中,"恶魔"的形象也是经常出现的,从两首同题抒情诗《我的恶魔》(1829;1830—1831)中的抒情主人公,到长诗《恶魔》中的"恶魔",甚至连剧作《假面舞会》中的阿尔别宁和小说《当代英雄》中的毕巧林,也都带有某种"恶魔"气质。可以说,具有一定"自画像"性质的"恶魔"形象,在莱蒙托夫的创作中是贯穿始终的。

《当代英雄》(1837—1839)是莱蒙托夫最著名的一部长篇小说。这部长篇实际上是由5个中、短篇小说组合而成的,它们各自独立,又互有关联。在俄语中,"英雄"一词又有"主人公"之含义,而"当代"即为"我们的时代",因此,"当代英雄"又可译为"我们时代的主人公"。小说发表之后,正是这一"主人公"引起了很大的反响和争议:一些人认为毕巧林不是典型的俄国人,而是西方的舶来品;而别林斯基则在小说发表后立即指出,小说的主人公就是"当今的奥涅金"。作者在小说的序言中这样写道:"当代英雄,我尊贵的先生们,诚为肖像,但它不是某一个人的肖像:这是集我们整整一代人疯长陋习之大成的一幅肖像。"同时,这一人物也体现着对现实的不满和抗议,这一形象的出现,本身也证明了那个时代的庸俗和无为,一个健

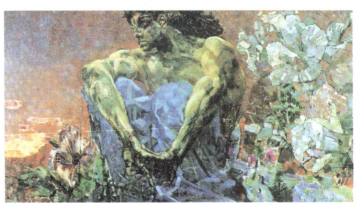

坐着的恶魔(弗鲁别尔作,1890年)

康、智慧的人在黑暗、压抑的社会环境中逐渐丧失了精神的追求和生活的目的，丧失了行动的能力，沦落为无用、多余的人，人们该谴责的，首先是造就了这样一种人物的社会，而不仅仅是这样的人物本身。这大概是莱蒙托夫写作《当代英雄》、塑造出毕巧林这一形象的初衷和主旨之所在了，尽管作者在同一篇序言的结尾处声称，他"绝不至于那么愚不可及"，"会心存奢望，想成为医治人类陋习的良医"。

对毕巧林这一形象的塑造，莱蒙托夫主要使用了两种方法，一是多侧面的刻画。5个故事采用了3种叙述方式（即他人的转述、作者的叙述和主人公的自述），多方地对人物进行观察，使读者能获得一个立体的人物形象。二是深刻、细腻的心理描写。在穿插进小说的主人公日记中，作者让主人公向读者敞开了心扉，在对人物作描写时，侧重的也多为毕巧林的所思所想，即支配着毕巧林行动的意识和意志；此外，作者还在高加索大自然的映衬下、在激烈的冲突场景中描写主人公的心理及其微妙的变化。这样的描写，使毕巧林成了俄国文学中最为丰满的人物形象之一。在此之前的俄国小说中，这样的心理描写和具有这样心理深度的文学人物都是鲜见的，因此，莱蒙托夫的小说创作对于俄国文学来说是意义重大的。古米廖夫认为莱蒙托夫"在散文中高过普希金"，"俄国散文就始自《当代英雄》"；别林斯基认为莱蒙托夫是普希金之后俄国文学新阶段中的"中心人物"，理由也主要就在于此。这样的人物塑造手法，这样一种心理现实主义小说，后来对托尔斯泰、陀思妥耶夫斯基等人都有很大的影响。

## 第二节 自然派

俄国文学史中的"自然派"，实际就是指19世纪40—50年代的现实主义文学，在一定意义上，它甚至就是19世纪俄国早期批判现实主义文学的代名词。

该派的主要代表人物是果戈理，先后被归入这一流派的作家还有冈察罗夫、涅克拉索夫、屠格涅夫、陀思妥耶夫斯基、赫尔岑、奥斯特罗夫斯基等，其理论家就是别林斯基，这些作家主要围绕在《祖国纪事》、稍后是《现代人》杂志周围，其纲领性的作品是两部文集《彼得堡风俗》（1—2辑，1845）和《彼得堡文集》（1846）。《彼得堡风俗》一题中的"风俗"一词，原义为"生理学"，文集的编者（涅克拉索夫）以此为题，一是表明他们作品的主题就是关

《彼得堡风俗》第一辑封面

于彼得堡这个城市的"生理学",二是表明他们试图像生理学家一样来客观严谨、细致入微地"解剖"彼得堡的市民生活,展示生活中的细节和真实。涅克拉索夫在一篇广告似的书评中写道:"欢迎光临,这是一本智慧的、含有智慧和有益之目的的书!""其中有五彩缤纷的东西在您面前跳起俄国环舞,有幽默和真实,欢乐和忧愁,智慧和戏谑,机智的旁观和痛苦的嘲讽",而文集作者的任务,就在于"破解那些透过钥匙孔窥见的、在角落里发现的、突然撞到手心里来的秘密","这里的生理学,也就是完美的内在生活的历史"。这部文集出版之后,所谓的"风俗特写"风靡一时,而俄语中的"风俗"(физиология)一词,从此也就有了"关于日常生活细节的描写"这样的扩展词义。

有趣的是,"自然派"这一名称并不是别林斯基、涅克拉索夫"发明"的。《彼得堡文集》出版后,当时的保守派批评家布尔加林在他主办的《北方蜜蜂》杂志1846年第22期上撰文予以嘲讽,称这些作品不过是记录现实生活的平庸作品,并写道:"我们的读者都知道,涅克拉索夫先生属于一个新的、所谓的自然文学派,该派主张去反映赤裸裸的自然。"别林斯基、涅克拉索夫等人却针锋相对,坦然地接受了这个概念,并在其中注入了正面的内涵。总的说来,面对生活的现实主义态度,对市民和官场生活细节的精确捕捉,在揭露和抨击生活阴暗面的同时所表现出的强烈的人道主义精神等,构成了俄国自然派作家们创作的主要内容,而"特写"生活的中短篇小说,则是他们最为擅长的体裁。

## 第三节　果戈理

自然派的代表作家果戈理（1809—1852）出生在乌克兰一个地主家庭，少年时起，他就受到了富有历史感的家乡环境和充满艺术感的家庭氛围的影响，中学期间，他在音乐、绘画和戏剧等诸多领域都表现出了出众的天赋，但是，他的主要追求仍在于"服务国家"，因此，中学毕业后他便来到首都彼得堡，在衙门中任职。在彼得堡小公务员的枯燥生活和果戈理"服务国家"的宏大理想之间，看来存在着不小的差距，因为果戈理很快就感到了厌倦，并尝试用文学创作来丰富自己的日常生活。1830年，他发表了第一篇小说，不久结识普希金、茹科夫斯基等彼得堡文学名流，进入文学界。1831—1832年，果戈理以他那洋溢着浪漫、神秘色彩的小说集《狄康卡近乡夜话》轰动文坛，1835年先后出版的两个集子《密尔哥罗德》和《小品集》又进一步巩固了他的声望，果戈理的小说对象也渐渐地由梦幻、甜蜜的"斯拉夫的古罗马"转向了"庸俗人的庸俗"（普希金语），所谓的"彼得堡故事"，尤其是其中的《外套》、《鼻子》、《涅瓦大街》等名篇，受到空前好评，别林斯基更是依据果戈理的这些作品宣布了俄国文学中一个新潮流，即"自然派"的诞生。

**果戈理像**
（原作者不详，此为莫勒于1841年所作临摹）

《外套》是果戈理最著名的短篇小说，写的是彼得堡的公务员亚卡基•亚卡基耶维奇•巴施马奇金省吃俭用，为自己买了一件新外套，次日晚上却在大街上被人抢走，巴施马奇金前去告状，却被大人物一顿训斥，心疼外套、又受到惊吓的巴施马奇金从此一病不起。《外套》和普希金的《驿站长》一样，表达出了深刻同情"小人物"的人道主义思想，在作家立场和作品氛围等方面都为后世的俄国作家竖立了榜样,因此,陀思妥耶夫斯基后来曾深情地说出了这样一句名言:"我们全都来自《外套》。"

《鼻子》说的是"发生在彼得堡的一件非常奇怪的事情":八等文官科瓦廖夫一觉醒来,发现自己的鼻子丢了,更为奇特的是,这个鼻子还穿上了官服,"坐上马车满城游荡",经过一番周折,鼻子终于回来了,"像什么事情也没有发生过一样,在他的脸上挂着,一点也没有不辞而别的样子"。通过这个"自己逃亡并以五等文官的身份到处出现这件奇怪的、超乎自然的事情",作者实际上是在展示彼得堡官场庸俗、荒诞的众生相,而这篇小说最让人称道的,还是让"鼻子"满城游荡这一魔幻的、"现代派的"手法。

《鼻子》插图(巴克斯特作)

1836年,果戈理的《钦差大臣》一剧在彼得堡亚历山大剧院首演,该剧的剧本也同时出版了单行本。《钦差大臣》的题材是普希金提供给果戈理的,说的是赌钱输得一文不名的花花公子赫列斯达科夫来到一个小城,却被当作微服私访的钦差大臣,受到城里各位官员的逢迎和贿赂,他将计就计,还调戏了市长的妻子和女儿,最后扬长而去,正在这时,有人通报,真正的钦差大臣驾到!剧中的全体人物都惊恐万状,呆若木鸡,据说,在当时的演出中,这样的哑场持续达数分钟之久。此剧对俄国官场,乃至整个社会的讽刺是入木三分的。该剧上演后,也有人因为在其中看不到"俄国的正面人物"而感到遗憾,果戈理对此回应道:"我感到遗憾的,谁都没有看到我剧本中的那个正直的人物。……这个正直、高尚的人物就是'笑'。"在后来的《作者自白》中,果戈理又写到,他在《钦差大臣》中"决定把俄国所有坏的东西都集中起来……并加以嘲笑"。从此,关于果戈理创作中"含泪的笑"的说法就流传开来了。

《钦差大臣》所引起的巨大反响使其作者深受震撼,竟然觉得有些难以承

《钦差大臣》剧终场景速写（作者不详）

受，于是便在1836年6月出国散心，游历了德、法、意等国，同时继续他自1835年秋就开始写作的《死魂灵》，这部长篇小说的主要部分是在罗马写就的，1841年底，果戈理带着《死魂灵》的手稿返回俄国，并于次年5月在俄出版了《死魂灵》的第一部。这部揭露俄国现实之黑暗的作品，同样受到了批判界和读者的空前关注，赫尔岑在《论俄国革命思想的发展》一文中曾说道："《死魂灵》震撼了俄国。"

《死魂灵》以乞乞科夫为购买"死魂灵"而游历俄国、与各种各样的地主打交道的过程为线索，广阔地反映了农奴制度下的俄国现实。乞乞科夫是个投机商人，他向地主购买那些已经死去，却还没销户的死魂灵，为的是以此做抵押，从政府那里骗取贷款。他前后与之打交道的5个地主，个个都富有鲜明的性格特征，都成了俄国文学人物画廊中的"经典"：马尼洛夫是个体面却慵懒、无为的地主，他不劳而获地生活在幻想之中，没有任何行动的能力，所谓的"马尼洛夫性格"已经成了无所作为的空想家、一无是处的懒汉的代名词；女地主科罗勃奇卡（意味"匣子"、"盒子"）孤陋寡闻，精于算计却又愚昧无知；诺兹德廖夫（名字来自"鼻孔"一词）蛮横无理，放荡成性，是恶霸地主的代表；索巴凯维奇（意为"狗之子"）精打细算，从不亏待自己，是一个贪婪、无耻的剥削者的典型；普柳什金虽然富裕，却吝啬到了极点，是个俄国版的高老头。《死魂灵》通过对俄国地主阶级群像的成功塑造，深刻地揭露了农奴制度的反人道、非人性的本质，把俄国黑暗而又可笑的现实淋漓尽致地展现在人们的面前。果戈理的这部作品，被公认为俄国批评现实主义文学的奠基之作。完成了《死魂灵》后的果戈理，几乎被公认为当时俄国首屈一指的作家，别林斯基将果戈理的小说创作视为俄国现实主义文学之成熟的重要标志之一。

值得注意的是，果戈理这部旨在暴露俄国黑暗的《死魂灵》，却写得非常抒情，请看小说的结尾："罗斯啊，你不就像这勇敢的、不可超越的三套车一样在飞奔吗？道路在你的脚下扬起烟尘，一座座桥梁隆隆作响，一切都落在了身后，落在了身后。被神的奇迹所震惊的旁观者停下了脚步：这是一道自天而降的闪电吗？这令人恐惧的运动意味着什么？在这些世所未见的马儿身上蕴涵着怎样一样神秘的力量？哦，马儿，马儿，这是一些怎样的马儿呀！你们的鬃毛里莫非藏有旋风？你们的每块肌肉里莫非都藏有一只灵敏的耳朵？听到上方传来的熟悉的歌声，你们便齐心协力，立即绷紧钢铁般的胸膛，四蹄几乎不着地，迅速变成一道道伸展开来的、飞行在空中的横线，于是，这充满神性的三套车便飞奔起来！……罗斯，你究竟在奔向何方？请你回答。她没有回答。车上的铃铛发出美妙的声响；被风撕成碎片的空气轰鸣着，在阻挡去路；大地上的一切都在身边飞驰而过，其他的民族和国家斜着身体躲向一旁，在纷纷给她让道。"

## 第四节　革命民主派批评

在中国的文学理论界，一向有"三个斯基"之称，指的就是别林斯基、车尔尼雪夫斯基和杜勃罗留波夫这3位19世纪俄国批判现实主义文学中最大的理论家，尽管杜勃罗留波夫的姓氏并不是以"斯基"结尾的。在俄国文论史中，这3位作家也常被并列在一起，当作一个紧密的理论团体，即所谓的"革命民主派批评"。这3位批评家从革命民主主义和唯物主义立场出发，对俄国现实主义文学的创作经验进行及时而又深刻的总结，提出了文学的现实性、人民性、典型性等美学原则，为19世纪俄国批判现实主义文学的形成、丰富和发展奠定了坚实的理论基础，别、车、杜三人既思想深刻又文笔优美的理论著作，自身也成了19世纪俄国文学有机的构成部分。

别林斯基（1811—1848）出生在一个海军军医家庭，1829年进入莫斯科大学，由于写作具有反专制色彩的剧作《德米特里·卡列宁》被学校开除。1834年，别林斯基发表批评处女作《文学的幻想》，从此开始了其批评家的生涯。1839年，别林斯基前往彼得堡，先后主持《祖国纪事》的文学批评栏和《现代人》杂志，在不到了10年的时间里发表了大量评论文章（一千余篇！），为自然

别林斯基像

派,乃至整个俄国19世纪批判现实主义文学奠定了理论基础。在《文学的幻想》中,别林斯基追溯了俄国文学从18世纪的古典主义以来的发展历程,并突出了这一历史进程中凸现出的民族性和现实主义两大问题。在《论俄国中篇小说和果戈理先生的中篇小说》(1835)中,别林斯基将文学划分为"理想的诗"和"现实的诗"两大类,并肯定了果戈理作为一位"现实生活的诗人"的存在意义。《亚历山大·普希金作品集》(1843—1846)是对普希金作品的系列评论,别林斯基在将普希金定义为俄国民族诗人的同时,也提出了俄国现实主义文学的若干基本原则。接下来,在关于果戈理创作的系列评论中,在关于40年代俄国文学的几篇年度综述中,别林斯基对文学的真实性、典型性、形象思维、人民性、天才、激情等一系列文学、美学问题进行了深刻的思考和论述。1846年,果戈理发表《与友人书信选》,其中所倡导的恭顺、调和的社会理想激起了别林斯基的强烈愤怒,当时在德国养病的他奋笔疾书,写下著名的《致果戈理的信》,这封充满不妥协的战斗精神的信,用赫尔岑的话来说,构成了别林斯基的"精神遗嘱"。

只活到37岁的别林斯基,却成了俄国文学史上最伟大的批评家,也是俄国文化史上最重要的思想家之一。

车尔尼雪夫斯基(1828—1889)和别林斯基一样,不仅是一位杰出的批评家,也是一位伟大的思想家。他是萨拉托夫一个神甫的儿子,可后来却成长为一位充满无神论精神和社会革新理想的社会主义者;他以深刻的美学思想和敏锐的批评意识见长,但他同时也进行积极的文学创作,写下了《怎么办》、《序幕》等小说名作,是俄国小说史上的一位重要作家。1853年,车尔尼雪夫斯基应涅克拉索夫之邀来到彼得堡,主持《现代人》杂志的批评栏,他用自己积极的文学批评活动填补了别林斯基留下的空白,成为50—60年代俄国现实主义文学的理论导师。1862年,已经被社会目为革命领袖的车尔尼雪夫斯基被沙皇当局逮捕,在彼得保罗要塞,意志顽强、毅力超人的他继续写作,用4个月的时间创作出长篇小说《怎么办》。两年之后，他被流放至西伯利亚，在苦役中度过20余年！在结束流放回到故乡萨拉托夫后不久，身体遭到严重伤害的车尔尼雪夫斯基就去世了。在得知车尔尼雪夫斯基的不幸遭遇后，马克思曾痛心地说道："车尔尼雪夫斯基政治生命的终结，不仅是俄国学术界的损失，而且也是整个欧洲学术界的损失。"

《艺术对现实的审美关系》(1855)是车尔尼雪夫斯基的学位论文，车尔尼雪夫斯基从美与现实的关系入手，把美从黑格尔的唯心主义束缚中解放出来，认为美就在于

流放中的车尔尼雪夫斯基（1864年，伊尔库茨克）

客观现实，"美就是生活"。这篇论文在莫斯科大学的答辩会吸引来大量听众，场面蔚为壮观。在自己最重要的批评文章《俄国文学的果戈理时期概观》(1855—1856)中，车尔尼雪夫斯基将果戈理与普希金并列，称后者为"俄国诗歌之父"，称前者为"俄国散文之父"，把自然派兴起以来的俄国文学定义为"果戈理时期"，并将以果戈理为代表的这一文学流派称为"俄国文学可以自豪的唯一流派"。1856年，在论及托尔斯泰的早期作品时，车尔尼雪夫斯基独具慧眼地看出了托尔斯泰创作的两个特点："心灵的辩证法"和"真诚、纯洁的道德情感"。作为托尔斯泰艺术天赋的第一个发现者，车尔尼雪夫斯基的这一论断一直为后世的托尔斯泰读者和研究者们所津津乐道。

车尔尼雪夫斯基的《怎么办》有一个副标题："新人的故事"，这篇意欲与屠格涅夫的《父与子》进行思想论战的小说，也的确是以"新人"为描写对象的：薇拉挣脱传统家庭，与医生洛普霍夫结合，洛普霍夫发现妻子更爱自己的好友基尔萨诺夫，便以假装自杀的方式主动"让贤"，数年后他自美国归来，与波洛佐娃结婚，两对夫妻都生活幸福，并进行着社会主义的社会改革试验和宣传。他们之"新"，在于他们都是平民知识分子，都热情勤劳，大公无私，

与俄国文学中传统的"多余人"形象乃至"虚无主义者"形象构成了鲜明的对比。小说中还有这样几个常被人提起的"热点":1.革命家拉赫美托夫的形象,这个人物过着清教徒式的生活,为了未来的事业,他甚至赤身躺在钉床上以磨炼自己的革命意志,这个被视为俄国文学中第一个职业革命家形象的人物,在小说发表之后赢得了众多模仿者。2.薇拉的4个梦,作者通过薇拉先后做的4个梦宣传了自己的社会主义的思想:第一个梦是薇拉对自由和独立的向往,以及个人的解放和阶级的解放之间的关系;第二个梦是对剥削阶级腐朽性以及社会革新之必要性的论证;第三个梦写薇拉的爱情观;第四个梦通过妇女社会地位的变化来展望社会主义的美好远景。这些梦,尤其是第四个梦,充满理想的激情和浪漫的幻想,被视为所谓"乌托邦文学"的经典样板。3.新人们奉行的"合理的利己主义"(又译"理性的个人主义"),这种理论认为:革命者和任何人一样也是利己的,但这种利己却是精神层面上的,即把对社会的奉献和为他人的牺牲当成了自己内在的精神需求和道德上的满足。

杜勃罗留波夫(1836—1861)在1857年接替车尔尼雪夫斯基主持《现代人》批评栏,当时他刚刚从彼得堡中央师范学院毕业,在此之后他只活了4年,可就在这短暂的4年时间里,他却迅速地成长为一位杰出的批评家,在俄国批评史中赢得了与别林斯基、车尔尼雪夫斯基并列的地位。杜勃罗留波夫的文学批评业绩主要体现在这样几篇论文中:1.《俄国文学发展中人民性的渗透程度》(1858)是杜勃罗留波夫一篇纲领性的文章,作者认为,应该对文艺学中的"民族性"和"人民性"这两个概念加以区分,在俄国文学的民族性问题已经初步解决之后,人民性的问题就显得更为重要的,而所谓的"人民性",就是要在文学中"表现人民的生活,体现人民的愿望"。2.《什么是奥勃洛莫夫性格?》(1859)是对冈察罗夫的小说《奥勃洛莫夫》的评论,在对小说主人公形象进行了一番分析之后,作者得出了这是"我们地道的民族典型"的结论,而"奥勃洛莫夫性格""就是解开俄国生活许多现象的一把钥匙,这使冈察罗夫的小说具有更为广泛的社会意义"。3.《黑暗王国》

杜勃罗留波夫像

(1860) 和《黑暗王国的一线光明》(1860) 这两篇文章都是论述奥斯特罗夫斯基的剧作《大雷雨》的,作者认为,俄国社会就是一个"黑暗王国",而试图挣脱宗法制社会之束缚的卡捷琳娜,就是"黑暗王国中的一线光明"。4.《真正的白天何时到来?》(1860) 的评论对象是屠格涅夫的《前夜》,作者通过对小说中的叶莲娜等"新人"形象的分析,预言俄国社会的革命性变革即将到来,作者对小说中的"英雄"英沙罗夫身为保加利亚人而感到遗憾,并称"俄国的英沙罗夫"必将很快出现。关于《前夜》的这种革命性的解读,引起屠格涅夫的强烈不满,并最终导致了屠格涅夫与《现代人》杂志的决裂。杜勃罗留波夫用自己的批评实践,为他所提出的那种注重文学与现实生活的关联、注重美学解读与社会功能评价相结合的"现实的批评"提供了范例。

## 第五节 赫尔岑

赫尔岑(1812—1870)出生在莫斯科一个大贵族家庭,但他却是其父和一位德国女性的非婚生子,故一直以"养子"的身份生活在自己家中,也没能继承父亲的姓氏"雅科夫列夫",他的姓"赫尔岑"是父亲为他生造出来的,据说来自德语的"心"(Herz)一词。在贵族家庭中这种既尊贵又屈辱的处境,对于赫尔岑的敏感天性和叛逆性格的形成或许起到过一定的作用。不过,赫尔岑的父亲很爱自己这位亲生的"养子",赫尔岑因而也得到了当时最好的家庭教育。1829年,赫尔岑进入莫斯科大学数理系学习,在接受严谨的科学方法训练的同时,也受到了当时崇尚自由的校园和社会氛围的熏陶。以他为中心形成的"赫尔岑小组",则显示了赫尔岑作为一位社会活动家和思想家的个性魅力和政治感召力。早在上大学之前的1827年,他就与好友奥加廖夫(1813—1877)在莫斯科的麻雀山上面向整个莫斯科发出誓言,将为社会的平等和正义奉献自己的一生,后来,他们果然用自己"整个一生"履行了他们的"麻雀山誓言"。

1834年,"赫尔岑小组"的大多数成员被逮捕,赫尔岑本人在审查之后被流放,先后在彼尔姆、维亚特卡、弗拉基米尔和诺夫哥罗德等地被监禁,或在当地的衙门当差。在这断断续续近10年的流放生活中,赫尔岑阅读了大量哲学和思想著作,深受空想社会主义理论和德国古典哲学的影响,同时,对俄国民间生活的深入了解，更强化了他的抗议精神，他也因此具有了更为坚定、清晰的社会理想和政治抱负，即在俄国推翻沙皇的专制统治。结束流放回到莫斯科后，赫尔岑在短短数年之间连续发表了3部中长篇小说，即《谁之罪》(1845)、《克鲁波夫医生》(1847)和《偷东西的喜鹊》(1848)，3部小说的共同主题，就是对社会不公正、不合理之原因的探究，追问究竟是谁该对社会中一些人的悲惨命运和另一些人的道德退化负责。具有强烈社会责任感和道德感的"问题小说"，从此成了俄国文学中最重要的传统之一。1847年，为了获得一个自由的政治活动空间和思想传播场所，赫尔岑以给妻子治病为由离开俄国来到西欧，从此开始了他长达20余年的流亡生涯。

1850年，赫尔岑拒绝沙皇尼古拉一世要他回国的命令，从此成为一位政治流亡者。流亡期间，赫尔岑写作了他最重要的作品《往事与沉思》（又译《往事与随想》），他在该书第四版（1866）序言中写道："这不是一部历史著作，而是历史在一个偶然踏上其道路的人身上的反映。"

《往事与沉思》是关于那个时代俄国思想生活的生动记录，阅读着赫尔岑再现给我们的那一个个鲜活的人物，一个个生动的场景，一个半世纪前俄国社会的精神面貌似乎就像一出精彩纷呈的戏剧，历历在目地呈现于我们眼前。赫尔岑笔下的那些俄国知识分子，的确是俄国文化史上一群真诚而又可爱、坚韧而又富有个性的思想者，赫尔岑在书中写道："试问，在当代西方的哪个角落里，你们能看到这样一群群思想的隐修士、科学的苦行僧和信念的宗教狂？他们的头发已经斑白了，可追求却永远年轻。"

赫尔岑的女儿为父亲所作的肖像（1867年）

《往事与沉思》是赫尔岑一生创作的顶峰，因为，无论是作为一位伟大思想家的赫尔岑，还是作为一位杰出文学家的赫尔岑，在这本书里都得到了充分的展示。《往事与沉思》是一部回忆录，一部自传体小说，而且是一部杰出的自传，它在俄国文学史中具有深远的意义。然而，《往事与沉思》又不仅仅是一部传记,即便只就体裁意义而言,它的容量也远远地超出了一般的回忆录或自传,这里有对历史和现实人物的特写,有日记和书信,有理论文章和政论,其作者是一个兼哲学家、小说家和政论作家于一身的大师。赫尔岑在《往事与沉思》中再现了"历史在一个人身上的反映",与此同时,借助这部巨作,他也把自己的伟岸身影投射在了历史的大背景中,别林斯基在赫尔岑刚刚开始发表作品时就发出的那个大胆预言无疑是正确的:赫尔岑不仅将在"俄国文学史"中占据要位,而且还将在"卡拉姆津的历史"中占据一席。

## 第六节 丘特切夫

在丘特切夫(1803—1873)的身上,有两个现象很值得关注:首先,丘特切夫在俄国诗歌中享有崇高的地位,有人甚至将他与普希金、莱蒙托夫并列为19世纪的三大俄国诗人,但实际上,他在诗界的出名是比较晚的,受到文学批评家和文学史家的推崇则是更晚的事情。丘特切夫出生在一个旧式贵族家庭,接受过良好的家庭教育,12岁时就动手翻译贺拉斯的作品,14岁时就因为写成《1816年新年颂》一诗而被著名的俄国语文爱好者协会接纳为会员。但是,丘特切夫直到1836年,也就是丘特切夫已经33岁的时候,他的一组共24首诗才以《寄自德国的诗抄》为题发表在普希金主编的《现代人》杂志上,据说,普希金对丘特切夫的诗歌评价并不很高,只是在维亚泽姆斯基、茹科夫斯基等人的热

丘特切夫

心推荐下才发表了这些诗作。诗作发表之后,远在国外公干的诗人也一直没有引起国内批评家和读者的关注,1850年,涅克拉索夫才在《俄国二流诗人》一文中重新提起丘特切夫,并认为他实际上"可归于俄国一流诗歌天才之列"。到19世纪60年代,丘特切夫才渐渐地得到各方人士的一致肯定;而在19世纪末、20世纪初,在俄国象征主义诗歌运动兴起的时期,被勃留索夫等人尊称为

"先师"的丘特切夫,最终确立了其在俄国诗歌史中的崇高地位。丘特切夫之所以被视为最具有民族特色的俄国抒情诗人之一,就是因为,他在诗中描绘的俄国大自然,就像列维坦笔下的画面一般,宁静和优美中却渗透着强烈的不安和忧伤;他在诗中吟唱的爱情,尤其是那组著名的"杰尼西耶娃组诗",幸福夹杂着负疚,强烈的激情常常为犹豫所压抑,深切的爱恋始终伴随着深刻的忏悔。所有这些,在一定程度上就可以被视为俄罗斯民族的"双重性格"在诗歌中的典型再现。

其次,丘特切夫1821年从莫斯科大学语文系毕业之后进入俄国外交部工作,不久就被派往慕尼黑、都灵等地的俄国外交机构,在国外一干就是22年,可这位长期居住国外的俄国人,却始终是一个坚定的民族主义者,一个泛斯拉夫主义者。在宗法制家庭氛围中长大成人的丘特切夫,其思想一直带有某种保守主义倾向。在莫斯科大学学习时,他在读到了普希金的《自由颂》一诗后曾致信普希金,在称赞了诗中的反专制激情之后,也建议普希金不要用词过激,以免伤害同胞们的民族感情。此后,丘特切夫长期在政策性、原则性很强的政府外交部门工作,这样的工作性质无疑也会影响到他的思想立场。1838年,丘特切夫的德国籍妻子彼得松去世,据说丘特切夫因悲伤过度一夜之间白了头,但不久却又因为另一场爱情而与人"私奔"瑞士,被开除公职,在国外滞留多年。正是在这一段时间里,与俄国国内斯拉夫派思潮的兴起遥相呼应,丘特切夫的泛斯拉夫主义世界观最终形成。1841年,他前往布拉格会见捷克著名的民族主义运动领导人瓦斯拉夫·汉卡,深受其影响。在1848年欧洲大革命前后,丘特切夫写作了一系列政论文章,如《俄国和德国》、《俄国和革命》、《罗马教廷和罗马问题》,还打算写作一部题为《俄国和西方》的著作。这些文章集中体现了丘特切夫的保守主义倾向,在他看来,1848年的欧洲革命就是欧洲文化和文明大毁灭的开端,而只有俄国能抵抗这股强大的自发势力,完成再一次拯救欧洲的使命。而俄国欲完成这一使命,就必须联合起整个东部欧洲,成为斯拉夫世界的领袖。俄国能够胜任这一使命的资本,在丘特切夫看来,就是其与西欧不同的独特历史发展道路,就是由恭顺、忘我和自我牺牲等品质构成的民族性格。他在这一时期写作的《大海和峭壁》(1848)一诗,可以被视为其政治倾向的诗意表达。诗人在诗中用"大海"来比喻1848年欧洲革命,而将俄国写成在风暴中巍然屹立的"峭壁"。这样的政治立场自然会引起官方的关注,甚至赞许。其实早在此前几年，沙皇尼古拉一世在读了他的《俄国和德国》一文后就很以为然，丘特切夫于1844年的顺利回国，据说就与沙皇的默许不无关系，结果，这位擅离职守数年的前外交官不仅没有受到任何处罚，还被委以重任，高级宫廷侍从的头衔被恢复，并先后担任了外交部的高级新闻检察官（1848年起）和"外国书刊检查委员会"的主席（1858年起），负责对进口图书进行监控。挑选丘特切夫这样一位既精通西方文化又具有强烈民族情感和国家意识的人来担任此职，无疑是很合适的，但丘特切夫毕竟是一位诗人，在面对文化产品的输入时总难免有恻隐之心，据说他因此也常常和自己的上司发生冲突。丘特切夫这一时期的内心矛盾，还不仅仅在于一个肩负重任的"文化海关官员"和一个有品味有良心的文化人这两种角色之间的冲突，同时还表现为在面对俄国时的那种既骄傲又沮丧的情感。俄国在1853—1856年间的克里米亚战争中的失败，使丘特切夫对沙皇政府失去了信心，强烈地感觉到了俄国在面对西方势力时所遭遇的危机，但与此同时，他却一直没有失去对俄国的信念，只不过，他从此时开始更看重俄国的道德、精神方面的长处，而非国家、政治方面的优势。这样一来，他与斯拉夫派的基本理念就有了一个更深层次上的吻合。1866年，丘特切夫写下了他那首著名的《无法用理智去认识俄罗斯》一诗："无法用理智去认识俄罗斯，/无法用普通的尺子去丈量；/她有着独特的身材，——/你只能去把俄罗斯信仰。"在这个时候，丘特切夫终于意识到了，自己在40年代中后期用"理智"面对俄国的努力是不成功的，接下来，他尝试着变换一种方法，用诗人的"情感"和信徒的"信仰"来诉诸俄国。回顾一下丘特切夫的创作史，可以发现，他作为一位政论家的沉默之时，正是他作为一名诗人的崛起之日。而将俄国作为一个偶像来无条件地信仰，则可以创造出一个条件，以调和他的内心冲突，调和他的政治理想和国家的现实生活之间的矛盾。

# 第五章

## 19世纪下半期的文学

# 第五章 19世纪下半期的文学

## 第一节 屠格涅夫

屠格涅夫（1818—1883）常与托尔斯泰和陀思妥耶夫斯基被并称为俄国最伟大的三位小说家，他前后写下6部长篇小说，每一部小说都是俄国社会特定阶段的一部编年史，他的创作从而也就构成一部真正的19世纪俄国生活的"百科全书"。

屠格涅夫出生在一个富裕的大贵族家庭，从小接受了良好的教育，14岁时就已经熟练掌握了法、德、英3种外语，这使得他有可能较早地受到西欧文化的影响。在柏林大学的留学经历，使他像那个时代大多数留学德国的俄国知识分子一样，成了黑格尔哲学，乃至德国文化的崇拜者。无论是屠格涅夫1833年最初考入的莫斯科大学，还是他一年后转入的彼得堡大学，在当时都是具有理想精神的俄国知识青年聚集的地方，屠格涅夫在那里受到了时代氛围的影响，在他1838年留学德国柏林大学之后，更是接近了以斯坦凯维奇为核心的小圈子，与格拉诺夫斯基、巴枯宁等成为挚友，1841年回国后不久开始文学创作，受到别林斯基高度赞赏，不久成为《现代人》杂志的同仁之一。

屠格涅夫

1843年11月，具有西班牙血统的法国歌唱家波琳娜·维阿尔多来彼得堡演出，屠格涅夫被她迷住，从1845年起开始追随她在欧洲游历，1847年后更是常年住在德、法等国，屠格涅夫可能是他那个时代出国次数最多、在西欧生活时间最长的俄国作家之一，在将故乡与侨居之地做比较

屠格涅夫头像速写
（波琳娜·维阿尔多作，1879年）

的时候,屠格涅夫虽然往往对俄罗斯怀有更深的眷恋,而对西欧抱有某种怀疑甚至厌恶,但他却无疑是他那个时代对西欧和西方文化最为了解的俄国知识分子之一。对俄国现实,尤其是农奴制度的不满,是屠格涅夫一生始终不变的社会立场,他甚至因此而疏远了深爱着他的,但却对农奴十分专横狠毒的农奴主母亲,往来俄国与西欧之间,他不断地将两种社会现实做比较,他甚至在回忆录中写道,他当初之所以出国,是因为,"不能同我憎恨的对象并存,呼吸着同一种空气……我必须离开我的敌人,以便从我所处的远方更有力地向它进攻",他还说,"假若我留在俄国,我就肯定写不出《猎人笔记》"。

从早年的长诗《帕拉莎》到晚年的散文诗,屠格涅夫的创作生涯持续了数十年,他留下的《猎人笔记》、《罗亭》、《贵族之家》、《前夜》、《父与子》、《烟》和《处女地》等小说名篇,构成了一部19世纪40—80年代俄国社会生活的艺术画卷。但令人惊讶的是,屠格涅夫的每一部小说一经发表几乎都引起了程度不同的争论,甚至会导致完全不同的解读。

《猎人笔记》是屠格涅夫的第一部名作,很少有人注意到,这部字里行间都渗透着地道俄罗斯精神的小说,其篇章却大多是在国外写成的。作品发表之后,受到了广泛的欢迎,但西方派和斯拉夫派给予肯定的角度却不尽相同,在都对小说的反农奴制的人道立场表示赞同的前提下,别林斯基等更看重这些系列特写对俄国现实的抨击力量,而斯拉夫派则在屠格涅夫关于俄国大自然和普通民众的如诗如画的描写中发现了与他们对罗斯的赞美相吻合的语调,因而常常将屠格涅夫的《猎人笔记》与谢·阿克萨科夫的《带枪猎人的笔记》相提并论。

1858年,屠格涅夫的《阿霞》发表之后,车尔尼雪夫斯基撰写了一篇题为《俄国人赴约会》的评论文章,认为屠格涅夫小说中的主人公所表现出来的萎靡不振、犹疑不决的气质,已表明自由派知识分子在俄国社会生活中正在失去进步意义,这篇文章不仅受到安年科夫等人的激烈反驳,也引起了屠格涅夫对车尔尼雪夫斯基等人的不满。

《前夜》发表之后,杜勃罗留波夫写作了一篇评论,题目叫做《真正的白天何时到来》,认为屠格涅夫小说的意义就在于呼唤一个新时代的到来,杜勃罗留波夫对《前夜》的这一"革命性"解读让屠格涅夫很难接受,他因此与《现代人》阵营彻底决裂。关于《父与子》的争论,更是西方派阵营正式分化为自由派和民主派的一个标志，车尔尼雪夫斯基后来之所以写作《怎么办》，在一定程度上就是要与《父与子》进行论战，构成对比。小说《父与子》的出版所引起的激烈争论，也可以被视为屠格涅夫自己的政治立场和艺术态度之间的冲突。按照屠格涅夫构思《父与子》的初衷，原本是为了弥合两代人之间的隔阂，没想到，这部作品却激起了最为激烈的讨论，甚至于在各个方面都不叫好，用屠格涅夫自己的话来说就是："有些人指责我侮辱了年轻一代，骂我落后、反动，他们关照我说要带着'轻蔑的笑声烧掉你的相片'；相反的，另一些人却愤怒地责备我曲意奉承这年轻一代。"赫尔岑写作了题为《父辈成了祖辈》一文，对《父与子》及其作者进行了嘲讽和抨击。针对相关的指责，屠格涅夫很不以为然，他在《关于〈父与子〉》中的一条脚注中对某些庸俗的评论发了这样一通"牢骚"："人们举出许多论据来证明我'对青年有仇恨'，一位批评家还援引了我让巴扎罗夫在打牌时输给亚历克赛神甫这件事情，作为论据之一。他说：'作者简直不知道怎么样辱没和贬低他才好！他连玩牌都不会！'毫无疑问，如果我让巴扎罗夫打赢了，那位批评家一定又要洋洋得意地叫道：'事情不是很明显吗？作者想暗示我们：巴扎罗夫是个赌棍！'"由屠格涅夫在《父与子》中提出的"虚无主义者"这一概念，引起了尤其激烈的讨论，并使斯拉夫派和西方派的对峙在一定程度上转化成了"自由派"和所谓"虚无主义者"的对立。

在《父与子》之后，屠格涅夫的《烟》和《处女地》等作品一次又一次地引起了广泛的社会讨论，在不同的思想阵营获得了截然不同的评价。屠格涅夫作品的这些遭遇，恰好说明它们真实地再现了当时俄国社会的真实和社会中的矛盾，构成了那个时代思想生活的艺术记录，一位屠格涅夫研究者关于《父与子》所说的一段话，似乎也可以被用来说明屠格涅夫曾引起争论的其他所有作品："围绕小说进行的激烈争论，最初使作者感到沮丧。他似乎觉得这意味着作品的完全失败。实际上正好相反，这些争论在很大程度上就是这部小说里展开的那些争论在现实生活中的继续；激烈的争论说明作品写得生动，动人心弦，没有一个读者对作品能无动于衷。这是巨大的成功，尽管这个成就来之不易，而且往往使作者不十分愉快。"

总之，屠格涅夫的每一部作品，都是对俄国当时的社会生活和思想斗争的观照，因而也就难免都会涉及对不同的价值取向和社会发展道路的探究和思索，屠格涅夫的每一部小说都暗含着争论，是真正的思想小说，他是在不懈地通过自己的小说，以艺术的方式介入他那个时代的思想斗争。

## 第二节　冈察罗夫

冈察罗夫（1812—1891）的生活和创作中有这样几个值得我们关注的史实：1. 冈察罗夫少时生活在辛比尔斯克的乡间，宗法制农村的生活体验成了他之后小说创作的题材来源和情感归宿；2. 冈察罗夫是一个谨小慎微、性格平和的人，可他却从小受到他当过海员的教父的影响，始终对远方充满渴望，在1852—1855年间的两年半时间里，他担任一艘远洋考察船的秘书，踏上了环球航行的旅程，其间到过西欧、远东等地，于是，他不仅成了19世纪著名俄国作家中有过环球航海经历的人，也是他们中间第一个到过中国的人，他的游记《战舰巴拉达号》（1858）中就有许多关于中国的记录；3. 1856—1860年间，已经成为著名作家的冈察罗夫，却担任了国民教育部首席图书审查官，这引起了许多激进作家的强烈不满，冈察罗夫虽然也查封过皮萨列夫的激进杂志《俄国言论》，但也为一些作家作品的面世出过力，如屠格涅夫的《猎人笔记》、莱蒙托夫和涅克拉索夫的诗作等。

冈察罗夫活到79岁，作为一位小说家的创作时间也持续了数十年，但相对而言，他的作品却并不多，总共只写有3部长篇小说，即《平凡的故事》（1847）、《奥勃洛莫夫》（1849—1959）和《悬崖》（1868）。对此，冈察罗夫的一些同时代人曾感到遗憾，认为冈察罗夫与其主人公奥勃洛莫夫一样地慵懒。但反过来说，这也是冈察罗夫严肃创作态度的一种体现，他曾在《迟做胜过不做》一文中对此作过解释："那些在我自己心中没有成熟的东西，那些我没有看到的东西，我没有在生活中体验过的东西，我的笔是不会去碰的！"再说，能让自己仅有的3部小说都在俄国文学史中占有位置，这绝对是一个了不起的成就。

《平凡的故事》再现了19世纪40年代出现在俄国的资本主义价值观和生活方式对传统的俄国贵族庄园文化的冲击，侄子亚历山大·阿杜耶夫从宁静的外省庄园来到喧嚣的彼得堡，其所作所为都与资本家的叔父彼得·阿杜耶夫形成鲜明对比，其结果，侄子在叔父的熏陶下成了一个新的资产阶级分子，而叔父本人却在妻子丧失健康之后看到了唯利是图的生活之弊端、之无聊，并进而怀疑起资产阶级的生活方式。小说由于其对生活的真实描写而得到别林斯基的欣赏，被发表在《现代人》杂志上，冈察罗夫藉此登上文坛，并被视为"自然派"的一员。

接下来，冈察罗夫迅速地构思出了两部小说，但是，环球旅行、担任公职等却使两部小说的写作拖延了下来，10年之后，他才写完《奥勃洛莫夫》，20多年之后，他才发表《悬崖》。

别林斯基和冈察罗夫（石印画，列别捷夫作，1947年）

《奥勃洛莫夫》写的是乡村地主奥勃洛莫夫的一生：第一部写奥勃洛莫夫的一天，这整整一天都是躺在床上度过的；第二、三部写他与奥尔迦之间的爱情以及他最终对爱情的逃避；第四部写奥勃洛莫夫终于娶了寡妇房东为妻，重新回到床上，并由于营养过剩、缺少活动而过早去世。《奥勃洛莫夫》的发表，恰逢俄国农奴制即将被废除之际，人们因而很自然地把小说主人公的生活与没落的农奴制度联系在一起，于是，奥勃洛莫夫就被视为"多余人"彻底堕落的象征，在后来的文学阐释中逐渐失去了任何积极意义，所谓的"奥勃洛莫夫性格"也就成了一个彻头彻尾的贬义词。但是，如果仔细地阅读这部小说，人们也许不难感觉到，作者对于其笔下的主人公不是没有一点温情和同情的，作者对那种宁静而又恬淡的俄国生活方式不是没有几分眷念和怀旧的。最近，在俄国又出现了一些关于奥勃洛莫夫性格的新解读，比如，在电影导演尼基塔·米哈尔科夫拍摄的电影《奥勃洛莫夫生活中的几日》中，奥勃洛莫夫的生活方式被解释为对所谓"进步"事业的逃避，因而是正面的，奥勃洛莫夫的无所事事并没有给任何人带来伤害，而那些形形色色的改革者和"进步"人士，却给俄国社会带来了无尽的灾难。

《悬崖》写了一个爱情上的多角关系：艺术家拉伊斯基返乡时爱上薇拉，

薇拉却受到"虚无主义者"沃洛霍夫的诱惑,最后,沃洛霍夫的非道德感和无责任感使薇拉清醒过来,但无法克服嫉妒之心的拉伊斯基却无法接受薇拉的爱情,薇拉最后投向了讲究实际、善于做实事的图申。小说题目中的"悬崖"具有某种象征意义,因为薇拉总要拉着自己的恋人去"花园"见面,"花园"无疑就是她祖母那种舒适、恬静的生活传统的象征,而沃洛霍夫却总是坚持要去"悬崖"幽会,"悬崖"是一个危险的去处,它象征着所有古老传统的崩塌,最终,清醒过来的薇拉也终于离开了沃洛霍夫的"悬崖"。小说发表后引起巨大争论,激进作家阵营认为这是对青年一代知识分子的讽刺,保守派文人却认为作家在迁就虚无主义者。在当时的文学语境中,大多数人认为这部小说是个失败之作,冈察罗夫也因此心灰意冷,从此中止了小说的写作。其实,在后代读者的心目中,《悬崖》因其曲折的爱情故事、生动的女性形象和优美流畅的语言,反而成了一部可读性很强的小说。

冈察罗夫三部小说的原文标题都以俄语字母O开头,作家本人也多次强调,"这并不是三部小说,而是一部",因为"它们有一个共同的线索,一个一贯的思想,即俄国生活从一个时代向另一个时代的过渡"。将这三部小说联结为一体的,还有一个重要的因素,即其主人公形象中的自传色彩,无论是阿杜耶夫、奥勃洛莫夫,还是拉伊斯基(奥勃洛莫夫称之为"睡醒的奥勃洛莫夫"),都与冈察罗夫本人的性格有一定的相似之处,作品所营造的庄园、地主家庭的生活氛围,与冈察罗夫童年的成长环境也十分相近。但是,在小说作者和他笔下的主人公之间划等号,毕翻五次竟不是一个聪明的阅读方式,至少,懒惰的奥勃洛莫夫是写不出三部不朽的长篇小说来的!

## 第三节　涅克拉索夫

涅克拉索夫(1821—1878)是19世纪俄国诗歌中可以与普希金、莱蒙托夫和丘特切夫比肩的又一位大诗人,他的诗歌自始至终都是以俄国生活,尤其是俄国农民的生活为主要描写对象,其中还充满着浓重的民间色彩和俄罗斯韵味,是俄国被压迫民众的诗歌代言人。涅克拉索夫在19世纪俄国批判现实主义文学中的地位还取决于,他是别林斯基的继承人,在别林斯基之后成了俄国自然派的主要首领,从1847年开始,他又一直是作为俄国现实主义文学主要阵地的《现代人》杂志的主持人。

1843年，涅克拉索夫与别林斯基在彼得堡相遇，当时，没能考入彼得堡大学的涅克拉索夫由于执意留在该校语文系旁听而得罪父亲，失去了家庭的一切支持，在彼得堡漂泊，而被莫斯科大学开除的别林斯基经过几年的努力，已经成为彼得堡一位很有影响的批评家，别林斯基一眼就相中了涅克拉索夫的诗，在读了涅克拉索夫的《路上》（1845）一诗之后，兴高采烈的别林斯基曾当面对涅克拉索夫说："您知道吗？您是一位诗人，一位真正的诗人！"别林斯基在与涅克拉索夫及其诗歌相遇时，已经完成了对俄国自然派文学的理论构建，他在散文中发现了果戈理及其《死魂灵》，但在诗歌中却一直没有发现可以与果戈理并列的对象，他曾想把"来自民间"的诗人柯尔卓夫树为偶像，但柯尔卓夫在1842年就去世了，留下的作品也不多。涅克拉索夫的出现，使别林斯基看到了俄国诗歌中现实主义的希望，他敏锐地看出，涅克拉索夫的诗歌"充满思想"，"这不仅仅是写给少女和月亮的小诗：这些诗歌中还有许多智慧的、实际的和现实的东西"。别林斯基最看重的，就是涅克拉索夫诗歌对现实生活的深刻反映，对被压迫的俄国农民阶级的深厚情感。涅克拉索夫自己则将与别林斯基的交往当作自己命运的转折，他从此进入了以别林斯基为核心的自然派，并迅速为该派做出了贡献，40年代中期自然派的两部最重要的作品集《彼得堡风俗》和《彼得堡文集》，都是由涅克拉索夫编辑的。别林斯基在世的时候，涅克拉索夫是其最亲密的追随者之一，别林斯基去世之后，涅克拉索夫又是其文学遗产最忠实的继承者和捍卫者之一。

写作《最后的歌》时期的涅克拉索夫（克拉姆斯科依作）

在《诗人与公民》（1856）一诗中，涅克拉索夫继雷列耶夫之后，再次道出了"你可以不做一名诗人，/但你必须成为一位公民"的警句。在长诗《严寒，通红的鼻子》（1863）中，诗人表达了他对俄国农民，尤其是俄国乡村妇女艰难生活的深切同情，长诗的前一部分写农民普罗克的去世，后一部分写普罗克的寡妇达丽娅在寒冬去砍柴，最后冻死在森林里。诗人在描写达丽娅不幸命运的同时,也写出了她在生活和劳动中体现出的美德和美丽,诗人因而被人们称为"妇女命运的歌手"。涅克拉索夫最重要的作品,要数长诗《谁在俄罗斯能过好日子》(1863—1877)。长诗用问句为题,与赫尔岑的《谁之罪》和车尔尼雪夫斯基的《怎么办》相呼应,共同构成了19世纪俄国文学中所谓"问题文学"的传统。长诗以7个农民离开家乡,前去寻求自由和真理,寻找"不挨鞭子省,不受压榨乡,不饿肚子村",然而,他们四处碰到的都是严酷的现实,到处目睹的都是不公正的现象,这样的情节线索是不难让人对长诗题目本身所给出的问题作出回答的。和《严寒,通红的鼻子》一样,涅克拉索夫在描写农民的痛苦和绝望的同时,却时刻不忘展现他们身上所蕴涵着的勤劳本质、自由精神和生活理想,这样一来,长诗所提出的"问题",同时又成了向俄罗斯人民发出的一声充满希望和憧憬的深情呼唤。

## 第四节 奥斯特罗夫斯基

亚历山大·奥斯特罗夫斯基(1823—1886)是19世纪俄国文学中最伟大的剧作家。19世纪40—50年代,他借助具有斯拉夫派倾向的刊物《莫斯科公国人》登上文坛,后来又长期在该刊编辑部工作,他的维护宗法制生活规范的主张和注重俄国古代文化传统的倾向,与斯拉夫派人士非常接近;与此同时,他与《现代人》杂志的关系也很密切,通过杜波罗留波夫等人的推崇,他又被革命民主派的美学批评树为创作典型,从而成为俄国批判现实主义文学的重要代表作家之一。

1850年,奥斯特罗夫斯基那部在莫斯科的沙龙里传播已久的剧作《自家人好算账》,终于在《莫斯科公国人》杂志上发表出来,并赢得广泛的赞誉,被与冯维辛的《纨绔少年》、格里鲍耶陀夫的《聪明误》和果戈理的《钦差大臣》并称为俄国的四大名剧。此后不久,他就被该杂志聘

奥斯特罗夫斯基像

请为编辑,成为所谓"青年编辑部"的成员,由此开始追求现实地反映普通人的生活,同时也对普通人身上所体现出的传统习俗和道德规范予以肯定,并以此对社会上盛行的"欧化"之风表示出某种抗拒。奥斯特罗夫斯基这一时期的世界观,在《各守本份》(1852)、《贫非罪》(1853)和《切勿随心所欲》(1854)等3部剧作中得到了反映。在《自家人好算账》一剧中抨击了市民生活中残忍、狡诈的一面之后,他产生出了在当代生活中寻找与之对立的"正面因素"的愿望,受当时"青年编辑部"成员,尤其是格里高里耶夫的影响,他在戏剧中创造出了一个独特的"宗法制乌托邦"来。仅从这三部剧作的题目上,就不难体味出剧作家鲜明的社会—伦理立场。毫不奇怪,这3部剧作都受到了涅克拉索夫和车尔尼雪夫斯基等人的猛烈抨击,认为是对不合理的社会现实的盲目美化。

奇怪的是,奥斯特罗夫斯基不仅接受了来自对方阵营的批评,而且还迅速转换了立场,从1856年起,他的那些内容有所变化的"新"剧作,如《代人受过》(1855)、《肥缺》(1856)、《女弟子》(1858)和《大雷雨》(1859)等,都是在《现代人》杂志上发表的,他也成了革命民主派批评家们最为推崇的作家,尤其是在杜波罗留波夫评论《大雷雨》的那篇著名论文发表之后,奥斯特罗夫斯基更是被视为给"黑暗王国"带来"一线光明"的文学英雄。然而不久,奥斯特罗夫斯基又再次出现了立场上的"摇摆",在60年代初,一向关注俄国民间生活和古代文化的奥斯特罗夫斯基,受当时社会上浓郁的斯拉夫主义

莫斯科小剧院演出的《大雷雨》剧照

氛围的影响，曾一度潜心于对俄国历史的研究，写出大量历史剧，如《科兹马·扎哈里奇·米宁—苏霍鲁克》(1862)、《僭王德米特里与瓦西里·舒依斯基》(1867)、《图希诺》(1865)、《军政长官》(1865)、《17世纪的丑角》(1873)等，因为在奥斯特罗夫斯基看来，历史剧能够"促进人民的自我认知，造就对祖国的自觉的爱"。总之，综观奥斯特罗夫斯基的创作过程，我们隐约能感觉到，对现实生活中种种"负面"现象的揭示与对宗法制生活范式的美化，对"一线光明"的向往与对普通人生活中古风旧俗的眷念，对社会变革力量的关注与对祖国传统文化的捍卫，这两者间的矛盾似乎不仅构成了其戏剧中的"冲突"，也往往导致了剧作家世界观中的某种分裂状况。

## 第五节　萨尔蒂科夫－谢德林

　　萨尔蒂科夫-谢德林（1826—1889）原姓"萨尔蒂科夫"，"谢德林"是他的笔名，但文学史上更多用两个姓氏的合称。如果说，涅克拉索夫是别林斯基的继承人，那么，萨尔蒂科夫-谢德林在某种意义上就是涅克拉索夫的继承人。在普希金就读过的皇村学校上学时，萨尔蒂科夫就开始在《现代人》杂志上发表诗作，皇村学校毕业后，他又应邀为《现代人》撰写书评，1862年，36岁的萨尔蒂科夫从副省长的位置上退下来后正式进入《现代人》编辑部，这是杂志最为艰难的时候，杜勃罗留波夫已在1861年去世，车尔尼雪夫斯基在1862年被捕，萨尔蒂科夫在这个时候挺身而出，协助涅克拉索夫惨淡经营。1866年杂志被封之后，他又成为涅克拉索夫租办的《祖国纪事》杂志编辑部中最核心的人物之一，并在涅克拉索夫去世后成为主编，在相当长的一段时间里，萨尔蒂科夫一直是左翼西方派舆论阵地的坚守者，他也藉此成为了民主派阵营的核心人物之一。

　　在俄国作家中，萨尔蒂科夫-谢德林有一点显得与众不同，这便是他的"官方在野派"色彩。萨尔蒂科夫-谢德林发表于1848年的中篇小说《混乱的事情》，被沙皇当局视为是对西欧革命思想的鼓吹，作者因而遭到流放，在维亚特卡省度过了8年时光，但是，像流放中的赫尔岑一样，萨尔蒂科夫不久也在流放地当了官，成了省政府的高级文官，结束流放生活回到彼得堡后，他在内务部任职，不久就被任命为梁赞省副省长，后调任特维尔省副省长，他担任副省长的这几年，正是俄国农奴制改革的关键时刻，作为一位前彼得拉舍夫斯基小组成员，作为一位有良心的俄国知识分子，萨尔蒂科夫在其任上大刀阔斧地采取了一系列改革，试图在实践工作中落实他在自己的文学作品中所倡导的社会理想。从1864年起，萨尔蒂科夫还先后担任过梁赞、奔萨、图拉等省的税务局长。农奴制改革时期，许多西方派人士都担任过高官，并对改革的实施起到了重要的推进作用，但在后来演变为激进民主派的左翼西方派中间，萨尔蒂科

萨尔蒂科夫—谢德林肖像画（雅罗先科作，1886）

夫的为官经历还是不多见的，他更像是一个"官场的白乌鸦"，"官方的在野派"，而在官场之内，他的激进立场就显得更为突出，甚至格格不入，无论是副省长还是税务局长，他都只干了短短几年，并在40多岁时就以二级文官的身份彻底告别了官场，这位"俄国最奇特的官吏之一"的仕途就这样结束了，在去世之前，他还对儿子说过这样的话："你要爱祖国的文学胜过一切，要把文学家的称号看得高于一切。"所有这一切都说明，也许在萨尔蒂科夫—谢德林看来，一位文学家在俄国社会所能起到的作用，甚至是超过一位身居要职的官吏的。

萨尔蒂科夫—谢德林的文学创作继承了果戈理的讽刺传统，并将讽刺的矛头更直接地指向了俄国的官场。在《俄国导报》上连载的《外省散记》（1856—1857），是谢德林在流放地维亚特卡的所见所闻，在这里的30余篇特写中，市长、法官、警察局局长等等，全都是欺压民众、搜刮百姓的腐败官僚。这部特写集使谢德林享誉俄国文坛，同时，它也在题材和风格上为谢德林的整个创作奠定了基础。

在他之后创作的《一个城市的历史》（1869—1870）和《戈洛夫廖夫老爷们》（1875—1880）这两部代表作中，对俄国腐朽和官场和"濒死的"贵族阶层的刻画更为入木，嘲讽更为辛辣。《一个城市的历史》以"愚人城"为描写对象，假托"城市编年史"的形式，历数了该城22任市长的丑恶作为；《戈洛

夫廖夫老爷们》以家庭记事的形式叙述了一个俄国地主家庭三代人腐化堕落的过程，揭示了以农奴制度为存在条件的俄国贵族阶级必然走向衰亡的历史命运。总的看来，强烈的讽刺性和所谓的"编年史"性质，构成了萨尔蒂科夫—谢德林小说创作最突出的特色，因此，文学史家又将他的整个创作定义为"讽刺编年史"，车尔尼雪夫斯基也说，谢德林向人们展示了"俄国生活的历史事实"。

## 第六节 契诃夫

作家安东·契诃夫像
(局部，勃拉兹作，1898年)

契诃夫（1860—1904）比托尔斯泰年少30多岁，其发表作品的时间也比托尔斯泰晚了近30年，但是，他却比托尔斯泰少活了4年，他最旺盛的创作时期恰逢托尔斯泰影响正盛的时候，不难想象，一个与托尔斯泰同时代的作家是多么的艰难。然而，契诃夫却在托尔斯泰这颗文学大树的浓荫之下开辟出了自己的一方天地，与托尔斯泰并肩构成了19世纪俄国批判现实主义文学最后的高峰。

契诃夫出生在俄国南方一个商人家庭，父亲破产之后带着全家迁居莫斯科，独自留在故乡的契诃夫，不仅靠当家庭教师来继续自己的学业，还不时接济远在莫斯科的家人。1879年，他考入莫斯科大学医学系，毕业后开始行医，虽然他很快就成为一位职业作家了，但他一生都没有完全放弃医生的行当，一有机会就免费为人们看病。

1880年，还是一名大学一年级学生的契诃夫就开始以"安东沙·契洪特"的笔名在一些讽刺杂志上发表幽默小品文，若干年后，契诃夫迅速成长为一名优秀的短篇小说家，先后出版了《杂色故事》(1886)、《在昏暗中》(1887) 等多部短篇集，赢得了很大声誉。这一时期创作的《变色龙》(1884)、《万卡》(1886) 等，更成了流传至今的短篇小说名篇。《变色龙》写街头的警官奥楚梅洛夫在处理一出狗咬人的纠纷时，根据对狗主人身份的不同判断而作出了截然不同的表现，其虚伪和卑劣的性格暴露无遗。《万卡》的主人公是一个9岁的童工，他在城里忍受不了雇主的欺压，写信向爷爷诉苦，却只知道在信封上写下"乡下爷爷收"这几个字，就把信投进了信箱。1890年，契诃夫曾前往萨哈林岛旅行，在广泛接触当地的苦役犯后，他的思想发生了变化，其小说的现实性也相对地有所加强。萨哈林之行后写作的中篇《草原》在如画的风景描写中渗入了对俄国农民命运的深切同情；《第六病室》(1892)通过对一间精神病房中种种弊端的揭露，更为直接地抨击了专制制度；《套中人》(1898)塑造了别里科夫这个由时代和社会造就的畸形儿。契诃夫的短篇小说情节紧凑，文字干净，形象极具典型性，作者的情感也非常内敛，达到了很高的艺术境界。契诃夫说过一句名言："简洁，就是天才的姐妹。"他在自己的创作中不折不扣地实践了这一原则。留下了大量短篇小说杰作的契诃夫，不仅被视为俄国文学中最为杰出的短篇小说作家，也与果戈理、莫泊桑和爱伦·坡并列，被视为世界文学中最伟大的短篇小说大师之一。

托尔斯泰曾将契诃夫与普希金并列，认为他像普希金一样，以其简洁的、富有表现力的叙述方式在俄国文学中"把形式向前推进了一步"。而作为一位剧作家的契诃夫，对于俄国戏剧文学的贡献也同样巨大，甚至更大，契诃夫的戏剧不仅直接导致了19世纪末俄国戏剧的转型，也对整个20世纪世界戏剧的走向产生了深远的影响。

还是一个中学生的契诃夫就写有一部剧作，这部名为《没有父亲的人》的戏，又被后来的导演称为《普拉东诺夫》（剧中主人公的名字）。但契诃夫重拾戏剧创作，还是在他已经成为著名小说家之后，他最初的几个小喜剧，如《熊》(1888)和《求婚》(1889)等获得了成功，演出时剧场内笑声不断。但是，他之后创作的"新型"戏剧《海鸥》，1896年在彼得堡首演时却失败了，两年之后，聂米罗维奇-丹钦科说服斯坦尼斯拉夫斯基在莫斯科艺术剧院排演此戏，演出大获成功，从此，一个飞翔在浪花之上的海鸥就成了莫斯科艺术剧院的标志。契诃夫之后陆续写出的名剧还有《伊万诺夫》、《万尼亚舅舅》、《三姐妹》(1900)和《樱桃园》(1903—1904)等。

《樱桃园》是契诃夫的最后一部剧作，从前，人们对《樱桃园》的解释，就像对大多数俄国古典作家和经典作品的解释一样，或多或少带有一些意识形态色彩，于是，《樱桃园》的意义主要就在于对新兴的资产阶级的批判，而契诃夫的伟大主要就在于他表达了对新生活的向往。这样的阐释在我国也一直很有市场，比如，所谓"契诃夫在两个世纪之交喊出了'新生活万岁'的时代最强音"的说法就曾广泛流传，甚至被写进了各种中文工具书，可是人们不曾想到，"新生活万岁！"其实是一句误译的台词，其原文为"Здравствуй, новая жизнь!"，正确的译法应该是"你好，新生活！"或"欢迎你，新生活！"《樱桃园》或许并不是对旧生活的声讨和对新生活的礼赞，契诃夫的用意更像是在于给出一种复杂的生活处境。

《樱桃园》首演剧照
（莫斯科艺术剧院，1904年）

契诃夫自称，他的戏剧中"既没有恶棍，也没有天使……我不谴责任何人，也不为任何人辩护"。剧作家所表现出的客观、冷静的态度，舞台上表面冲突的淡化，置于人物丰富、复杂的内心世界和内在情感之上的戏剧焦点，淡淡的抒情和深刻的感伤相互融合，并不十分艰难的生活却给主人公们带来的莫名的哀愁和持续的内省，这一切营造出了一个全新的戏剧氛围。人们常说契诃夫的戏是"情绪剧"，丹钦科说契诃夫的戏是"一道潜流"，也就是说，契诃夫的戏剧写的是一种隐在的情绪或状态，与之相适应的，就是契诃夫戏剧所折射出来的主观态度。有人说，作为一名医生的契诃夫，终生都在为人们开药方，而作为一位作家的契诃夫，却没有给出任何一份处方。在当下，契诃夫的平和与"中立"，契诃夫的冷静和宽容，较之于那些"灵魂工程师"和"生活教科书"，终于使我们感到更为亲近和亲切了。更为重要的是，契诃夫在他的戏剧中，先知式地描绘出了当代人的生活窘境，点到了当代人的生存痛处。在契诃夫的戏剧世界中，生活是美好的，充满了鸟语花香，"整个俄罗斯都是一座大花园"，幸福是可以预期的，甚至是伸手可触的，但是笼罩在人们周身的，却总是那种莫名的忧伤和刻骨的惆怅，而对生活的朦胧憧憬和深刻眷念，却又是可以一直持续到生命的终结的，就像剧中那个被庄园生活异化了的、其一生在人们看来似乎毫无意义的老仆人费尔斯在临终时所说的那样："我的生活结束了，可是我觉得像是还没有生活过……"这就是契诃夫给出的现代人类的基本生活模式，就某种意义而言，这是一个比哈姆雷特的"to be or not to be"还要困惑人的难题。

# 第六章

## 陀思妥耶夫斯基

作家陀思妥耶夫斯基像（佩罗夫作，1872年）

## 第一节 早期创作

费奥多尔·陀思妥耶夫斯基（1821—1881）的父亲是莫斯科玛丽娅穷人医院的医生，未来的作家就出生在这家医院的厢房里，这家医院所在的区域是莫斯科的穷人聚居地，陀思妥耶夫斯基的家也很简陋，费奥多尔和他的哥哥就一直住在过道上隔出的一间小屋里，两只大木箱就是他们的床铺。陀思妥耶夫斯基在这里生活了15年，然后前往彼得堡，在军事工程学校就读，毕业后在一家军方的绘图部门工作，一直怀有文学梦的陀思妥耶夫斯基很快就辞去工作，1844年起即专心于文学写作事业。

陀思妥耶夫斯基像

1845年，陀思妥耶夫斯基写出他的第一部小说《穷人》，这部书信体小说讲的是上了年纪的小公务员杰武什金与穷孤女多勃罗西奥洛娃之间的爱情故事，他俩相依为命，一起为生存而艰辛奋斗，最后却又为生计所迫而不得不分手。作者对彼得堡穷人生活的描写是真实而又饱含人道主义激情的，对"小人物"命运的同情无疑是对普希金、果戈理传统的继承，因此，这部小说得到了别林斯基、涅克拉索夫等人的极高评价，被列为自然派的新杰作。但就是在这部处女作中，陀思妥耶夫斯基已经体现出了他作为一位大作家所具有的独特之处，即由于主人公复杂甚至变态的心理、相互之间的不理解以及与环境的冲突等而导致的分裂性格。也就是说，陀思妥耶夫斯基对"彼得堡风俗"的揭示，不仅在于抨击社会的不公，而且还在于破解"人的谜语"。他曾说："人是一个谜。应当去解开这个谜，即便一辈子都在破解这个谜，你也不要说这是在浪费时间；我就在破解这个谜，因为我想成为一个人。"

《穷人》之后，陀思妥耶夫斯基又陆续发表了大量中短篇小说，其中最重要的也许要数《双重人格》(1846)。《双重人格》的主人公仍旧是个小公务员，这个名叫戈里亚德金的人终日幻想升官，能娶上司的女儿为妻，却一直不敢行

# 第六章　陀思妥耶夫斯基

动,可这些幻想却造就出一个与他一模一样的人,这个"同貌人"敢作敢为,实现了戈里亚德金的所有幻想,并把戈里亚德金逐出了生活。在这里,人性的矛盾、人格的分裂被陀思妥耶夫斯基以一种最为形象的方式展示了出来。

1849年,由于参加激进组织彼得拉舍夫斯基小组并在小组的集会上朗诵

谢苗诺夫校场上的行刑场面

别林斯基的《致果戈理的信》,陀思妥耶夫斯基被逮捕,并被判处死刑。1849年12月22日,陀思妥耶夫斯基和其他死刑犯一同被押到谢苗诺夫校场,绑在行刑柱上,蒙上了眼睛,就在士兵们端起步枪开始瞄准的时候,突然传来沙皇的命令,这些死刑犯被改判流放。几天之后,陀思妥耶夫斯基被押往西伯利亚,在鄂木斯克服了4年苦役,之后又在军中服役,10年之后才获准回到彼得堡,重新开始文学创作。陀思妥耶夫斯基回到彼得堡后发表的第一部作品,就是《被侮辱与被损害的》(1861)。小说中"被侮辱与被损害的人",就是小业主史密斯和小地主伊赫缅涅夫两家人,他们受到了贵族瓦尔科夫斯基公爵的侮辱与损害,陷入了家破人亡的境地。陀思妥耶夫斯基通过对他们不幸命运的描写,不仅再度弘扬了其创作中的人道主义主题,也藉此返回了他离开达10年之久的俄国文坛。

## 第二节　两部"手记"

进一步巩固陀思妥耶夫斯基文学地位的,是他在19世纪60年代相继发表的两部作品《死屋手记》(1861—1862)和《地下室手记》(1864)。

《死屋手记》是陀思妥耶夫斯基在鄂木斯克要塞中亲身经历的写照,作品

由回忆、随笔、日记等组合而成，没有连贯的情节，将作品联结为一个整体的，是第一人称主人公的心理感受。在俄国沙皇的专制统治下，关押犯人的要塞变成了真正的人间地狱，作者将自己那些恐怖的记忆通过《手记》再现给读者，小说对当时社会乃至制度的抗议和抨击力度无疑是巨大的。不过，《死屋手记》并不仅仅是一种"暴露文学"，目睹"死屋"之黑暗的作者，在"手记"中表达出了若干更为深刻的感悟和思考：首先，是对犯罪原因的深究，作者发现，大多数犯人之所以犯罪，并非出于个人原因，而是不公平的社会使然，相比较而言，完善一个社会要比惩罚一个个人更有意义。其次，是对犯人中间"不平等"现象的发现，同为阶下囚，阶层和阶级之间的敌意乃至仇恨依然如故，由此不难看出，由不公平所导致的俄国社会分化已经到了多么严重的地步。最后，作者惊讶而又欣喜地看到，俄国人固有的善良、忍耐、恭顺等美德，依然存在于许多来自民间的普通囚犯身上，较之于来自贵族阶层的流放犯，这些具有深刻宗教感的囚徒身上依然有闪光之处。陀思妥耶夫斯基的最后一点"发现"，与他在流放期间苦读《福音书》、世界观发生改变无疑有关，这一点也是他后来走向"土壤论"的重要原因之一。正是这些与"死屋"场景和见闻相结合的发现和思考，赋予了《死屋手记》以哲理的深度和批判的力度。赫尔岑在谈到这部作品时写道："这个时代为我们留下了一部可怕的作品，它就像一首惊心动魄的歌，它将永远站立在尼古拉黑暗王国的出口处，就像地狱入口处但丁的诗句那样引人注目，这便是陀思妥耶夫斯基的《死屋手记》，一部可怕的作品，作者本人也许都没有想到，他在用带着镣铐的手为自己的难友们画像的时候，居然用西伯利亚一座监狱的日常生活为素材，描绘出了一幅米开朗基罗式的壁画。"

《地下室手记》(1864) 可以说是陀思妥耶夫斯基最重要的作品之一，在其创作中具有某种转折意义，从这部小说起，作家更注重小说的社会哲理内涵，其主人公的心理也得到了越来越深刻的再现。小说主人公是彼得堡一位八等文官，在获得一笔遗产后隐居"地下室"，与世隔绝，与此同时，他却在不断地进行着紧张的内心自省，坎坷的生活经历和屈辱的社会地位，让他的心中集聚起了太多的怨恨，但软弱的性格又使他找不到发泄的方式，在强烈的思想活动中，他把自己塑造成了一个自我中心主义者。以往的批评常常从社会"进步"的角度来解读《地下室手记》及其主人公，因而认为这部小说是消极的，是对以车尔尼雪夫斯基为代表的民主派阵营的诽谤,但是如今,人们已经越来越多地意识到,所谓的"地下室"处境,现代人或多或少都会遭遇到,由环境的压力而导致的深刻内省和性格异化,我们后来在卡夫卡的《变形记》等作品中又反复目睹,因此,陀思妥耶夫斯基这部小说及其主人公,也被视为世界范围内现代派文学的一个先声。

## 第三节 《罪与罚》

《罪与罚》(1866)是一部给陀思妥耶夫斯基带来世界性声誉的长篇小说。小说把追踪杀人犯的情节悬念和人物紧张的心理活动、对特定时代的社会性评判和作者世界观的直接阐述有机地结合在一起,在陀思妥耶夫斯基的创作中具有承上启下的重要意义。

贫穷的大学生拉斯科尔尼科夫为了让自己以及自己远在外省的母亲和妹妹摆脱生活困境,同时也是为了检验自己能否成为那种拯救人类的"非同寻常的人",决定杀死放高利贷的房东老太婆,好用她的钱来使妹妹摆脱不幸的婚姻,向马尔梅拉多夫一家提供帮助,以免马尔梅拉多夫的女儿索尼娅再去做妓女,同时,也能让自己继续学业。但是,在他用斧头劈死老太婆以及偶然来到现

拉斯科尔尼科夫(《罪与罚》插图,博克列夫斯基作,1880年)

放高利贷的老太婆(《罪与罚》插图,博克列夫斯基作,19世纪80年代)

场、完全无辜的丽莎维塔（房东的妹妹）之后，"惩罚"却首先从他内心开始了，他陷入无尽的恐惧和疯狂之中，一直处于心理崩溃的边缘，他的牺牲品的血液开始在他的体内"吼叫"。他无法面对外界，无法面对来彼得堡探望他的母亲和妹妹，只有与索尼娅还能勉强交流，因为他认为索尼娅和他一样也是"凶手"，因为她"杀害了"她自己。得知拉斯科尔尼科夫的"罪行"之后，索尼娅建议拉斯科尔尼科夫去自首，接受公开审判。拉斯科尔尼科夫被判流放，经过长期的思考，在爱上索尼娅之后，他终于意识到了其哲学的荒谬，决定皈依上帝，通过对良心的洗涤去换取新的生活。

## 第四节 《群魔》

在我国和俄罗斯以往关于陀思妥耶夫斯基小说的批评中，《群魔》得到的评价似乎最低，被认为"是一部充满阴暗仇恨和造谣诬蔑的作品"。如今，它却被公正地视为陀思妥耶夫斯基最重要的作品之一，在陀思妥耶夫斯基的小说中，《群魔》无疑是作者的社会—政治观念体现得最为直接、最为鲜明的一部。陀思妥耶夫斯基在1870年10月9日给迈科夫的信中这样谈到了小说的主题："亲爱的朋友，您要注意到：谁丧失了自己的人民和自己的民族性，谁就将丧失代代相袭的信仰，丧失上帝。如果您想知道的话，那么，这便是我的小说的主题。这部小说题为《群魔》，它所要描写的，就是这些魔鬼步入猪群的过程。"

19世纪60年代，是陀思妥耶夫斯基世界观最终形成的时期，在这一时期，他接受了斯拉夫主义，并在其基础上创建了他的"土壤论"（又译"根基论"），他宣扬知识分子应在宗教伦理的基础上与人民（即"土壤"）接近，他认为，自彼得一世改革以来，俄国社会结构中"西欧化"、"文明化"了的阶层渐渐脱离了人民，社会的上下层之间出现了一道巨大的鸿沟，而脱离了人民及其风俗传统、脱离了自己民族性的人，就将成为无根之木，无源之水。俄国知识阶层的使命之一，就是去弥合这道鸿沟，在正教的基础上谋求民族各阶层的统一，以展示出俄罗斯民族的独特性，让俄国在自己独特的发展道路上大步向前。到了写作《群魔》时的19世纪70年代初，陀思妥耶夫斯基的"土壤论"立场更趋坚定，对于在各个方面都与"土壤派"格格不入的"虚无派"，他自

## 第六章 陀思妥耶夫斯基

然想来一番还击和清算,他不满足于在政论文和书信中的直接指责和抨击,还试图以一部大型文学作品来集中地体现自己的社会—政治主张。《群魔》就是在这样的背景下构思出来的。

小说《群魔》共分为三部,其情节在俄国腹地的一座省城(据俄国学者考证,就是陀思妥耶夫斯基19世纪60年代曾经居住过的特维尔城)里展开。第一部以贵族夫人瓦尔瓦拉·彼得罗夫娜的家庭为中心,叙述了家庭教师斯捷潘·特罗菲莫维奇·维尔霍文斯基生平中的"若干细节":他与女主人长达20余年奇怪、复杂的柏拉图式关系,他在女主人的压力下打算向女主人的养女达丽娅求婚,他的学生斯塔夫罗金和他的儿子彼得·维尔霍文斯基几乎同时从国外归来。第二部以斯塔夫罗金的活动和新任省长夫人的游乐会为中心。斯塔夫罗金唆使苦役犯费季卡去杀害自己在迷狂状态中娶来的"妻子"玛利亚,彼得·维尔霍文斯基命令秘密小组的成员杀死沙托夫,以便用他的血来强化自己的权威,巩固"五人小组"。第三部是多个线索的结束和各个人物的结局。期待已久的游乐会变成了一场闹剧;斯捷潘·特罗菲莫维奇"从狂热的梦境中逃出来,逃出来寻找俄罗斯",最后死在一间农舍里,守在他身边的不仅有匆匆赶来的瓦尔瓦拉·彼得罗夫娜,还有他偶然路遇的卖《福音书》的女人,后者应他的要求在他临终时读了一段《福音书》中的文字;彼得纠集起五人小组杀害了沙托夫,并把他的尸体绑上石头扔进了池塘,他自己则逃到了国外。小说的最后一章题为《结局》,其中写到:沙托夫的妻子和新生儿都死去了;杀害沙托夫的人员除彼得·维尔霍文斯基之外全都被捕;斯塔夫罗金在给达丽娅的信中总结了自我,并表白了自己对达丽娅的爱,然后在自己家里上吊自尽。

可以发现,《群魔》主要是由三个情节线索合成的:斯捷潘·特罗菲莫维奇的"生活细节";彼得·维尔霍文斯基的"地下活动";斯塔夫罗金的心路历程。彼得·维尔霍文斯基是斯捷潘·特罗菲莫维奇的儿子,斯塔夫罗金是斯捷潘·特罗菲莫维奇的学生,陀思妥耶夫斯基显然意在用这样的结构向人们喻示:这是另一个版本的《父与子》。早就有研究者发现,陀思妥耶夫斯基的《群魔》有意地"借鉴"了屠格涅夫的《父与子》的结构模式,意在反其道而行之,更加突出地彰显《父与子》所宣扬的思想之荒谬。这种手法有些近似如今所说的"戏仿"。不过,陀思妥耶夫斯基主要的用意,恐怕还并不仅仅在于对屠格涅夫的戏仿,而更在于对他所处时代的基本判断。在他看来,俄国19世纪60年代出现的思想混乱和社会动荡，其根源就在于40年代以来那些亲近西方、漠视俄国的自由主义和虚无主义，是斯捷潘·特罗菲莫维奇那一代夸夸其谈、脱离土壤的"父辈"，繁衍出了彼得和斯塔夫罗金这样的后代。

## 第五节 《卡拉马佐夫兄弟》

陀思妥耶夫斯基在彼得堡的书房，《卡拉马佐夫兄弟》就是在这里写成的

《卡拉马佐夫兄弟》(1879—1880) 是陀思妥耶夫斯基的压卷之作、总结之作，也是俄罗斯文学史中最为深刻、伟大的作品之一。小说以卡拉马佐夫这一"偶合家庭"中两代四口的生活为描写对象，突出了不同生活态度和世界观之间的激烈碰撞。小说以紧张的"弑父"情节为线索，将老卡拉马佐夫以及德米特里、伊万和阿辽沙的命运压缩在一周的时间里进行叙述，然而，小说的实际对象却是"思想"和"思想着的人"，作者在其中压缩进了他毕生的哲学、宗教和社会思考。

陀思妥耶夫斯基1881年因为肺炎去世，但这位19世纪的俄国作家却在20世纪得到了世界范围内的推崇，甚至被视为整个现代主义文学的鼻祖。他对存在之矛盾性和荒诞性的洞察，他对人复杂的内心世界的探索和解剖，他作品中渗透着的深刻的宗教文化精神，都使他成了世界文学中一个常说常新的话题。在所谓的"陀学"中，有两个观点影响最为深远：一是梅列日科夫斯基的"灵魂作家"说，他在《列·托尔斯泰和陀思妥耶夫斯基》一书中将两位大文豪进行

陀思妥耶夫斯基被安葬在彼得堡的亚历山大-涅夫斯基修道院

对比，认为后者是关注"肉体"的作家，而前者则是窥探"灵魂"的作家；一是巴赫金的"复调理论"，巴赫金在《陀思妥耶夫斯基诗学问题》一书中提出，陀思妥耶夫斯基的小说结构是十分独特的，其中充满着作者与其主人公之间、主人公与主人公之间复杂的对话和争论，表现为一种由各种不同声音、意识和形象构成的综合体，巴赫金从音乐学中借用来"复调"一词，将陀思妥耶夫斯基这一在世界小说发展史中别具一格的形式称为"复调小说"。

# 第七章

## 托尔斯泰

耕地的列夫·托尔斯泰（列宾作，1987年）

## 第一节 "明亮的林中空地"

列夫·托尔斯泰（1828—1910）出生的庄园"雅斯纳亚·波里亚纳"，其俄文名称的直译即为"明亮的林中空地"，就是在这片洒满阳光的幽静森林中，托尔斯泰度过了他82岁一生中的60年。

雅斯纳亚·波里亚纳对于托尔斯泰来说，就是俄罗斯的自然，因为地处俄罗斯腹地的这座庄园，有着茂密的橡树林和白桦林，有着蜿蜒流淌、水波不兴的溪流，有着微微倾斜的、平坦得像毯子一样的牧场，从每一个角度看去，都可以看到一片典型的俄罗斯景致，都可以看到一幅列维坦的风景画。对于托尔斯泰来说，雅斯纳亚·波里亚纳还是俄国历史的微缩，这座庄园是由托尔斯泰母亲的祖先创建的，关于祖先们的神奇传说和故事似乎就散落在庄园的各个角落里，等待托尔斯泰拣拾，它们也分别以不同的面目步入了托尔斯泰的作品，比如，《战争与和平》中的老公爵鲍尔康斯基的形象，其原

雅斯纳亚·波里亚纳庄园的大门

型就是托尔斯泰的外祖父沃尔康斯基。自然和历史的交融，家族和民族的相系，使得雅斯纳亚·波里亚纳庄园不啻是托尔斯泰心目俄罗斯的化身。

托尔斯泰的童年是不幸的，他很早就成了孤儿，在他还不到两岁时母亲就病逝了，在他9岁的时候，父亲又突然不明不白地死在图拉的大街上，他是在缺少父母之爱的家庭环境中长大成人的，对于母亲只有朦胧记忆的托尔斯泰，晚年却在日记中一次又一次地写到母亲。他曾这样写道："今天早晨走进花园，我像往常一样又回忆起了母亲，我对她的印象非常模糊，但她却一直是我的一个神圣的理想。"因此，我们可以想象，留有双亲生活遗迹的雅斯纳亚·波里亚纳对于早早成了孤儿的托尔斯泰来说，在一定程度上或许就扮演着父母的角色。然而，托尔斯泰的童年又是幸福的，他没有感受到一般孤儿那样的孤独和凄惨，这是因为，他的一个姑妈像母亲一样照看着他们5个孩子，而且，在

家里年纪最小的托尔斯泰还得到了哥哥姐姐的关爱,他们年龄相差不大,成天在一起玩耍,十分和睦,他的大哥尼古拉对托尔斯泰更是关爱有加,在晚年写的一部回忆录中,托尔斯泰曾回忆,他们兄弟4人经常在一起玩"蚂蚁兄弟"的游戏,大家躲到桌椅底下或密林之中,紧紧地相互依偎,感受着兄弟间的温暖、亲情和集体的力量。因此,我们又可以说,雅斯纳亚·波里亚纳是托尔斯泰的摇篮,是他无忧、幸福的成长乐园。托尔斯泰13岁的时候,与哥哥姐姐们一起被姑妈领到喀山去上学,1847年,阔别故园6年之久的托尔斯泰自喀山大学退学,返回雅斯纳亚·波里亚纳,并正式继承这份遗产,成为庄园的主人。此后,除了跟随哥哥征战高加索等地、作为文坛新秀在彼得堡的逗留以及随后的游历欧洲、为使子女接受教育而迁居莫斯科的十几年,托尔斯泰一直生活在雅斯纳亚·波里亚纳。

托尔斯泰墓地

在庄园一个僻静的角落,有一个覆盖着青草的土冢,这就是托尔斯泰的长眠之处。墓上没有墓碑,没有十字架,四周是几株高大的树木,旁边有一个深深的沟壑。这个地方是托尔斯泰兄弟年少时常来玩耍的地方,他们相信有一枝能给人带来永恒幸福的"绿棍",并相信那根魔棍就埋藏在这里。

无论是对于托尔斯泰还是对于后人而言,雅斯纳亚·波里亚纳都不仅仅是一座庄园,它象征着俄罗斯,象征着托尔斯泰、乃至整个人类的生存环境,托尔斯泰与雅斯纳亚·波里亚纳的关系,因此对于我们就有了更为深刻的启示意义:对于这座优美、宁静、温馨的故园,托尔斯泰无疑是充满感情的,他生于斯,长于斯,写作于斯,思考于斯,最后又长眠于斯,从摇篮到坟墓,他在这里走完了自己完整的一生;但是,这里又是他的彷徨之地,罪恶之地,这给予他一切的地方,却同时在以给予他的一切而让他痛苦,并最终成为他决然挣脱的牢笼。摇篮,童年的乐园,父母的替身,世袭领地,宗法制王国,猎场,社会改革的试验田,教育实践的场所,俄罗斯自然和历史的化身,作家的避难所,文学的福地,灵感的源泉,思想的温床,精神的监狱,目睹许多亲人离去的感伤之处,夫妻的角力场,托尔斯泰主义的思想中心,最终的长眠之地……也许,这些各不相同甚至相互矛盾的定义结合在一起,才能最准确地说明雅斯纳亚·波里亚纳在托尔斯泰的生活和创作中所起的作用。有人将托尔斯泰与雅斯纳亚·波里亚纳的关系定义为一种"复杂的罗曼史",将庄园称为托尔斯泰的"第二自我"。托尔斯泰本人在晚年的日记中写道:"要是没有我的雅斯纳亚·波里亚纳,我就很难意识到俄罗斯,很难意识到自己对她的态度。"

## 第二节 《战争与和平》

1852年,托尔斯泰的自传性中篇小说《童年》在彼得堡的《现代人》杂志上刊出,他从此扬名俄国,此后,他又相继发表了《少年》(1856)、《青年》(1857)、《一个地主的早晨》(1856)、《哥萨克》(1863)和《塞瓦斯托波尔故事》(1855—1856)等作品。如果将托尔斯泰的早期创作看成一个整体,那么就可以发现,它有三个基本的主题,即贵族阶级的生活、战争的场面和对资本主义文明的批判。属于第一类主题的,有自传三部曲《童年》、《少年》和《青年》,三部曲的主人公尼科林卡出身贵族家庭,这个孩子从小就善于思考,对身边的人和事、景和物非常关注,三部曲实际上也就成了一个贵族少年心路历程的真实记录。《一个地主的早晨》记录了青年地主聂赫留朵夫在自己的庄园里所进行的不成功的改革尝试,这也是托尔斯泰自己的真实经历。第二类主题是战争,无论是在高加索地区与山民的作战,还是在克里米亚与外国军队的作战,那些亲历战场的体验都在托尔斯泰的小说中得到了再现,其代表作就是《塞瓦斯托波尔故事》。第三类主题是对资本主义文明的批判,属于这一题材的有两部作品,即《卢塞恩》(1857,又译《琉森》)和《哥萨克》。托尔斯泰退伍之后,曾去欧洲各国游历,在瑞士城市卢塞恩街头目睹的一个场景,使他对西欧的"文明"深感失望。《哥萨克》则通过自然纯朴的哥萨克阶层与虚伪腐朽的贵族阶层两者的对比,体现了后者生活的不健康。通过以上的分析我们不难看出,托尔斯泰早期涉猎的创作题材是很多面的,这也说明,作家正处在一个紧张的探索时期和试笔阶段。值得注意的是,这三大主题后来都得到了进一步

年青时的托尔斯泰

的挖掘，托尔斯泰的早期创作在各个方面都为他后来的创作，尤其是《战争与和平》的创作奠定了一个坚实的基础。

《战争与和平》(1863—1869)，仅从小说的题名来看，这就是一部史诗。自人类出现以来，战争与和平便成了社会生活中最重要的主题，如同生与死、爱与恨之于个人生活一样。托尔斯泰的小说广泛地描绘了自1805年至十二月党人起义前夕俄国社会生活的画面。这里的"战争"，是指1805—1812年间俄国与法国之间断断续续的战争，直到库图佐夫率兵彻底击退拿破仑；这里的"和平"，是指这段时间里俄国社会各阶层的生活，从贵族阶级的舞会、出猎，到普通士兵的战斗生活和农民的日常劳动。托尔斯泰出身贵族家庭，青年时代又长期生活在上流社会的社交界中，他写起这一阶层的生活、刻画起这一阶层人士的心理来，可谓得心应手；他刻意接近下层人民，主动地去体验平民的生活方式，使他又具有了一般贵族所没有的对人民生活的熟悉和理解。托尔斯泰长期在军中服役，并担任过下级军官，这使他能生动地写出战场上的细节，使他能比别人对战争及其意义和性质有更深的理解。可以说，无论是对"战争"还是"和平"，托尔斯泰在写作这部巨著前都已经有了深厚的积累和深刻的体验。

《战争与和平》以库拉金、罗斯托夫、鲍尔康斯基、别祖霍夫四大贵族家庭的生活为情节主线，恢宏地反映了19世纪初期的俄国社会生活。作者将战争与和平的两种生活、两条线索交叉描写，让他的五百余位人物来回穿梭其间，构成一部百科全书式的壮阔史诗。作者歌颂了俄国人民抗击拿破仑入侵的人民战争的正义和胜利，并将俄国社会各阶层的代表人物置于战争的特殊时代，通过其言行和心理，塑造出众多栩栩如生的人物形象。小说中出现最多的是四大家族以及与四大家族有各种联系的贵族人物，他们被作者大致划分为两类：一类为趋附宫廷、投机钻营的库拉金家族，他们漠视祖国的文化，在国难当头时仍沉湎于寻欢作乐；一类是另外三大家族，尤其是其中的优秀代表安德烈和彼埃尔，是接近人民、在危急关头为国分忧的人物，他们甚至能挺身而出，为祖国献出一切。在赞美这一类型的贵族精华的同时，作者也描写了普通人民中的杰出代表，这些普通的官兵在战争中体现出的朴实勇敢、高尚忠诚的品质，与那些身处高位却卑鄙渺小的贵族统治者构成了一个鲜明的对比。

《战争与和平》插图（阿普西特作，1912年）

《战争与和平》对战争的大场面描写是无与伦比的，作家在短短的一两个章节中，就能将数万人拼搏的战场描写得有声有色。作家又能在几段看似简单的叙述性文字中，准确地交待出一个个关键的政治事件和历史转折过程。与此同时，托尔斯泰也能深入多个人物的内心，让客观的历史画面描写与微观的人物心理历程相互媲美。托尔斯泰笔下的人物，性格发展合情合理，通过彼埃尔、安德烈等人深刻的内心反省过程，我们似乎能看到托尔斯泰苦苦追求自我灵魂净化的轨迹。与对道德情感的描写相关的，还有托尔斯泰的道德学说，即所谓的"托尔斯泰主义"。托尔斯泰主义在托尔斯泰晚年最终形成，但其中的一些主要内容，如博爱、不以暴力抗恶等，在《战争与和平》中已有了鲜明的体现，如作者通过卡拉塔耶夫的形象就宣传了他的勿抗恶思想。列宁曾评价说托尔斯泰及其创作是俄国革命的"一面镜子"，而我们也可以说，《战争与和平》在某种意义上正是托尔斯泰本人追求道德完善之心路的一面镜子。

## 第三节 《安娜·卡列尼娜》

完成了《战争与和平》之后，托尔斯泰经过反复思考，几易构思，创作出另一部享誉世界的长篇小说，这就是于1877年问世的《安娜·卡列尼娜》。小说的主人公安娜不满足无爱的家庭生活，爱上了贵族青年沃隆斯基，后者却因不敢承担爱的责任而抛弃了安娜,绝望的安娜最后卧轨自杀,这是小说中的爱情—家庭线索;与这一线索构成呼应的是列文和基蒂幸福的家庭生活,其中着重叙述了列文的"改革"以及他对社会、政治、宗教、哲学等问题的思考,通过列文这一颇具自传色彩的人物形象,小说的社会—哲理色彩得到了强化。

将《战争与和平》与《安娜·卡列尼娜》这两部小说做一个比较,是很有意思的。首先,它们都是作家反复构思、艰苦创作的产物。托尔斯泰开始构思《战争与和平》的时间,恰好在1861年俄国农奴制改革前后,俄国现实生活的动荡,迫使作家把眼光转向祖国的历史,去寻找变革社会的良方,最初进入他的视野的,是十二月党人的贵族革命,他打算写一部小说,描写这些勇敢的贵族革命家,小说已经写了三章,却写不下去了,他转而写起比十二月党人更早的卫国战争来。从1863年开始到1869年,托尔斯泰花费了6年时间写出了这部4大卷的小说,光手稿就达5千多页,作品的时间跨度长达15年,人物多达6百个,是一部真正意义上的史诗。《安娜·卡列尼娜》的构思也同样充满反复,在《战争与和平》之后,托尔斯泰原想写一部描写彼得大帝改革的长篇小说,但后来,当代生活似乎更吸引托尔斯泰,于是他便放弃了关于彼得大帝的写作计划,从1873年开始创作《安娜·卡列尼娜》,写了4年。起初,据托尔斯泰自己说,他是描写"一个不忠实的妻子以及由此而引发的全部悲剧",也就是说,他的着重点是放在"不忠实的妻子"上的,具有传统家庭观念的托尔斯泰,在开始创作的时候对主人公安娜是抱有敌意的,但是,当他将安娜的悲剧和整个社会现实联系在一起之后,他对虚伪社会的谴责就远远超出对安娜的谴责了,艺术的逻辑使托尔斯泰在创作过程中赋予了安娜越来越多的同情。从《战争与和平》和《安娜·卡列尼娜》这两部小说的创作历史来看,它们都凝聚着作家思索的心血,同时也是作家持续不断的思想探索的产物。

其次,这两部小说的写作时间相差近10年,在篇幅上相差也很大,所以常常有人认为,从《战争与和平》到《安娜·卡列尼娜》,托尔斯泰的小说创作发生了一个巨大的变化,从历史转向了家庭,从史诗转向了爱情小说。这样的观点是过于看重两部小说的外在形式了,其实,在《战争与和平》中,同样有"家庭"的内容,即对四大家族的描写,也就是《战争与和平》中"和平"的内容,而在《安娜·卡列尼娜》中,通过安娜的爱情悲剧和列文的思想探索这两条线索体现出来的19世纪60—70年代俄国广阔的生活画面和深重的社会问题，同样构成了小说的史诗性质。陀思妥耶夫斯基在他的《作家日记》中就曾认为，《安娜·卡列尼娜》不是家庭小说，而是一部真正的社会小说。

最后，说到两部小说的不同，这主要体现在作品的基调和氛围上。《战争与和平》充满着蓬勃的激情、明朗的色彩和乐观的基调，而这样的情绪基因在《安娜·卡列尼娜》中却荡然无存了，小说中几乎没有一个幸福的人。小说的开头写到："幸福的家庭都是相似的，不幸的家庭却各有各的不幸。"小说显然不是以描写"幸福的家庭"为己任的，因为小说中的人物都"各有各的不幸"，一种浓重的悲剧氛围笼罩着整部小说。这种悲剧氛围当然首先来自小说女主人公的悲剧命运，但更深地追究，它无疑也来自托尔斯泰本人当时的思想危机。

安娜·卡列尼娜（索洛姆科作，1892年）

## 第四节　《复活》

托尔斯泰的思想—道德探索在他的最后一部长篇小说《复活》(1899)中得到了更为深刻的体现。1881年，托尔斯泰决定举家迁居莫斯科，他当时主要出于两个考虑：一是为了给孩子们提供更好的教育条件，二是为了迁就出生在莫斯科的妻子索菲娅。托尔斯泰在莫斯科的生活，用一个词就可以概括，这就是简朴。移居莫斯科时的托尔斯泰，已经完成了世界观的转变，他决定放弃奢侈的贵族生活。他在繁华的莫斯科营造了一个都市里的村庄，保持着清教徒式的生活方式。他不抽烟，不喝酒，不吃肉，甚至连牛奶都不喝，他经常穿着粗布衣衫，还自己动手缝衣服，做靴子。

就是在莫斯科，托尔斯泰写出了《复活》。从1889年到1899年，托尔斯泰共花费10年时间才完成他的这部巨著，而在此之前，《战争与和平》只写了6年，《安娜·卡列尼娜》只写了4年，可篇幅比前两部小说都要小的《复活》所用的时间却等于前两部小说所用时间的总和，由此不难揣摩出作家写作过

卡秋莎·玛丝洛娃在法庭上
(列·帕斯捷尔纳克作，1901年)

程的艰辛，以及作家对这部小说的精心打磨。小说题为《复活》，其主要的内容也就是玛丝洛娃和涅赫留多夫这两个主人公精神上的"复活"过程。玛丝洛娃被涅赫留多夫引诱并抛弃之后，便不再相信社会的正义和公平，不再相信善了，在妓院里熬了7年之后，她更是万念俱灰，她抽烟喝酒，为了金钱可以出卖一切，灵魂空虚，没有追求，在精神和道德上都非常堕落了。是涅赫留多夫后来的三次探监，才使她的心灵受到了冲击，逐渐开始觉醒，直到被流放到西伯利亚，在与政治犯的交往中，她才在精神上赢得了真正的"复活"，她为无辜的犯人求情，竭尽全力地帮助别人，她最后选择嫁给革命者西蒙松，一方面是因为她虽然恢复了对聂赫留多夫的旧情，却不愿意拖累他；另一方面也是因为，她在革命家的身上看到了一种无私、崇高的品质，因此决定做一个像他们一样的人。到这里，玛丝洛娃不仅恢复了她纯洁的道德感，同时还获得了一种崭新的献身精神。另一个"复活"的灵魂就是聂赫留多夫。托尔斯泰写道，在聂赫留多夫身上一直存在两个人，一个是精神的人，一个是动物的人。聂赫留多夫一直过着养尊处优的贵族生活，他引诱了玛丝洛娃，导致了玛丝洛娃后来的不幸和堕落，可他自己却浑然不知，直到他以陪审员的身份坐在法庭上审判玛丝洛娃，一个有罪的人在审判一个无辜受害的人，他的灵魂才受到强烈的震撼。不过，与玛丝洛娃相比，聂赫留多夫的精神"复活"过程更为艰难一些，因为，他要完成"灵魂的扫除"，首先就得对他身在其中的社会秩序做出否定，就得背叛自己的阶级和阶级利益，最后他自愿陪同玛丝洛娃去西伯利亚，似乎是一个象征，表示聂赫留多夫已经完成了"道德上的自我完善"。小说的情节主要是以倒叙和插叙的方式进行的，作家试图以此将主要的笔墨集中在两位主人公的精神觉醒过程上，着重写他们的"复活"。

《复活》这个题目可能还具有另外两层含义：一是暗含着对社会之"复

活"的希望,"复活"是以死亡为前提的,托尔斯泰在《复活》中描写的社会,已经是一个僵死的社会了,托尔斯泰巧妙地通过聂赫留多夫为救玛丝洛娃而上下奔走的过程,将包括贵族阶层、司法机构和教会在内的整个国家结构全都展现了出来,让人们感觉到,这个社会除了在彻底地死去之后再重新"复活",似乎没有其他的出路。我们可以在《复活》的题目中感觉到的,似乎还有托尔斯泰本人的精神复活过程,聂赫留多夫的心路历程,在一定程度上也可以被看成是托尔斯泰自己痛苦的思索过程。在聂赫留多夫的身上,我们可以看到托尔斯泰本人的一些品质和追求,如丰富的内心世界、对自己和他人高度的道德要求、渴望四处播散自己的爱和善、寻找与民众结合的道路,等等。聂赫留多夫赢得了精神上的"复活",但是,小说中写到,"至于他一生中这个新阶段会怎样结束,那却是将来的事情了"。也就是说,连托尔斯泰也不清楚,在精神的"复活"之后,接下来将走向何方。通过《复活》的写作,托尔斯泰完成了一次思想上的飞跃,他在这前后创立了"托尔斯泰主义",主张"道德的自我完善",主张"勿以暴力抗恶",他的思想在这一时期获得广泛的传播,也赢得了众多的追随者。但是,托尔斯泰并没有因此而获得内心的宁静。1901年,托尔斯泰离开莫斯科,返回了雅斯纳亚·波里亚纳庄园。

## 第五节 托尔斯泰的出走

回到雅斯纳亚·波里亚纳之后,托尔斯泰却感觉不到从前的恬静和安宁了,将近10年之后的1910年10月28日(新历11月10日)深夜3点,托尔斯泰叫醒自己的医生马科维茨基,和他一起在黑暗中走出庄园,彻底告别自己生活了几十年的家园。托尔斯泰先是奔他的姐姐、在沙莫尔津修道院当修女的姐姐而去的,想在那家修道院附近的奥普塔男修道院隐居下来,但这个计划泄露之后,托尔斯泰只好再次坐上火车。疲惫不堪的托尔斯泰在火车上受了凉,感染了肺炎,被迫在途中一个叫阿斯塔波沃的小站上下车,躺在站长的小木屋里,几天之后的11月7

托尔斯泰和妻子索菲娅

日（新历11月20日），托尔斯泰就在这个铁路小站上去世了。

托尔斯泰的出走和去世，在当时的俄国引起轩然大波，人们议论纷纷，但大都将原因归结为"家庭悲剧"，将矛头指向"不理解"丈夫的索菲娅。在1881年托尔斯泰经受了思想上的危机之后，他与妻子索菲娅就的确长期处于不和，甚至争吵之中，但公平地说，托尔斯泰的痛苦恐怕有着更深刻的原因，而并不仅仅是家庭的悲剧。他的痛苦是一个深刻的道德家的痛苦：一方面，他意识到了剥削制度的罪恶，主张放弃一切财产，另一方面，他却仍然难以摆脱自己是剥削阶级之一员的身份和处境；一方面，他呼吁过一种清心寡欲的教徒式生活，另一方面，他又一直生活在一个看似美满、幸福的大家庭里。自己的理想境界和自己的生活现实之间巨大的差异，造成了托尔斯泰精神上的痛苦。人们喜欢抱怨索菲娅不理解托尔斯泰，其实，无论是当时还是现在，能够真正理解托尔斯泰的又有几人呢？在托尔斯泰和妻子的相互关系中，是很难断定出谁是谁非来的，这是天才和常人之间的隔膜，以及由此导致的悲剧。关于托尔斯泰的出走，有人不解，有人惋惜，但俄国作家库普林在托尔斯泰逝世时所说的话也许更有道理：托尔斯泰就像一只即将死去的野兽，他知道如何死得安详，死得优美，于是，他就默默地离开了兽群，在森林中找一个偏僻的地方，静静地死去了。另一位俄国作家梅列日科夫斯基则认为，对托尔斯泰的出走应该保持沉默，将其当成一个神话来谈论是不体面的，是一种亵渎，甚至是一种残忍，"他留给索菲娅·安德列耶夫娜的请求，同时也是留给我们大家的：别去寻找，别去抓捕，让他安静"。然而，梅列日科夫斯基也承认，像托尔斯泰出走这样的事情，在俄国又绝不仅仅是托尔斯泰一家的"私事"，而是时代和社会的一件大事，因为托尔斯泰的家不仅仅是雅斯纳亚·波里亚纳，而是整个俄国。

列夫·托尔斯泰在工作（列宾作，1891）

托尔斯泰创作所具有的伟大意义，已经为世界所公认，每一部文学史在谈到托尔斯泰和他的小说时都不会吝惜一连串的最高级形容词。托尔斯泰的创作，被视为自普希金、果戈理开始的19世纪俄国批判现实主义的高峰，而19世纪的俄国批判现实主义文学，又被视为继古希腊罗马神话和莎士比亚戏剧之后的人类文学史中的第三高峰，托尔斯泰，就是世界文学高峰之上的高峰。从托尔斯泰开始创作以来，就有无数的作家和批评家对他作过评价，其中有两个人的评价是很有特色的：冈察罗夫在读了《战争与和平》之后情不自禁地说道："这是一个真正的文学雄狮。"冈察罗夫在这里用了一个双关语，托尔斯泰的名字叫"列夫"，在俄语中的意思就是"狮子"。曾在美国的大学里讲授俄国文学课程的纳博科夫，一次在课堂上讲到托尔斯泰时，突然拉上教室的窗帘，还关掉所有的电灯，然后，他站到电灯开关旁，打开左侧的一盏灯，对他的美国学生说道："在俄国文学的苍穹上，这就是普希金。"接着他又打开中间那盏灯说道："这就是果戈理。"然后，他再打开右侧那盏灯，又说道："这就是契诃夫。"最后，他大步冲到窗前，一把扯开窗帘，指着直射进窗内的一束束灿烂阳光，大声地对学生们喊道："而这，就是托尔斯泰！"

# 第八章

## 白银时代的文学

# 第八章 白银时代的文学

## 第一节 白银时代

所谓"白银时代",是相对于以普希金为代表的俄国文学的黄金时代而言的,在19世纪末、20世纪初的十几年里,俄国文学和文化中再次出现了"天才成群诞生"的壮观景象。

关于"白银时代"这一概念的起源,说法颇多,有人认为,俄国学者马科夫斯基的《在"白银时代"的帕尔那索斯山上》(1962)一书最早推出了"白银时代"的概念,用以概括当时的俄国现代主义诗歌运动;有人发现,马科夫斯基本人曾称,是俄国哲学家别尔嘉耶夫率先提出了这一名称;后来又有人说,最早将这一概念以大写字母开头表述出来的,是俄国诗人奥楚普(他于1933年发表在巴黎俄侨杂志《数目》上的《白银时代》一文)。概念是谁最早提出来的,似乎并不重要,关键在于,这个概念准确地界定了俄国文学的又一个高峰时期。在这一时期,俄国作家和诗人们与哲学、宗教和艺术等领域中的同胞并肩携手,共同促成了这场"俄国的文艺复兴"和"俄国文化的狂欢节"。

在以托尔斯泰为标志的俄国批判现实主义文学达到一个顶峰之后,两个世纪之交的俄国作家们不得不变化文学的内容和方式,恰在这时,法国人提供了一种借鉴,也就是象征主义。留学巴黎的一批俄国诗人首先将象征主义的诗歌手法"偷运"回俄国,对俄国诗歌中强大的现实主义传统来了一个冲击,诗歌开始讲究音乐性、朦胧性和彼岸性,甚至游戏性。在整个西方文学界,象征主义都被视为现代派文学的开端,在俄国也不例外。由象征主义开始,俄国诗歌中又陆续出现了未来主义和阿克梅主义等现代诗歌流派。渐渐地,这种现代主义意识从诗歌领域扩展开去,扩散到了整个文学界,甚至是整个文化界,它与当时弥漫在俄国社会中的世纪末情绪、寻神和造神的神秘主义运动、欲改良社会的普世思想等相互呼应,相互结合,终于促成了俄国文化史上的一个灿烂时代。

白银时代的现代诗歌运动之所以扩散开去,影响到了整个俄国文化,其关键的一点就是,它与当时俄国思想界的宗教哲学形成了某种"互动"关系。在这一时期,俄国涌现出许多宗教哲学家,如弗拉基米尔·索洛维约夫、特鲁别茨基、弗兰克、别尔嘉耶夫、谢尔盖·布尔加科夫、弗洛连斯基、舍斯托夫等，他们在思考人生的意义时也顺便思考了艺术的价值，将哲学和神学的探索结合为一体，对"弥赛亚精神"、"永恒温柔"、"终极关怀"、"宗教存在主义"等概念进行深刻的探究和阐释，不仅为俄国文学提供了丰富的启示和养分，也使俄国的哲学和思想达到了一个空前的高度。

弗·索洛维约夫

在这批宗教哲学家中，弗拉基米尔·索洛维约夫（1853—1900）又常被人们称为"20世纪的俄国先知"和"俄国现代哲学之父"。他的父亲谢尔盖·索洛维约夫是俄国最著名的历史学家之一，弗拉基米尔·索洛维约夫16岁就进了莫斯科大学，同时也常去莫斯科神学院旁听，1874年，他完成硕士学位论文《西方哲学的危机。驳实证主义者》，对当时西方哲学的实证主义倾向提出了挑战。1875年在大英博物馆参观时，索洛维约夫突然感觉到了智慧女神索菲娅的显容，10年前在一次礼拜时他就曾见到女神，在这之后他又第三次看到了她，他在长诗《三次相见》中详细叙述了与"永恒女友"的这三次相见，并在其哲学著作中将以智慧女神为化身的"永恒温柔"视为统领整个世界的元精神。在其博士论文《抽象精神批判》中，索洛维约夫认为，传统的宗教信仰神，而现代文明主张崇尚人，两者都有偏颇，他主张将这两种信仰结合为一体，他认为集真善美为一身的"人神"的诞生，才是历史进程的真正目的，而这种将智慧和理性、宗教和文学、哲学和神学结合为一体的所谓"统一哲学"，就构成了索洛维约夫学说的核心。与大多数哲学家和思想家不同的是，索洛维约夫更多地不是用逻辑而是用形象来思考和阐释自己的问题，他自己也常常借助诗歌来表达自己的观点，因此，他对文学的影响也往往就更为直接一些。他的"永恒温柔"的女性形象，他的将宗教与艺术结合的主张，他的让艺术家再次成为祭司和先知的呼吁，都在俄国象征派诗人那里获得了积极的响应，勃洛克、别雷等象征派大师被人们称为"索洛维约夫派"，索洛维约夫也被公认为俄国象征主义文学，乃至整个白银时代现代主义文学的思想先驱。

如今，在回首仰望"白银时代"的文学遗产时，我们能更清晰地意识到其诸多可贵的文学史意义：首先，那一时代的文学家体现出了空前的艺术创新精神。俄国形式主义者在世纪之初开始探讨文学的"内部规律"，文学研究由此开始了其"科学化"的历程，文本、语境、词，乃至声音和色彩，都成了精心研究的对象。世纪初俄国现代主义诗歌的三大潮流象征主义、阿克梅主义和未来主义，虽然风格不同，主张各异，但在进行以诗歌语言创

哲学家（涅斯捷罗夫作，1917年；左为弗洛连斯基，右为谢·布尔加科夫）

新、以在诗歌中综合多门类艺术元素为主要内容的诗歌实验上，它们却表现出了共同的追求。人们不无惊讶地发现，20世纪世界范围内文艺学、音乐、艺术等诸多艺术门类中的现代主义潮流，竟然都不约而同地发端于世纪之初的俄国，这不能不让人感叹白银时代俄国文化人巨大的创新精神。其次，在进行空前的艺术创新的同时，这一时代的人却也保留了对文化传统的深厚情感，只有以俄国未来主义诗歌为代表的"左派"艺术对文化遗产持否定态度，而那一时代的大多数文化人无疑都是珍重文化的。联想到白银时代是一个现代派的时代，是对19世纪俄国批判现实主义的某种反拨，白银时代文化人的这种态度就显得更加可贵了。

## 第二节　象征主义和勃洛克

俄国象征主义文学运动形成于19世纪90年代，它是受法国象征主义的影响而出现的，同时，这一现代文学潮流的出现，又是俄国社会当时内部的和外部的、社会的与文学的等各种因素交叉作用的结果。

俄罗斯象征主义文学运动持续了约20年，其发展大致可以划分为三个阶段。19世纪90年代是象征派的形成时期。在这一时期，象征派的理论家们纷

纷介绍西欧的象征派理论，同时大量阐发自己的见解，建构象征主义的理论体系，同时，一些象征主义作家和诗人也开始了创作实践。许多象征主义刊物创刊，还出现了数个象征主义小组，其中最重要的是"莫斯科小组"和"彼得堡小组"。参加"莫斯科小组"的有勃留索夫、巴里蒙特、巴尔特鲁沙伊蒂斯和波里亚科夫等人，"彼得堡小组"则由梅烈日科夫斯基、吉比乌斯、明斯基和罗扎诺夫等人组成。

20世纪最初几年是俄国象征派的全盛时期，象征主义的诗集和小说纷纷问世，各领风骚。尤为醒目的是，以别雷、谢·索洛维约夫、勃洛克等为代表的所谓"青年象征派"步入文坛，形成声势浩大的俄国象征主义的"第二浪潮"。他们的介入，既壮大了俄国象征主义的声势，扩大了其影响，同时也加深了其内部的分歧，加重了其危机。

1905年革命以及之后的若干年，是俄国象征派的危机时期。作为当时此起彼伏的历史事件的见证人，象征派诗人和作家们难以无动于衷；但由于观照社会的角度不同，象征派迅速分野，旧有的分歧深化为难以调和的矛盾。"勃留索夫派"继续主张独立的"自由艺术"，"青年象征派"倡导象征主义的现实性和社会性，"新路派"则仍奉行"新宗教启蒙说"，把象征主义当作一种宗教唯心主义的世界观。三派互相对立，争论十分激烈，象征主义在争论中逐渐走向消亡。象征主义文学杂志陆续停刊，许多象征派人士声言放弃"主义"。时至20世纪的第二个十年开始时，象征主义便为后起的阿克梅主义、未来主义等现代主义文学潮流所取代了。

梅烈日科夫斯基

俄国象征主义文学理论的奠基人之一梅烈日科夫斯基（1866—1941）是一位知识渊博、著述甚丰的俄国文学家和思想家，他毕生治学和创作的目标，就在于用新宗教意识启蒙人类。他在1893年发表的《论当代俄国文学衰落之原因并论其新流派》一文，被认为是俄国象征主义的宣言。在这篇宣言中，他将象征主义这一新艺术的三个主要成分规定为"神秘的内容，象征和艺术感染力的扩大"。梅烈日科夫斯基将象征主义视为一种世界观,一种宗教观,他的理论,使俄国象征主义理论具有了一层浓重的、有别于西欧象征主义理论的哲学意味和宗教色彩。梅列日科夫斯基对俄国象征主义的贡献不止于理论上的宣传,他还协助其妻、重要的象征主义女诗人吉比乌斯(1869—1945)创办了"宗教哲学会"(1901—1902)和《新路》杂志。这家俄国象征主义文学中的"夫妻店"影响甚大,后形成了俄国象征主义中的"新路派"。他也写诗,著有诗集《象征集》(1892)等。他的诗形象单一,感情平淡,是其宗教观、哲学观的艺术改写,较之其长篇三部曲《基督与反基督》(1895—1905)、较之其批评巨著《托尔斯泰与陀思妥耶夫斯基》(1901—1902),相差甚远。但其诗的主题与其散文作品的主题是一致的,即天与地、灵与肉、基督与反基督的对立。

俄国象征主义文学运动的成就,集中地体现在诗歌创作方面。短短的几十年,涌现出大批优秀诗人和诗作,世纪初的俄国诗界,霎时成了一个星汉灿烂的文学宇宙。在俄国象征诗派中,影响最大的是4位姓氏恰巧都以字母Б起首的大诗人,即巴里蒙特、勃留索夫、勃洛克和别雷。

勃留索夫(1873—1924)出生在莫斯科一商人家庭,家庭的氛围培养起他关于世界的唯物主义看法,却没有妨碍其文学天赋的发展。1893年,当年轻的他敏锐地感觉到俄国必将出现某种"新艺术"时,便在日记中写道:"荒谬也罢,可笑也罢,它(指新艺术——引者按)总要前进,发展,未来是属于它的,尤其是在它找到一个相称的领袖时。而这个领袖就将是我!是的,就是我!"随后,勃留索夫为象征主义在俄国的传播

勃留索夫像(弗鲁别尔作,1906年)

做了大量工作,他刊行了《俄国象征派》辑刊,参与创办了《天秤座》杂志和"天蝎座"出版社,同时还进行了积极的理论思考和诗歌创作,他后来果然成了俄国象征派公认的领袖之一。

巴里蒙特(1867—1942)是早期俄国象征诗派最杰出的代表之一,到他于1942年客死巴黎郊外时止,他共写出了10余部诗集,还有大量的散文、批评和翻译著作。在巴里蒙特的诗歌中,最引人注目的主题形象就是太阳、个性和音

乐。在他那本被称为"象征之书"的诗集《我们将像太阳一样》的扉页上，诗人引用了古希腊哲学家阿拉克萨奇拉的一句名言："我来到这个世界，是为了看见太阳。"巴里蒙特将太阳视为美和力的象征，视为自我、个性的象征。除太阳外，宇宙、自然间的一切，都被巴里蒙特赋予了个性色彩，都成了一个泄扬个性的器官。巴里蒙特又是一位"音乐诗人"。他在诗歌技巧方面为俄国象征主义诗歌、为整个俄语诗歌所作出的贡献，在当时和后来都得到了公认，其中，又以他在诗歌音乐化方面的尝试最为人们所称道。他在诗中细致地采用多种修辞方式，营造出一种一咏三叹、余音不尽的语词氛围，如这段诗："我幻想捉住离去的阴影，/流逝了的白天之离去的阴影；/我向塔上攀去，/阶梯抖个不停，/阶梯在我的脚下抖个不停。"（《我幻想捉住离去的阴影》）当然，巴里蒙特诗歌的音乐感，也来自其诗整体的谋篇布局，更来自于其诗中朦胧的情绪和飘忽的意象。

巴里蒙特像（В. 谢罗夫作，1905年）

安德烈·别雷（1880—1934）作为一个文学家，是既多面又多变的。他生在一个数学教授家庭，毕业于大学的数理系，最终却选择了文学。他能写诗，也写小说和理论文章。和许多象征派诗人一样，别雷也非常重视音乐在诗歌中的作用，但他表现得更为彻底，他认为，音乐是所有艺术门类中的最高形式，其他任何一种艺术体裁，只有在它接近音乐、融会进了音乐元素之后，才能达到完美。于是，别雷便在自己的创作之初，在世纪之初，开始了他谱写语言音乐的创举。1903—1908年间，他相继写了4部交响乐，即《北方交响乐》、《戏剧交响乐》、《归来》和《风雪高脚杯》。这是一些半散文半韵文、半文字半音乐的作品，其中有情节有人物，

别雷像（巴克斯特作，1905年）

但作者力图表达的，还是某种宗教观念。

《碧天澄金》(1904) 是别雷的第一部诗集。在象征派的色谱中，湛蓝和金黄都是希望和幸福的象征，阳光的主题穿透全书，如一柄金钥匙递在诗人的手上。这也是一本"象征之书"，整部诗集均建立在天地对应、色彩对应的基础上，几乎每个词都具有本意和它意两个所指。两种成分的对立和转化，从此成了别雷诗歌在主题、形象和风格上的重要特征之一。别雷在诗歌创作中开始的"文体革命"，后来也贯彻在了《银鸽》、《彼得堡》等著名长篇小说的写作中，这两部长篇小说也被公认为世界范围内意识流小说的先驱。

十月革命后，别雷返回了诗歌。长诗《相会》(1921) 写他与"永恒温柔"神秘的相会，这无疑是索洛维约夫学说及其《三次相见》等作品持续影响的结果，同时也与诗人当时和娜杰日达·扎里娜的恋爱感受有关。另两部诗集《孤星集》(1919)、《别后集》(1921) 则带有明显的人智学意味。他在20世纪30年代写作的大量回忆录，如《两个世纪之交》(1930)、《世纪之初》(1933) 和《两次革命之间》(1934) 等，是十分珍贵的文学史资料。在别雷逝世的时候，《真理报》刊出了这样的讣告："别雷的逝世，标志着俄国象征主义杰出代表中的最后一员步入了坟墓。"

勃洛克（1880—1921）是俄国象征派最杰出的代表，也是20世纪俄语诗歌中最杰出的大师之一。勃洛克生于贵族知识分子家庭，父亲是华沙大学法学教授，母亲和外祖母、姨妈们都进行讨文学活动，未来的诗人出生后不久，父母因感情不和而离异，小勃洛克从此一直被寄养在曾任彼得堡大学校长的外祖父家里。书香门第的文化氛围、家族中女性们的文学活动，都给了勃洛克以极大的影响。1898年他进入彼得堡大学法律系，但3年后还是转入了语文系。他很早就开始写诗，当时以茹科夫斯基为"最初的感召者"，但在象征主义兴起之后，他转而视索洛维约夫为"精神之父"，立

勃洛克像（索莫夫作，1907年）

即作为青年象征派中的重要一员步入了诗坛。

勃洛克是一个卓越的抒情歌手。1904年，他的第一本诗集《美女郎诗草》出版，在此前一年，他与俄国著名化学家门捷列夫的女儿柳鲍芙结了婚。这部处女诗集的主题，便是诗人的恋爱以及由此引发的内心感受，因此，这是一本"诗体恋爱自传"。但同时，这又是一本象征主义的诗集，是作者象征主义诗歌实践的最初尝试。诗中的"美女郎"，既是生活中的恋人，也是索洛维约夫哲学中的"永恒温柔"（故诗集题名中的"美女郎"以大写字母起首）。诗中有对尘世之欢的抒写，也有期待"永恒温柔"下凡的神秘预感。心目中的女郎与理念中的天使交织一体，构成了勃洛克诗歌中一个光辉的形象。然而，在接下来的第二部诗集《意外的喜悦》(1906)中，诗人却似乎在自然之中发现了"意外的喜悦"，于是，林中的白桦，通向远方的道路，温柔的秋风，纷纷作为形象走进这部诗集。这部诗集中有一首题为《陌生女郎》的诗，写的是诗人在一个酒馆中和一位陌生女郎的相遇，诗中传导出的现实与幻想的矛盾、意识中莫名的紧张，既具体又抽象。这首诗在当时流传很广，诗人还在此基础上创作了一部同名话剧。1908年，诗集《雪封的大地》出版，其中收入了在此之前曾以单行本形式出版过的组诗《雪面具》，这组诗记录了诗人对女演员沃洛霍娃的爱恋。在《雪封的大地》的序言中，勃洛克将其前3部诗集的主题一并作了概概括："《美女郎诗草》是清晨的霞光……《意外的喜悦》是灼热、苦涩的欣喜最初的体验，是生活的最初几页……《雪封的大地》则是苦涩欣喜的果实，是一盏苦酒。"从后一部诗集起，勃洛克抒情诗中的悲剧意味加重了，这既与当时压抑的斯托雷平时期的社会环境有关，与诗人和象征派诗人间开始出现的分歧有关，同时，也是诗人对历史、对个人命运开始进行的痛苦思索在诗歌创作中的反映。这是一个思想的痛苦期，却是一个创作的丰收期和高峰期，《意大利诗抄》、《卡门》等诗集和组诗都出版于这一时期（1909—1916）。

在1912年所作的一个题为《论诗人之使命》的报告中，勃洛克曾将诗人称为"和谐之子"，并说这种"和谐"，首先就是"世界上各种力量的和谐"。勃洛克的抒情诗正是这样的和谐体，但它不是一种恬淡的平衡，这是某种"复调抒情诗"。勃洛克的抒情诗，是充满矛盾和冲突的诗，充满形象的对比、色彩的对映和感觉的对立，就连他的爱情诗也是躁动不安的，既非甜言蜜语，亦非苦情愁肠。在组诗《雪面具》中，火热的恋情竟爆发在暴风雪的时日，诗人的爱成为"雪篝火",在胜过春花秋月的冬雪中,通过冷和热的对比,诗人火热的恋情得到了更为突出的体现。在组诗《卡门》中,同样有爱的属于和感情解放的斗争。勃洛克的这种新型的爱情诗,是俄语诗歌中的一种创造,一个高峰。

十月革命后,诗人立即站到了苏维埃政权一边,从事多项文化工作,还担任了全俄诗人协会彼得堡分会的主席。1918年初,他在《知识分子与革命》一文的结尾热情地写道:"以全部的身体、全部的心灵和全部的意识去倾听革命。"这句话后来常常被引用,以佐证诗人的革命性立场。而诗人对新文化、新诗歌的最大贡献还是在于,他在1918年1月间短短的几天里写出了长诗《十二个》。

《十二个》写的是十二个赤卫队员于风雪之夜在彼得堡街头巡逻的场面。黑的夜,白的雪,赤卫队员手持红的旗帜,走在大街上。巡逻期间,他们嘲笑了资产者,倾吐了革命豪情,他们中的一位还开枪打死了他的旧情人、一个正与资产者鬼混的妓女。赤卫队员是革命者,同时,他们身上又散发着野性的自发势力。诗人敏锐地抓住了时代的本质,对社会的代表力量作出了准确的描写。在诗的结尾,十二个赤卫队员继续前进,但是,在他们的前方,是头戴白色花环的基督在指引道路。对于长诗结尾处的这个"基督形象",人们长期争论不休。有人为之惋惜,认为是长诗中的败笔,说明诗人不理解革命的本质;有人则认为这不过是一个比喻,基督指的是列宁。勃洛克对革命自然

长诗《十二个》插图(安年科夫作)

没有政治家那样的洞察，勃洛克虽然赞成革命，但也担心其巨大的破坏力量，在"破"与"立"之间，诗人在极力寻求某种"第三力量"。基督的形象，也许就是诗人找到的这种力，它作为残忍的补偿，作为未来的替代，体现着革命的终极目标。这是一种净化力量，一种烈火后再生的力量。这不是一个偶然出现的附加形象，它构成了全诗象征主义式的对应：杂乱的尘世与净化的理想，漆黑的夜与白色的雪和白色的基督，自发势力与精神升华……同时，这一形象也是贯穿全诗的。在诗的开头，有"什么在前方行？"的提问，结尾两句为："戴着白色的玫瑰花环，/前方——是耶稣基督。"可见，基督形象应是理解全诗的钥匙之一。不过，作者也没有十分肯定的答案，结尾的形象其实又是一个新的提问。据当时听过勃洛克亲自朗诵《十二个》的人回忆，勃洛克总是用疑问的语调来朗诵最后的两句诗。

除诗歌外，俄国象征主义文学运动也推出了一些小说杰作。在象征主义小说创作方面成就最大的，是安德列耶夫和索洛古勃等人。安德列耶夫（1871—1919）在他著名的《七个死刑犯的故事》、《红笑》(1904)等小说中，对当时的现实作了变形的描写，营造出一种阴冷恐怖、神秘悲观的氛围。其中，《七个死刑犯的故事》是安德列耶夫最著名的作品，它以革命失败后七个被判绞刑的死囚在法庭上、监狱里和绞架前的心理状态为对象，将人的心态与社会现实相对应，写出一幕神秘的悲剧。他的艺术手法中，不仅有明显的象征主义色彩，而且还融会进了现实主义、印象主义和表现主义的艺术成份。鲁迅对安德列耶夫的创作有过一段精辟的议论：安德列耶夫的作品，"都含着严肃的现实性以及深刻和纤细，使象征印象主义与现实主义相调和。俄国作家中，没有一个能够如他的创作一般，消融了内面世界与外面世界之差，而出现灵肉一致的境地。"他的剧作《人的一生》(1906)以高度象征的手法，把一个人的一生，乃至整个人类的生活过程以抽象、荒诞

安德列耶夫像（列宾作，1904年）

的形式呈现在人们眼前,是世界戏剧史上的一出名剧。

费奥多尔·索洛古勃(1863—1927)是一位杰出的诗人,同时也是一位优秀的小说家,他的长篇小说《噩梦》(1895)和《卑鄙的恶魔》(1907)继承陀思妥耶夫斯基的传统,以人的深刻的内心世界为描写对象,把象征主义的形式和存在主义的内容结合为一体,是当时最受重视的小说作品,作家也因此与高尔基、安德列耶夫和库普林并列,被视为那个时代最为出色的4位小说家之一。

索洛古勃像(索莫夫作,1910年)

## 第三节　阿克梅主义和阿赫马托娃

1913年,诗人古米廖夫在《阿波罗》杂志上发表了《象征主义的遗产和阿克梅主义》一文,这篇文章后来被公认为阿克梅派的文学宣言。在这篇宣言中,古米廖夫将阿克梅主义的创作纲领归纳为:反对象征主义对世界神秘、朦胧的暗示,提倡对具体、客观的现象的把握;承认象征在艺术中的重要意义,但不愿因此牺牲其他一切诗歌表现手法;寻求一切手法间充分的协调,要建立一个更加自由、有力的诗律体系;并不放弃对不可知、乌有、瞬间等的表现,"新流派的原则之一,就是永远沿着阻力最大的路线前进"。综合地看,阿克梅主义强调的是具体和力度,是技巧和个性,是诗歌形式上的雕塑感,内容上的对世界文化的眷念。

参加过阿克梅派的有古米廖夫、阿赫马托娃、曼德里施塔姆、戈罗杰茨基、库兹明等人,这些当时就很有名的诗人,后来都成了20世纪俄国诗史中的重要人物,他们的创作不仅充实了象征主义危机之后的俄国诗坛,也为俄国文学留下了一份丰厚的遗产。

古米廖夫(1886—1921)生于一军医家庭,他很早开始写诗,中学时就出版过诗集,后留学巴黎,第一次世界大战时曾志愿上前线。1910年,他与女诗

古米廖夫像

（捷拉·沃斯—卡尔多夫斯卡娅作，1915年）

人阿赫马托娃结婚。他一直是诗坛的活跃人物，创办过文学杂志，还担任过彼得格勒诗人协会的主席。1921年，他在彼得格勒被捕，20天后以"反革命阴谋罪"被处死。在其短暂的一生中，古米廖夫共创作了8部诗集，即《征服者之路》（1905）、《浪漫的花朵》（1908）、《珍珠》（1910）、《异乡的天空》(1912)、《箭囊》（1916）、《篝火》(1918)、《篷帐》(1921)和《火柱》(1921)。此外，他还写有大量的诗剧、长诗和一些散文作品以及诗歌译作。古米廖夫曾将自己诗的灵感称作"远游的缪斯"，因为其大半诗作都是以异国他乡的风土人情为灵感源泉的。非洲的沙漠，北欧的雪景，罗马的名胜古迹，东方的宫廷秘史，纷纷成了古米廖夫诗作的对象或主题。他还翻译过一本中国诗集，其中收有李白、杜甫等人的诗。此外，古米廖夫的诗作还具有某种"史诗风格"。他的长诗虽然大都不长，但场面阔大，情绪激昂，如描写哥伦布的《发现美洲》。他的抒情诗中常有内容的叙述和细节的描写，抒情主人公的态度比较客观，还时常穿插进各种人物的对话。对诗的容量和诗的力度的刻意追求，使得他的诗在当时的文坛上别具一格。在苏维埃时代的俄国文学史中，古米廖夫或被有意识地遗忘，或被冠以"反革命诗人"的帽子受到攻击，直到20世纪80年代末，随着社会环境的变化，古米廖夫才得以"复归"，他的诗歌遗产又开始受到了人们的重视和喜爱。

比古米廖夫多活了十几年，但结局却同样悲惨的另一位阿克梅派重要诗人，是曼德里施塔姆（1891—1938）。他曾是《阿波罗》杂志的同仁，1912年写了《阿克梅主义的早晨》一文，成为阿克梅派的主将之一。但与喜欢轰轰烈烈的古米廖夫不同，曼塔里施塔姆生活得孤傲而又超脱。他的诗.并不是对阿克梅主义创作纲领的"落实"，而充满着对文化和文化个性的思考。他的诗语义复杂，用典深奥，有深重的历史感。曼塔里施塔姆是一个非常严肃的诗人，他认为诗就是诗人"对自己正确性的意识"。知识分子的个性，文化人与世俗

第八章　白银时代的文学　105

曼德里施塔姆案件卷宗上的照片

环境的冲突，常构成他诗歌的潜在主题。在一次集会上，在回答"什么是阿克梅主义"的问题时，曼德里施塔姆说："就是对世界文化的眷念。"阿赫马托娃曾说他的诗具有"无比的美和力"；诺贝尔奖得主布罗茨基将曼德里施塔姆与阿赫马托娃、茨维塔耶娃等一起尊称为自己的"导师"，并在一篇文章中将曼德里施塔姆称为"文明的孩子"。

曼德里施塔姆最重要的作品有诗集《石头集》(1913，1916和1923年再版)、《忧伤集》(1918)，回忆录《时代的喧嚣》(1925)，以及许多文论（后被整理为《词与文化》一书）。20世纪30年代中期，他被当局逮捕，据说是因为他写了一首反斯大林的诗。他先是被流放到北疆，后转至沃罗涅日，在这里写下一组诗，后被称为"沃罗涅日诗抄"。获释后不久，曼德里施塔姆再次被捕，不久被押往远东，于1938年12月27日（一说为11月中旬）在海参崴附近的一个集中营里死去。

安娜·阿赫马托娃（1889—1966）是阿克梅派诗人中活得最久、影响也最大的诗人，她生在黑海岸边的奥德萨城，父亲是一个退伍的海军机械工程师，母亲是世袭贵族。她原姓"戈连科"，当她决定以写诗为职业时，她那位对文学抱有偏见的父亲却禁止她用他的姓氏发表诗作，以免"玷污"一个高贵家族的名声，安娜从此便用了母亲家的姓氏，据说，"阿赫马托娃"这一姓氏源自金帐汗国的最后一位统治者阿赫马特可汗（？—1481），虽没有资料证实阿赫马托娃的家族确实是阿赫马特可汗的后裔，但阿赫马托娃后来还是很喜欢提起这个关于家族起源的传说。1910年，

阿赫马托娃和曼德里施塔姆
(20世纪30年代上半期)

她与诗人古米廖夫结婚,婚后去欧洲等地游历,归来后定居在皇村,1912年生下了唯一的儿子列夫。

阿赫马托娃从1910年起就经常地在彼得堡和莫斯科的文学杂志上发表诗作,1912年出版第一部诗集《黄昏集》,两年后又出版《念珠集》。这两部诗集给女诗人带来巨大声誉,她成为文学沙龙中最受欢迎的客人;薄薄的两本诗集,却使她迅速地拥有了大批追随者和模仿者,尤其是年轻的女性诗歌爱好者。她的第三本诗集《白色的云朵》出版于1917年,其中的诗作虽较前两部成熟,但由于其面世时正逢社会大动荡,所以并没有引起更大的轰动。以这3部诗集为代表的阿赫马托娃的早期创作,和大多数诗人的早期创作一样,形式短小精悍,主题则是对爱情的抒写。但是与以往的和当时的其他诗人相比,阿赫马托娃的诗歌有两个独特的地方:一是其悲剧感,一是对细节的处理。在她那短小的爱情诗、或曰"失恋诗"中,常以简洁的诗句,通过一个细小的戏剧性情节或一种瞬间的心理感受,传导出主人

阿赫马托娃像(阿尔特曼作,1914年)

公深刻的内心体验。区区三两行诗句,竟能装载得下一个完整的抒情主题,一段曲折的心路历程。《最后一次相见的歌》(1911)就是一首典型的此类抒情诗:"胸口无援地发冷,/但我的脚步还算轻快。/我在用我的右手/把左手的手套穿戴。//楼梯仿佛很漫长,/而我知道它只有三级!/秋风在槭树间低语:/'求求你,和我一同死去!//多变的命运欺骗了我,/这沮丧的凶恶的命运。'/我回答:'亲爱的秋语啊,/我也一样。我欲与你同陨……'//这就是最后一次相见的歌。/我打量着黑暗的房间。/只有几支冷漠的蜡烛,/在卧室里抖动昏黄的火焰。"该诗用"我在用我的右手,/把左手的手套穿戴"这一著名的"细节",绝妙地体现了主人公内心的慌乱,它与后面的送别的"楼梯"、痛苦中的"秋风"和卧室中的"烛光"相叠加,透露出了一位与爱人(爱情)分手的女性深刻的悲伤。但同时,这一细节也表达了女主人公的克制:分手时,她并未忘记

戴上手套,面对一切,她试图表现得从容和坦然一些。对痛苦内心的深刻体验和体验之后的努力克制,都通过这一细节反映了出来,而这又正是阿赫马托娃前期诗歌总的情绪特征。

十月革命之后,阿赫马托娃的诗歌声音与新的现实显然不大合拍,1930年代,她还与另外一位列宁格勒作家左琴科一起受到了官方猛烈的批判,苏共主管意识形态的高官日丹诺夫曾在大会上公开骂她是"半尼姑,半荡妇"。在此后很长一段时间里,阿赫马托娃都无法发表诗歌,她转而对普希金进行起学术研究,还从事过诗歌翻译工作。但是,阿赫马托娃一直没有停止诗歌创作,她陆续写出了一些大型诗歌作品,这些作品表明,其作者并不仅仅是一位杰出的"室内抒情诗"的歌手,同时也是一位能写作史诗巨作的大师。这些重要的长诗或组诗作品有《安魂曲》、《没有主人公的长诗》、《北方哀歌》等,而在这些作品中,《安魂曲》又占据着一个很突出的位置。这部写于1935—1940年间的组诗,直到20世纪80年代才得以面世,阿赫马托娃生前为保存这部诗作,不敢留下底稿,而让身边亲近的人分别背诵下不同的章节,大伙儿过一段时间就聚集起来,偷偷地重温一下诗句,用这种独特的方式使这部杰作躲过了劫难。

第二次世界大战前,阿赫马托娃的儿子两次被捕,为了打听儿子的消息,给儿子送上些东西,阿赫马托娃和许多被捕者的家属一同,在列宁格勒监狱外排了17个月的队。有一天,一位嘴唇发青的妇女走到阿赫马托娃身边,问诗人道:"您能描写这一切吗?"阿赫马托娃回答说:"我能。"《安魂曲》就是阿赫马托娃这一诺言的兑现。除开头的代序和献词外,诗的头尾分别有一个序曲和尾声,中间是10首有题和无题的抒情诗。这些诗的写作年代不同,作者当初大约也不是将它们当作一个整体来对待的,是内容和情绪的一致,才使阿赫马托娃最终将它们合

晚年的阿赫马托娃和儿子列夫·古米廖夫在一起

为一个整体。阿赫马托娃在诗中写道:"静静的顿河在静静地流淌,/房间里走进昏黄的月亮,/歪戴着帽儿探进身来,/昏黄的月亮看见一个人影。/这是一个女人正在患病,/这是一个女人孤苦伶仃。/丈夫在坟墓,儿子在监狱,/请大家为我祈祷上帝。"诗人并没有仅仅停留在家庭不幸的抒写上,她还将个人的遭遇与民族的灾难联系在了一起:"我那时与我的人民同在,/我的人民,不幸也在那里。"于是,诗人对个人苦难的描写就上升为对民族命运的忧虑和为民族不幸的呐喊,《安魂曲》也因此获得了更深的控诉力量和更广泛的社会意义,成了阿赫马托娃为民族的苦难献上的一首安魂曲。

英国思想家以赛亚·柏林曾说阿赫马托娃就其所经历的苦难而言是"本世纪整个俄国历史的化身",布罗茨基称她为"哀泣的缪斯";早年的阿赫马托娃曾被称为"俄国的萨福",晚年则被与普希金并列,视为"俄国诗歌的月亮"。也许,将所有这些说法合起来,就可以让我们得出一个关于阿赫马托娃的整体印象,就可以让我们形象地感觉到她在20世纪俄国文学中的地位和意义。

阿赫马托娃速写像(莫迪尔亚尼作,1911年)

## 第四节　未来主义和马雅可夫斯基

与阿克梅主义同时出现的另一重要的俄国现代主义文学流派,就是未来主义。未来主义最早出现在意大利,意大利诗人、戏剧家马利涅蒂于1909年发表《未来主义宣言》,宣告了未来主义文学的诞生。未来主义试图找到一种适应于20世纪之新时代的新艺术,主张以"机器文明"和"速度的美"等彻底取代传统的艺术。在俄国,未来主义团体的文学宣言《给社会趣味一记耳光》发表于1913年,在这份宣言上签字的有马雅可夫斯基、布尔柳克、赫列勃尼科夫、卡缅斯基等,他们构成了俄国未来主义的分支之一——立体未来派。另一分支是以彼得堡诗人谢维里亚宁为代表的自我未来派。自我未来主义宣扬个人至上，不满社会现实，将个人与社会的关系理解为一种对立和冲突。立体未来主义的影响更大一些，一群年轻气盛的诗人，自封为现存秩序的破坏者，他们与一切艺术传统为敌，声称要"把普希金、陀思妥耶夫斯基、托尔斯泰等等等等从现代的轮船上扔下去"，从而创建一种全新的未来艺术。

俄国未来主义的失误和不足显而易见，但它所取得的成就也是有目共睹的。首先，它促进了艺术和诗的民主化。与俄国象征主义和阿克梅主义不同，俄国未来主义诗人大多来自社会下层，他们开始文学活动的场所也多是咖啡馆和小酒店，他们的生活和创作与民众更为接近，对于占统治地位的社会规范和文化教条，他们有着更强的反叛性，他们是当时社会思潮中的民主倾向在艺术中的体现。其次，他们扩大了诗歌的表现领域，丰富了诗歌的表达手段。从未来主义开始，"现代文明"中某些"非诗的"特征进入了俄国诗歌，诗空前地面对现实中的一切了；与此同时，未来主义诗人又试图使诗歌与戏剧、绘画等相关艺术相结合，将表演、朗诵、政论、展览等手法大量地运用于诗歌，使诗歌更深地介入了社会生活。最后，俄国未来主义在词语领域的革命，在当时不仅与俄国象征主义和阿克梅主义的词语实验相抗衡，维持了词语在音和形、意义和功能、雅与俗等方面的平衡，而且还为俄国形式主义提供了宝贵的启示，俄国形式主义的理论就是在未来主义诗语探究的基础上起步的，形式主义理论家也往往是由对未来主义诗人的关注和批评而开始其理论思考的，这是俄国未来主义对整个20世纪世界文学的一大贡献。

赫列勃尼科夫（1885—1922）是未来派的一位重要诗人，文集《给社会趣味一记耳光》中有近一半作品是赫列勃尼科夫写的。在十月革命前的年代里，他出版有近10本诗集，其诗歌的突出特征，就是新（众多新造的词）和旧（许多斯拉夫古字）的结合，雅（先锋的诗语实验）与俗（民间和生活口语的采用）的并重。和未来主义的主张相一致，赫列勃尼科夫对传统文化也持否定态度，对

赫列勃尼科夫速写像（库里宾作，1913年）

艺术的新的可能性作了追寻。然而，在赫列勃尼科夫的追求中，有一点是比较独特的，即对"词语"的推崇，他认为，在现代和未来的社会中，词语将不再单单是一个交流思想、传递文化传统的工具，而是一种独立的、自在的东西，一种可以感觉到的存在，也就是说，应是时间的一部分，由此出发，他或造新词，或赋予词以新意，或新奇地使用旧有的词，进行了一场"词语革命"，有人将他的理论称为"语言乌托邦"，有人则称他为"罗蒙诺索夫二世"，视其为又一种新的诗歌语言的创建者。他提出的"无意义的词"的概念，对后来的俄国形式主义理论产生了很大的启迪作用。

未来派在当时影响最大、在后来成就最高的诗人，无疑是马雅可夫斯基（1893—1930）。马雅可夫斯基是在未来主义的旗帜下开始诗歌创作的。《给社会趣味一记耳光》中就收有马雅可夫斯基的两首分别题为《夜》和《晨》的短诗，这两首诗用斑斓的色彩描绘资本主义大都市的画面，在那模糊的画面中渗透着一种强烈的厌恶和反感。由此可知，马雅可夫斯基对传统文化的否定、对未来艺术的向往，在很大程度上正来自于他对现实所持的批判态度。这也可以用来解释，马雅可夫斯基为何在十月革命之后立即将未来主义理解成了"革命的艺术"。长诗《穿裤子的云》(1915) 是马雅可夫斯基这一时期创作的代表作，在内容方面，仍是对资本主义社会的批判，长诗喊出了"打倒你们的艺术"，"打倒你们的爱情"，"打倒你们的制度"，"打倒你们的宗教"的激烈口号；在形式方面，他继续实践未来主义的美学原则，如为表达新节奏而采用的楼梯式的分行排列，为表达未来的感情而营造出的奇特比喻，为每一种街头的物件和场景寻找一个新的词汇等等。

十月革命爆发后，一贯以反叛、革新的姿势亮相的马雅可夫斯基，立即将其称为"我的革命"，并立即开始谱写革命的颂歌。据说，当年攻打冬宫的赤卫队员和水兵在发起冲锋的时候，朗诵的就是马雅可夫斯基的这段顺口溜："吃你的菠萝吧，嚼你的松鸡，你的末日到了，资产阶级。"国内战争期间，他参加"罗斯塔之窗"的工作，创作了许多诗配画，以最直接的方式支持新政权。之后，他又陆续创作出《革命颂》(1918)、《左翼进行曲》(1918)、《关于这个》(1923)、《一亿五千万》(1920)、《开会迷》(1922)、《列宁》(1924)、《好！》(1927)、《放声歌唱》(1930) 等传诵一时的诗歌名篇。不过，马雅可夫斯基的诗歌贡献在新的现实中并没有立即得到充分的承认：在革命后相当长的一段时间里，他组织的"列夫"等左翼艺术团体被认为是在艺术领域中向官方夺权，因而受到了打压；列宁虽然公开表扬过诗人讽刺官僚主义的诗作《开会迷》，却又说《一亿五千万》是"自命不凡之作"；马雅可夫斯基悼念列宁的长诗《列宁》被视为社会主义现实主义在诗歌领域中的最杰出体现，但诗人在苏维埃文学中第一诗人的地位还是在列宁之后、甚至是在诗人自己去世之后才由斯大林赐予的，斯大林1935年所作出的"马雅可夫斯基过去是、现在仍然是我们苏维埃时代最优秀、最有才华的诗人"（斯大林在把勃里克请求出版马雅可夫斯基作品的信转给内务部长叶若夫时所作的批语）的定论，才使关于诗人的议论和争论最终尘埃落定。

　　1930年4月14日，马雅可夫斯基在莫斯科自杀。关于诗人的死因一直众说纷纭，如今人们意识到，这可能是多种原因共同作用的结果。20年代末，一直自认为"革命歌手"的马雅可夫斯基却感觉到了来自官方的不信任，1929年秋天，他的出国请求被拒绝，这使他感到很失落；在当时的文艺界，以"拉普"为代表的一股势力一直不承认马雅可夫斯基的"无产阶级"身份，对他多方打压；1930年1月1日揭幕的诗人"20周年创作展"受到冷遇，诗人因患喉疾而不能朗诵诗歌；此外，他个人的爱情也出现了危机……

　　马雅可夫斯基留下了这样一首绝命诗："正像人们所说的那样——/'意外的事情已经结束，'/爱情的小舟/撞碎在日常生活上。/我与生活结清了账，/没有必要再去清数/彼此的痛苦、/灾难/和屈辱。"

　　马雅可夫斯基是一位政治诗人和革命歌手，他对现实和领袖发出过很多直接的赞颂，但是，他的歌声却并不都是廉价的：首先，他的歌声是由衷的、真诚的，他其实是在歌颂他心目中真正的

马雅可夫斯基在其"创作20周年展"上

马雅可夫斯基下葬时的场景（1930年）　　马雅可夫斯基和帕斯捷尔纳克

个性自由和思想解放；其次，更为重要的是，他在歌颂"革命"的同时也完成了一场诗歌的"革命"，他以在他之前根本不可能入诗的词语和形象入诗，在这些惯常的词语和形象中发掘出了崭新的意义和表现力，他的诗歌格律不羁，随意地断句、移行，但是却获得了空前的力度和惊人的韵律感。马雅可夫斯基不仅是"苏维埃时代最优秀的诗人"，也是20世纪整个世界诗歌中最杰出的诗歌大师之一。

## 第五节　布宁

布宁（1870—1953）是一个跨越两个时代的伟大作家：从文学史意义上说，他处在托尔斯泰的批判现实主义和白银时代的现代主义两个文学阶段之间；从生活经历上看，他的创作被十月革命割裂成前后两大板块，他也成了俄国侨民文学第一浪潮中最突出的代表；作为"来自贵族的……最后一位作家"(高尔基语)，他终生固守着俄国贵族的文化趣味和生活方式，拒绝接受针对贵族阶级的暴力革命以及与那一阶级的规范相悖的道德准则，另一方面，他又是俄国乡村中美丽自然的描绘者以及乡村中黑暗生活的再现者；他曾被称为"贵族中的平民知识分子"，年轻时也曾是"贵族出身的民主派"；从创作风格上

第八章　白银时代的文学

布宁像（图尔占斯基作，1905年）

看，一方面，他被视为俄国现实主义文学传统最突出的继承者，他于1933年在俄国作家中第一个获得了诺贝尔文学奖，就是因为他"以其严谨的艺术才能使俄国古典传统在散文中得以继承"，对诸多的现代主义诗歌流派和诗人，他都进行过激烈的抨击，即使在流亡国外期间，他都坚持使用老式拼写法写作，可另一方面，他自己又是一个文学革新的大师，因此，另一位俄国侨民作家霍达谢维奇曾称布宁为"仿古革新者"。

在俄国文学史中，布宁是一个以小说家和诗人双重身份出现的作家，而作为一个诗人的布宁和作为一个杰出小说家的布宁相比，是毫不逊色的。首先，布宁是作为一个诗人走进文坛的，给他带来广泛文学声誉的就是那部著名的诗集《落叶集》(1901)，由于这部诗集以及布宁翻译的美国诗人朗费罗的《海华沙之歌》，布宁获得俄国科学院授予的普希金文学奖，并于1909年成了科学院最年轻的荣誉院士之一（当时他年仅39岁）；后来，在积极进行小说创作的同时，布宁一直没有停止写诗，就是在流亡法国之后，布宁的创作中也有近一半是诗作。其次，诗歌和散文的因素在布宁的创作中始终是相互渗透的。布宁的小说以"散文中的诗"而著称，其叙述语言既充满激情又带有内在的韵律感，其所展现出的画面清新、优美，有着深远的意境；而布宁的诗，则以其叙述性和现实性见长，

布宁夫妇在诺贝尔奖颁奖仪式上接受祝贺

诗语简洁、流畅，情绪自然、真实，常暗含有一个故事或情节。这种诗近文、文如诗的风格，贯穿了布宁的整个创作。可以说，布宁是一位小说家中的诗人，同时，也是一位诗人中的小说家。

在世纪始初的1901年，布宁写出了他的成名作《落叶集》，这部诗集的主题之作，就是那首近两百行的抒情诗《落叶》。这首诗的中心形象，就是缓缓步入彩色森林屋的"秋寡妇"；诗的主导情绪，就是自然的变化在诗人心中引发的感触。这首诗的描写是纯"客观"的，通篇没有一个"我"字；秋天森林中的色彩和形象，也都是写实性的。该诗严谨的韵脚、准确的诗语，都表明其风格是现实主义的。这首诗在首发时，是题词献给高尔基的，这在一定程度上也体现了其作者当时的文学态度。但是，这首诗又带有明显的现代风格，如：由形象、场景和心境等构成的整体性的象征意味；通过自然中秋与冬、光与暗、彩色与白色、日与夜等等的强烈对比，传导出的抒情主人公的内心冲突，变化着的自然和矛盾着的内心的呼应，关于冬天和寒冷的神秘的预感，等等。由这些因素合成的布宁的抒情诗歌，是别具一格的，也具有某种转折性的意义。

作为一个小说家的布宁，写有数百篇中短篇小说。在早期的《安东诺夫苹果》（1900）、《乡村》、《苏霍多尔》(1911) 等作品中，诗意的美景对应的却是贫瘠的现实生活，从而引起了不同的解读：有人称之为变革现实的呼吁，有人视之为逝去的俄国乡村之挽歌。不管怎样，渗透在小说字里行间的那种无可奈何之余的眷念，怅然若失后的刻骨记忆，却从此成了布宁小说的识别标志。1915年发表的《来自旧金山的先生》（1915），是对资本主义文明的嘲讽和抨击；《米佳的爱情》(1924)、《幽暗的林荫道》（1937—1943）和他那部具有自传色彩的长篇小说《阿尔谢尼耶夫的一生》(1927—1933)，则都是以爱和存在为主题的。从主题上看，布宁的小说无论是写逝去的故乡、贵族的庄园还是写爱情、人生，都充满着一种深深的怀旧之情。从形式上看，他的小说写得非常简洁，他对简洁的追求甚至体现在对小说体裁的选择上，他一生只写过一部长篇小说。他对小说的最高评价就是"没有任何多余的东西"，他最喜欢用的一个词就是"干巴"。与此同时，他的小说又被称为"形容词的盛宴"，其色彩之绚烂、修饰之繁复、体验之入微和表达之细腻，都是惊人的，而这一切，又都被一层淡淡的忧愁所覆盖。如果把布宁的小说比喻为某个季节，那么这就是

"深秋"——布宁自己最钟爱的季节。

十月革命后，布宁对新的现实感到失望，他公开反对革命中的暴力行为和革命后的无产阶级专政，并于1920年2月离开奥德萨出国，后定居巴黎。像布宁这样一个贵族意识极深、人道精神很强的人，在当时是无法留在俄国的；但是，像布宁这样一个俄国味十分浓重、对俄国的自然和俄国的一切都非常眷恋的人，又实在是难以离开俄国的。这就决定了，布宁的后半生必将在痛苦和忧郁中度过。流亡后不久，1922年6月25日，布宁就写了这样一首充满乡愁的诗："鸟儿也有巢，野兽也有窝，/当我道别亲爱的老屋，/当我走出父辈的院落，/年轻的心儿多么痛苦！//野兽也有窝，鸟儿也有巢，/背着已经破烂的背囊，/画着十字走进租来的房子，/急促的心儿跳得多么忧伤！"

布宁墓地

然而，布宁没有在忧伤中沉沦，而把那忧伤又结晶成了美丽的文字。他在流亡期间写作了大量诗作和小说，其中尤以那部被誉为"爱情百科全书"的《幽暗的林荫道》最为重要。此外，他还留下了一些"纪实性"的文字，如日记集《该死的日子》（1935）和《回忆录》（1950）等。

## 第六节 茨维塔耶娃

茨维塔耶娃（1892—1941）生在莫斯科，她的父亲是莫斯科大学教授、莫斯科著名的普希金造型艺术博物馆的创始人；她的有波兰和德国血统的母亲，极富音乐天赋，总想让两个女儿完成她自己因家庭的束缚而未竟的音乐事业。茨维塔耶娃的童年是在"博物馆和音乐"中度过的，这是文化的积累和情感的释放的双重熏陶。但是，茨维塔耶娃家中也有不幸，母亲长期患病，后在1906年去世，在这前后的数年间，茨维塔耶娃一直在德、法的寄宿中学上学。她刚满20岁时，父亲也去世了。长年的独立生活，使茨维塔耶娃养成了既大胆又孤傲的性格。在茨维塔耶娃的生活中，有两个片断能典型地体现她的性格：1921年2月，在莫斯科综合技术博物馆大厅里举办的一个诗歌朗诵会上，身为白军军官妻子的茨维塔耶娃竟然登台朗诵了一首题为《顿河》、对白军表示同情的诗，而台下的听众大多是红军士兵，当时，国内战争已基本结束，苏维埃政权也已得到巩固；几年之后，1928年，马雅可夫斯基访问巴黎，受到了当地俄国侨民界的冷遇和敌视，茨维塔耶娃却挺

茨维塔耶娃（1928年）

身出面接待马雅可夫斯基，并在报上发表了自己的观点，因此，茨维塔耶娃受到了巴黎俄侨界的疏远和歧视。这就是茨维塔耶娃的个性，无论何时何地，她总是显得不合时宜。

1917年，茨维塔耶娃的丈夫埃夫隆加入白军上了前线，茨维塔耶娃带着两个女儿度过了一段非常艰难的日子。1921年，茨维塔耶娃得到已流亡捷克的埃夫隆的消息，于是便在次年出国，先在布拉格，后又住到了巴黎。旅居巴黎期间，在1926年，她与幽居瑞士的里尔克和留在莫斯科的帕斯捷尔纳克之间有过一段著名的通信，三位著名的欧洲诗人通过书信谈诗歌的危机，谈自己和对方的创作，同时，也诉说内心隐秘的感情，构成了20世纪欧洲诗歌史上的一段佳话。1939年，茨维塔耶娃回到苏联，不久，第二次世界大战爆发，茨维

茨维塔耶娃和丈夫埃夫隆（1911年）

塔耶娃被疏散至鞑靼共和国的叶拉布加镇,在那里,她就连当一名洗碗工的要求都遭到拒绝,唯一的儿子也疏远了她。1941年8月31日,她在这里自缢身亡。至今人们都不知道她准确的长眠之处,在叶拉布加公共墓地的一角,现在只立有这样一块牌子:"玛丽娜·茨维塔耶娃葬于墓地此隅。"

1910年,还是中学生的茨维塔耶娃自费出版了第一本诗集《黄昏纪念册》,其中大多是她写给初恋对象尼伦德尔的情诗,这些充满激情的诗作立即赢得了诗界的好评。1912年,她出版了第二本诗集《神灯集》。20年代,处在生活动荡中的茨维塔耶娃,却在莫斯科、柏林、布拉格、巴黎等地一部接一部地出版着诗集,如《路标集》(1921)、《别离集》(1922)、《天鹅营》、《手艺集》(均1924)、《俄罗斯之后》(1928)等,与此同时,她还写作了大量长诗,如《终结之诗》、《山之诗》(均1924)、《捕鼠者》(1925)、《自海上》、《房间的企图》(均1926)、《阶梯之诗》(1926)、《新年书信》、《空气之诗》(均1927)等等,以及许多戏剧作品。

茨维塔耶娃在莫斯科的故居,现已辟为茨维塔耶娃故居博物馆

以大胆、无羁的形式来体现真诚、奔放的情感,这构成了茨维塔耶娃诗歌的基本特色。从诗歌的内容上看,茨维塔耶娃的所有诗歌都是她独特内心体验的"原始"记录,都是一种"独白",或是与自己的对话。布罗茨基曾在茨维塔耶娃的诗中听出了这种独白:"在她的诗歌和散文中,我们经常听到一个独白——不是一个女主人公的独白,而是由于无人可以交谈而作的独白。""这一说话方式的特征,就是说话人同时也是听话人。民间文学——牧羊人的歌,就是说给自己听的话:自己的耳朵倾听自己的嘴巴。这样,语言通过自我倾听实现了'自我认知'。"茨维塔耶娃在诗中对自己感情的这种述说方式,使得有人又称她的诗歌具有"日记体倾向"。从形式上看,茨维塔耶娃的诗不论长短,

茨维塔耶娃在叶拉布加的住处,她就是在这间房子里自缢的

都写得十分酣畅,虽随意而不显零乱,虽自然也不失精致,带有一种明显的"散文风格"。她的诗作具有这样几个比较明显的特征:一、诗节创新,即不再遵守一句一行、若干行一段的传统诗节定式,而是依据情感的涨落来进行诗节的划分,在规范中插入不规范;二、断句移行,即不在标点符号处移行,而由作者依据内在的韵律和停顿来移行,这样的做法,不仅突出了作者的主观感受,并以一个强加的停顿去刺激读者,同时,还极大地扩大了诗语的可能性,为韵脚的选择和音步的安排提供了更大的空间。有时,茨维塔耶娃甚至还将某一个词拦腰截断,分别置于上行的末尾和次行的开端;三、自由韵律,茨维塔耶娃的诗是有韵的,但是其韵律十分庞杂,且各种韵律方式常常是相互结合为一体的;四、跳跃式的省略,语言的简洁和意象的跳跃,是茨维塔耶娃诗歌的一大特色,急促的节奏间布满着破折号,使人感觉到,茨维塔耶娃似乎永远是来不及写尽她的思想和感受的。面对这一个个意义和形象的空白处,置身于一个接一个的突然停顿,读者会感受到一种强烈的阅读刺激和挑战,他将被迫用积极的思考和想象来还原作者的情感过程。这大概就是茨维塔耶娃所说的"阅读是创作过程的同谋"一语的含义吧。

# 第七节 "新农民诗歌"和叶赛宁

从20世纪第二个十年开始，一批农民诗人引人注目地进入了俄国诗坛，他们的创作构成了独具特色的"农民诗歌"。农民诗歌的主要代表有克留耶夫（1884—1937）、克雷奇科夫（1889—1937）、叶赛宁、希里亚耶维茨（1887—1924）等。称他们为"农民诗人"，称他们的诗歌为"农民诗歌"，这首先是就他们的出身而言的，因为他们大都来自乡间，生于农家；同时，这也是就他们的诗歌主题而言的，俄国农村的现实、俄国农民的生活和俄罗斯的大自然，是他们诗歌创作共同的主题。在19世纪，曾出现过以柯尔佐夫、尼基丁等为代表的农民诗歌，所以，20世纪这些农民诗人的创作又被称为"新农民诗歌"。

叶赛宁和克留耶夫（1915年）

这些诗人开始在文学界产生影响的时间相差不远，克雷奇科夫的第一本诗集和希里亚耶维茨的第一组诗都发表在1911年，克留耶夫的头几部诗集出版于1912—1913年间，而短短的三四年之后，作为他的"学生"的叶赛宁就推出了处女诗集《亡灵节》。这些诗人是比较接近的。1915年，他们还组成了一个名为"美雅"的文学团体。然而，他们并不是一个严格意义上的文学流派，因为他们没有统一的思想纲领和美学追求，将他们结合为一体的，只是相对一致的出身和诗歌主题，相近的情感立场和某些相似的诗歌手法。

总体地看，农民诗人的创作有这么几个特征：首先，是对城市与乡村之对立的表现，在工业、城市对乡村无情的侵略和征服面前，农民诗人的感情无疑是在乡村一边的，对乡村和乡村中正在逝去的一切，他们表现出了无限的眷恋。其次，他们的诗歌大多带有较浓的宗教色彩，从充满宗教词汇的诗歌语言，到关于"农舍天堂"的乌托邦理想，无不是斯拉夫民间深厚的宗教基因在现代诗歌中的再现。再次，他们的诗歌体现着对于故乡和自然的深厚感情，故土上的一切，一山一水，一草一木，甚至连那里的每一个动物、每一件东西，都成了农民诗人歌颂的对象,俄罗斯的自然在他们的笔下焕发出了惊人的魅力。这些特点,不仅构成了农民诗歌在当时的存在价值,而且也对之后的俄语文学产生了深远的影响。

1925年12月27日,新农民诗歌中最杰出的代表叶赛宁(1895—1925)令人意外地在列宁格勒的"安格勒泰"旅馆里上吊自杀了。自杀之前,他割破自己的手腕,蘸着自己的鲜血写下了这首绝命诗:"再见了我的朋友,再见,/你将永远留在我的心中。/这即将到来的分别,/预示着我们来世的相逢。//再见吧朋友,不用道别,/你别伤心,也不要悲泣——/在这样的生活中死不新鲜,/而活着当然更不是奇迹。"

列宁格勒的"安格勒泰"饭店,叶赛宁就是在这家饭店里自尽的

关于他"自杀"的原因,当时和现在都流传着许多说法,有人说他是由于爱情的纠缠、家庭的不幸轻生的,有人说他的死是社会转折时期城市和乡村的矛盾所造成的,有人说他是因为精神病发作而自杀的,有人说他的选择是因为创作上的危机,也有人说他是被谋杀的。叶赛宁死在风华正茂的30岁上,和普希金、莱蒙托夫等一样,又一位俄国诗歌天才过早地陨落了。

综观叶赛宁的诗歌创作,可以感觉出,他的诗歌就风格而言具有这样几个特征:

首先是"多情"。从叶赛宁十几岁时在故乡单相思式地爱上地主小姐安娜,到他与托尔斯泰的孙女索菲娅结婚,生性多情的叶赛宁与许多女人有过深深的交往。他先后结过三次婚,且三位妻子都是非常有来历或有名气的女人,以至于有人说叶赛宁的婚是"为传记而结的"。他的第一个妻子莱伊赫后来成了著名女演员,并做了苏联戏剧大师梅耶荷德的妻子;他的第

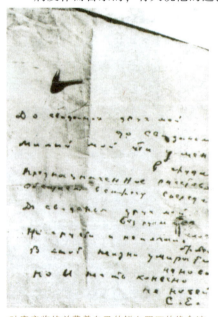

叶赛宁临终前蘸着自己的鲜血写下的绝命诗

二个妻子是在20世纪20年代风靡世界的美国舞蹈家邓肯;在生命的最后一年,叶赛宁又与托尔斯泰娅结了婚。此外,叶赛宁还与许多女性有过极深的关系。自然,这一个接一个的爱情都会在叶赛宁的诗中留下痕迹;和大多数抒情诗人一样,叶赛宁也将爱情当作了他最主要的诗歌主题之一。然而,叶赛宁的多情,还不止于爱情,他还把自己硕大的爱心投向了俄罗斯的大自然,投向了故乡的山水、草木乃至动物。在他的这类诗作中,最为人所称道的也许就是《狗之歌》,在听了叶赛宁亲自朗诵这首诗后,高尔基曾感叹道:"叶赛宁与其说是一个人,还不如说是大自然特意为了诗歌、为了表达无尽的'田野的忧伤'以及对所有生物的爱而创造出来的一个器官。"

其次是"真诚"。叶赛宁的真诚,首先是对诗的忠诚。叶赛宁有两句诗,常被人引用来说明诗人政治上的"不成熟":"我把全部的身心献给了十月和五月,/惟独不能交出我可爱的竖琴。"但人们往往没有注意到紧接其后的另两句:"我不会把竖琴交到他人手里,/哪怕是朋友、妻子或母亲。"诗人是在告诉我们,只有诗才是他一生中最珍贵的东西。对诗的忠诚,使他获得了崇高的荣誉,同时也使他付出了沉重的代价,因忠诚于诗而与现实的矛盾和冲突,导致了他的灭亡,也许是对诗的执着使他难以再接受现实中的其他(自杀),也许是现实难以容忍他的这一极端的忠诚而决定"消灭"他(他杀)。叶赛宁的真诚,还表现在他对乡村的眷念上。如果说,叶赛宁对女性是见异思迁的,那么,他对故乡大自然的一片真情却是始终不渝的。在世纪之初开始的工业文明对俄国乡村的无情冲击下,在革命后"富农的"乡村成了被改造的对象

叶赛宁和邓肯(1922年,巴黎)

时,叶赛宁仍深深地眷念着乡村的一切,并在自己的诗中毫无保留地坦白了这一切,因此,他又被视为"逝去的乡村之歌手",他本人也在诗中说自己是"乡村最后一位诗人"。以社会进步的观点来看,叶赛宁也许是不合时宜的,但他的诗中所积淀下的关于乡村、自然的那份纯情,却成了俄语诗歌中一宗珍贵的遗产。叶赛宁的真诚还体现在他对于自己心灵坦诚的暴露上。叶赛宁的个人生活曾经是十分放纵的,他酗酒、调情、斗殴,曾是一个十足的花花公子。

这既是俄国诗人常具的放浪传统和俄国男人的不羁天性在叶赛宁身上的放大表现,也是都市不良生活作风的影响和诗人一些狐朋狗友有意逢迎的结果。但是,与那些沉湎其中而不能自拔的朋友们不同,叶赛宁不停地在诗歌中进行忏悔,在通过创作拷问自己的良心。在他的《无赖汉的自白》(1921)、《酒馆的莫斯科》(1924)等组诗中,既有颓废的诗句,如"我曾抚摸过许多的姑娘,/我曾在角落里搂抱过不少的女人,/……对此我并不感到难过。/人生就是一副床单一张床。/人生就是接吻之后再跳进旋涡。"此外,也有真诚的忏悔:"我怎知爱情原来是瘟疫,/我怎知爱情原来是黑死病。/她挤眉弄眼地向我走来,/使我这个无赖欲罢不能。"叶赛宁的这些诗句以及关于他的生活的传闻,使诗人在生前和死后都受到了有关方面的严厉抨击,所谓的"叶赛宁气质"在20—30年代就受到了全社会的批判,被视为颓废和无聊的生活方式的代名词。其实,我们要注意区分叶赛宁的现实生活及其诗作,在其诗句中感受出诗人的真诚,感觉到诗人的彷徨和痛苦的追求。

第三是"纯净"。叶赛宁的诗是忧伤的,无论是写即将"逝去"的自然之美,还是写欢乐然而难以持久的爱情,叶赛宁的诗都带有一种深深的哀愁,但人们常说这是一种"纯净的忧伤",因为其中的忧伤似乎是透明的,它引起了人的同情,却不会让人消沉,还能让人从中体味出一种美感。这一情感与俄罗斯大自然所体现的客观情调结合得如此完美,使人觉得叶赛宁和他的诗,就是俄罗斯大自然本身,就是一片宁静、优美而又忧郁的秋天的白桦林。叶赛宁的诗又是歌唱的,它的词汇纯朴、简洁,它的韵律流畅、自然,与俄罗斯的民歌非常接近,无怪乎,叶赛宁的百余首诗作都被人谱上了曲,在俄国被广泛地传唱。叶赛宁诗歌的精灵,正是这种"罕见的'忧郁型'的色调美和带有淡淡哀愁的音乐美"。

叶赛宁在家中给母亲读诗(1925年)

# 第九章

## 十月革命后的文学

## 第一节 革命和文学

1917年11月7日（俄历10月25日）在圣彼得堡爆发的十月革命，是20世纪人类历史中一件具有划时代意义的事件，在地球上开创了一个社会主义的时代。十月革命改变了俄国社会中的一切，自然也要改变传统的俄国文学。十月革命对文学的巨大影响，首先表现在文学内容的根本性变化上。无产阶级的文学，在人类的艺术史上首次成为一个社会中的主导文学，无产阶级首次得以理直气壮表达其感情和思想，其阶级态度和人生价值观。

十月革命是一个阶级推翻另一个阶级

打响十月革命第一炮的"阿芙乐尔号"巡洋舰

的社会政治运动，因而，它必然会赢得一个阶级或社会上某一些人的衷心拥护，同时遭到另一个阶级或社会上另一些人的激烈反对，作家队伍的分化就由此而来。革命后，一部分作家视十月革命为"自己的革命"，满腔热情地为之欢呼、喝彩，他们与革命后新涌现出的无产阶级作家一同，高唱革命的赞歌，构成十月革命后俄国新文学的主力军。而社会上的贵族作家或通过文学成为社会新贵族的作家们，对十月革命大都持敌视态度，他们或沉默不语，或出面攻击，或背井离乡。在这一时期离开俄国、选择侨民生活的著名作家为数不少。十月革命后的第三类作家，是所谓的"同路人"作家，他们没有抛弃祖国和现实，但也没有表明对革命的完全接受。这些人大多在继续他们艺术上的探索和追求，因此，他们的作品所体现出的内容往往更客观一些，在艺术上也显得更成熟一些。总之，按对十月革命所持态度而论，可将当时的俄国作家大致划分为以上三大类。

## 第九章 十月革命后的文学

在十月革命之后的俄国文学界，托洛茨基的《文学与革命》(1923) 一书影响很大，列夫·托洛茨基（1879—1940）这位俄国革命的风云人物，在紧张的政治、军事活动之余，居然还写出了这样一本探讨新文学的理论著作。该书实为一部论文集，在成书之前，其中的大部分文字都以文章形式在《真理报》上刊载过。作者将十月革命后数年间的文学划分为"非十月革命文学"、"同路人文学"、"革命文学"等几大类，在"非十月革命文学"之中又作了"流亡文学"、"岛民文学"、"靠拢文学"、"神秘主义文学"等划分，这些文学都是托洛茨基完全否定的对象。对于"革命文学"，托洛茨基令人奇怪地并没有太多的论述，相比之下，关于所谓"同路人"文学的论述则构成了《文学与革命》中最精彩的篇章。

"同路人"是早期苏联文学中的一个重要概念，这一概念曾是不同批评阵营相互争论的焦点之一。由于那些争论，也由于托洛茨基的论述，"文学同路人"已成为苏联文学史中的一个经典性词汇。托洛茨基对于"同路人"的定义是："我们在文学中和在政治中一样，将这样的人称为'同路人'：他们正一瘸一拐、摇摇晃晃地走向一个已知的点，沿着我们大家已在其上走出老远的那同一条路。""他们都接受革命，每个人各以自己的方式，但是……他们不是整体地把握革命的，对革命的共产主义目的他们也感到陌生。"由于他们"程度不同地倾向于越过工人的脑袋去满怀希望地望着农夫"，托洛茨基又称他们为"农夫化的作家"，称他们的创作为一种新的苏维埃民粹主义。按照托洛茨基的说法，在革命和内战的枪炮轰鸣时，缪斯几乎完全沉寂，文学是与新经济政策一同复活的，复活之后它又立即被涂上了同路人的色彩，同路人作家是革命后几年中文学创作的主力。在《文学与革命》一书中，托洛茨基以勃洛克、叶赛宁、皮里尼亚克、克留耶夫、符·伊万诺夫、莎吉娘、阿赫马托娃和"谢拉皮翁兄弟"等人为对象，分析了他们的政治立场和艺术创作。作者既充满热情、又十分严厉的批评文字，构成了本书最长、也最精彩的一章。值得注意的是，托洛茨基给予

托洛茨基漫画像（捷尼作，1930年）

较多论述的这些作家,后来都成了苏联文学的大家,在苏联文学史上都留有或深或浅的足迹。这虽不能说是托洛茨基的评论起了什么决定性的作用,但至少可以说明托洛茨基当时的文学洞察力及文学感受力是准确的。同路人作家不仅充实了十月革命后的苏维埃文学,而且也为整个苏联文学的奠基、发展乃至若干年后的繁荣做出了巨大的贡献。对这一批人,托洛茨基在当时就能持较为客观、宽容的批评态度,是可贵的。这大约也是《文学与革命》一书中,以至托洛茨基整个文学思想中最积极、最有益的东西。

《文学与革命》不是一本尽善尽美的书,它的结构不够严密,观点时常偏激,论述多有重复。但是,作为一部革命活动家的文学专著,它为如何理解政治与文学的关系提供了一个借鉴;作为一本在20年代的苏联权威一时的文学评论集,它是富有价值的文学史文献。要了解马克思主义文艺学尤其是其发轫的初期形态,要了解苏联文学尤其是它新生的早年,读一读《文学与革命》是不无裨益的。

十月革命对文字产生了巨大影响,改变了俄国文学的内容乃至形式。但是,我们也要看到,文学的惯性是很大的,传统的俄国文学并未在十月革命后立即改变一切。例如,20世纪初的俄国现代主义文学仍继续存在,有些派别,如未来派,甚至获得了更大的发展。此外,在十月革命之后的几年中,无产阶级及其政党被迫要将主要的精力投入到国内外战争和反对外国武装干涉的斗争中去,繁荣、发展文学的事业一时还难以提到议事日程上来,文学相对于其他领域,在一段时间里要"自由"得多。直到1932年的作家代表大会后,文学和文学家才被在思想上归入意识形态、在组织上纳入政府机构,成为党和政府有力的"武器"。

在十月革命之后的10余年时间里,新生的苏维埃文学经历了一条从幼稚到成熟、从繁杂到统一的道路。革命后,最为繁荣的首先是新诗歌,无产阶级诗歌和农民诗歌相互呼应,由马雅可夫斯基、勃洛克和叶赛宁构成的新诗的三驾马车辉煌地驰骋。稍后,苏维埃俄罗斯的小说创作也开始显露出其个性,它塑造出的独特的英雄形象群为世界文学所罕见。一种崭新的文学,毕竟在十月革命后短短的几年中建立了起来。在创建新文学的工作中,高尔基、马雅可夫斯基起到了重大的作用,他们与其他一些革命作家一同,为苏维埃俄罗斯文学的大厦垒下了最初的基石,同时,他们自己也成了20世纪俄国文学的经典作家。

## 第二节  20年代的文学团体

十月革命后，俄国现代主义文学运动的余波仍在继续扩散，稍后，新经济政策时期较为宽松的社会政治氛围又为思想文化提供了一个较为自由的领地。在这种形势下，众多的私人出版社纷纷成立，各种报刊纷纷创办，在文学界则涌现出了许多文学团体，它们与一些十月革命前即已存在的文学流派一同，彼此间或激烈对峙，或友好竞争，把当时的文坛装点得异常繁荣、精彩。在这些团体中，活动比较经常、影响比较大的有"未来派"、"意象派"、"列夫派"、"无产阶级文化派""岗位派"、"拉普派"、"锻冶场"、"谢拉皮翁兄弟"等。

"意象派"成立于1919年2月。这个人数不多的小团体因著名诗人叶赛宁的加盟而名声大振。这个主要由诗人组成的团体，把对形象，尤其是奇特形象的追求当成他们创作的唯一目的，同时也将此列为艺术的唯一使命。他们在宣言中宣誓，要作"真正的艺术匠师"，像擦皮鞋一样"从形式上擦除内容的灰尘"。对形象的极端崇拜无疑是一种错误，但是，这种崇拜在叶赛宁诗歌创作中留下的痕迹却是新鲜、诱人的。

团结在《锻冶场》杂志周围的一些工人诗人，构成了文学团体"锻冶场"，和该团体的称谓一样，该团体成员及其创作体现着浓烈的工业味，他们强调诗歌的"机器主义"，对"资产阶级的"文学遗产和"非无产阶级的"同时代作品抱敌视态度。在新经济政策时期，布尔什维克党的一些宽容措施曾让这一批作家感到茫然，因而在创作中表达过一些消极、失望的情绪。后来，曾加入该团体的革拉特科夫、里亚什科等人创作出了《水泥》、《熔铁炉》等反映大工业生活的长篇小说，才使得该团体具有了与其他文学团体相抗衡的艺术实力。

"谢拉皮翁兄弟"是一个较为松散的文学团体，是一个与别的流派争论最少、其成员最潜心于文学创作的团体，从后来的发展来看，也是一个文学成就最大的团

文集《谢拉皮翁兄弟》封面（柏林，1922年）

体。加入"兄弟"行列的,有左琴科、楚科夫斯基、费定、吉洪诺夫、符·伊万诺夫、卡维林等人。他们没有发表过共同宣言,但他们有一个大致相同的创作倾向,即主张文学超然于政治和革命之外,"排斥任何倾向"。这一主张,在当时的社会背景下显得"落后"于时代,且有形式主义之嫌,但这一主张却使其成员能够安坐于书斋之中,修养其文学技巧,从而在后来成长为俄国文学的大家。

"列夫派"实际上是"未来派"的继续,十月革命并未阻止未来派这一现代主义文学流派的继续发展。革命后,这一流派迅速站到革命一边,它一面继续坚持反传统的立场和革新语言的尝试,一面标榜自己为最革命的、纯无产阶级的艺术,宣称"未来主义就是国家艺术"。20年代,未来派在没有得到官方的支持而逐渐衰落之后,"列夫派"作为其替身出现了。"列夫"系俄文"左翼艺术阵线"的缩写。该派的主要活动家大都系原未来派的成员,如马雅可夫斯基、卡缅斯基、阿谢耶夫、克鲁乔内赫等。除仍旧主张反传统、新形式外,列夫派还提出了"生产技术"、"社会订货"等庸俗化的口号,试图消灭艺术的特性。

《列夫》杂志封面
(1923年第2期,马雅可夫斯基主编)

与"列夫派"同样自我标榜为新的革命艺术之代表的,还有无产阶级文化派。这个成立于十月革命前夕的群众性文化组织,在革命后迅速发展,拥有几十种报刊和几十万会员。其成员大多来自社会底层,对新文化的建设抱有极大的热情,但是,该派的领导人鲍格丹诺夫等人却在理论上对他们的追随者作了错误的引导。根据所谓的"组织经验说",无产阶级文化派认为,一切非无产阶级的文化都是反动的、落后的,只有无产阶级出身的人才可能创造出无产阶级的文学。值得注意的是,无产阶级文化派的这一"庸俗社会学"的文学观,虽然在当时就受到了来自官方和其他方面的激烈抨击,但在之后漫长的岁月里,这一思想却时隐时现,像幽灵一样缠绕着俄苏文学的发展进程。

未来派和无产阶级文化派都自封为最革命的艺术,因而,它们之间的争论就在所难免了。两派虽然在反对文化遗产这一问题上态度一致,但在如何建立新文学的问题上却争论不休。同样的论争,还发生在托洛茨基和"拉普"中的"岗位派"之间。

"拉普"系俄文"俄国无产阶级作家联合会"的缩写,它是20—30年代俄罗斯最大的文学团体,它在基层拥有分支组织,会员达万余,办有杂志多种。20年代后期,"拉普"主要的阵地是《在岗位上》以及后来的《在文学岗位上》这两份理论刊物,因而"拉普"后期的代表人物又被人们称之为"岗位派"。"拉普"的领导人是阿维尔巴赫,他在领导"拉普"的工作中表现出了杰出的组织才能,但是,"拉普"所奉行的某些错误路线,也大都与他的褊狭认识相关。"拉普"将文学等同于政治,将文学创作等同于必须按时完成进度的生产任务;他们大搞宗派主义,无情打击文艺战线上的一切"阶级敌人"。20年代中期,"岗位派"与当时身居要职的托洛茨基展开一场争论,论争的主要内容是:无产阶级要不要、能不能建立本阶级的文艺,以及靠谁建设和怎样建设?这场争论像其他的同类争论一样,也没有分出胜负来。

《在文学岗位上》杂志封面(1926年第2期)

诸如此类的文学争论,终于导致俄共中央在1925年作出了一个《关于党在文学方面的政策》的决议,这份决议要求以"宽松的态度"对待中间派作家,提倡各个文学团体之间的"自由竞赛",反对对文艺进行"行政干涉"。然而,这一决议本身却开创了一个"行政干涉"的先例。数年之后,在官方需要文艺界用一致的声音服务新现实的时候,苏共中央便颁发了《关于文学艺术组织的决议》(1932),强制性地解散了所有文学艺术类团体,苏联文学从此也就步入了一个相对一统的时代。

刊登在《真理报》1932年4月24日头版上的《关于文学艺术组织的决议》

## 第三节 侨民文学

十月革命后,共有约一千万人逃离革命后的俄国,在他们中间,就有大量或主动或被迫地离开祖国的俄国知识分子,他们的人数竟如此之多,据说在一艘驶离彼得堡的客轮上装的就全部都是哲学家和文化人,人称"哲学之舟"。在这些俄国知识分子中间,也有许多著名作家,如布宁、阿尔志跋绥夫、阿·托尔斯泰、扎米亚金、库普林、茨维塔耶娃、梅列日科夫斯基等等。他们落脚在巴黎、布拉格、柏林、贝尔格莱德以及我国的哈尔滨、上海等地,继续从事文学创作。他们的生活和创作,构成了俄国侨民文学这一奇特的文学现象。这些作家大多为白银时代的文化人,他们在流亡的状态中坚持对

布宁(中)、扎伊采夫(左)和阿尔达诺夫在巴黎

文学的忠诚,在艰难的生活中保持创造的激情,在异域的土壤上营造出了一个个"文学俄罗斯"的文化孤岛。

让人没有预料到的是,俄国侨民文学这样一个文学现象竟然持续了下来,贯穿着整个20世纪,并相继出现了另外两个"浪潮"。20世纪俄国侨民文学的"第二浪潮"出现在第二次世界大战之后,当时沦陷区的一些俄罗斯人逃到了非交战国,战后又有一些人从德国的战俘营直接去了西方,这些人中,后来有一些人选择了文学创作的道路。相对于"第一浪潮","第二浪潮"的创作实绩和世界影响无疑都要小很多,而且,曾被目为"祖国叛徒"的他们,其创作也很难在祖国赢得共鸣。最近,情况发生了变化,他们同样不幸的遭遇及其在文学中的再现,已开始进入俄罗斯普通读者的阅读视野,他们中的叶拉金、莫尔申等人,已被公认为20世纪俄国文学中的重要作家。20世纪60—70年代,解冻之后复又出现的政治控制政策,再加上东西方冷战的国际大背景,使许多作家感到压抑,因而流亡,官方也主动驱逐了一些持不同政见作家,他们在20世纪后半期形成了声势浩大的"第三浪潮",其中的代表作家有索尔仁尼琴、西

尼亚夫斯基、布罗茨基、季诺维约夫、阿克肖诺夫、维克多·涅克拉索夫、沃伊诺维奇、萨沙·索科洛夫、弗拉基莫夫和多夫拉托夫等。

20世纪俄国侨民文学取得了巨大的成就，在20世纪总共5位获得诺贝尔文学奖的俄国作家中，就有3位是流亡作家（布宁、索尔仁尼琴和布罗茨基）。与此同时，侨民文学把俄国文学的火种播撒到世界各地，极大地扩展了俄国文学的影响，也在一定程度上强化了俄国文学与世界许多国家文学之间的联系。20世纪俄侨文学的强大存在，使得众多的文学史家们有理由指出，在20世纪的俄罗斯同时并存着两种文学，自始至终都有两部文学史在平行地发展着。这的确是世界文学史上一个很罕见、很独特的景观，这在一定程度上也的确是20世纪俄国文学进程的真实风景。

哈尔滨的俄国侨民作家团体"楚拉耶夫卡"的一次集会

两种文学的分野和并存，自然有其深刻的政治和社会原因，但我们今天更值得去做的，就是从文学发展的自身规律出发，去观察两者之间的联系和影响，我们更倾向于将这两种文学并存的局面理解成一场独特的文学竞争，将20世纪俄国文学中这一奇特构造理解成同一枚文学硬币的两个面。

# 第十章

## 高尔基

# 第一节 一个现代文学神话

高尔基（1868—1936）作为作家的一生，是充满传奇色彩的。他出生在俄国伏尔加河畔卜诺夫哥罗德城的一个木匠家庭，4岁丧父后随母亲住在外祖父家里；他11岁就走向"人间"，四处流浪，独自谋生，遍尝了生活的酸甜苦辣；他很早就迷上了读书，又与包括秘密革命小组在内的各种知识分子广泛交往，在被他称之为"我的大学"的社会现实中获取了丰富的生活积累和庞杂的百科知识；从1888年起，20多岁的高尔基两次漫游俄罗斯，历时数年，也是从这个时候开始，他多次被捕，一直是警察的监视对象。后来，在自己著名的自传三部曲《童年》、《在人间》和《我的大学》中，高尔基艺术地再现了自己成为作家之前的人生经历。

高尔基的这幅头像速写原与普希金的头像一同被并列在苏联《文学报》的报眼上，苏联解体后高尔基的像一度被删除，最近才又被恢复。

1892年，只念过两年小学的高尔基发表了他的第一个短篇小说《马卡尔·楚德拉》。接着，他的作品不断出版，短短几年之后，他就推出了厚厚两卷的《随笔与故事集》，迅速成为一位驰名欧洲的自学成才作家；他先后做过几十种工作，到过十几个国家，写有几十部著作；他是预言并歌颂俄国革命的"海燕"和"雄鹰"，但他也喜欢喝酒，喜欢打牌，年轻时还一度自杀；他是苏联文学的创始人，也是世界无产阶级文学的奠基者，但他与革命导师列宁却有过几次激烈的争论，他在十月革命前后写作并发表的系列文章《不合时宜的思想》也曾被视为"不健康"的言论；在上个世纪30年代之后，高尔基不仅成了苏联文学的魁首，而且也是全社会的精神领袖，他在当时的苏联社会所拥有的崇高地位，是世界文学史上任何一个作家生前都不曾拥有的：他的雕像遍布苏维埃国家的每个角落，他作品的印数达到了天文数字，人们用他的姓氏来命名学校、机关、街道、公园、工厂、剧院乃至一座城市。高尔基是一个现代文学神话。

　　高尔基逝世已经半个多世纪了,但在这几十年的时间里,高尔基和他的文化遗产一直在遭遇着戏剧般的命运。早在1936年,他的死就引起了一场风波。有人怀疑他是被外国间谍机构雇佣的医生暗杀的,由此引发的"犹太医生案"株连甚广,使许多医务人员和其他知识界人士遭到迫害和镇压。而在苏联解体之后,又有人断言高尔基死于当时的当权者之手,"斯大林为什么要杀害高尔基"成了一个被认真研究的课题。在上个世纪80年代之前苏联的"高尔基学"中,超越阶级的博爱思想和造神论学说,曾被视为高尔基世界观中的"糟粕",而在解体之后的高尔基研究中,有人却通过对他的《不合时宜的思想》以及一些未曾发表的书信和手稿的解读,描绘出了一个另类的高尔基;在长达几十年的苏联文学史教科书中,高尔基一直被推崇为缔造苏联文学以及社会主义现实主义创作方法的伟大的文学导师,但是在西方,一些俄苏文学研究者甚至不承认高尔基是一位作家,而视他为一个意识形态的宣传家和鼓动家;在苏联解体后的几年间,高尔基开始在他的祖国遭受到很多人的攻击,他的地位和影响也在急剧下降,莫斯科市中心的高尔基大街已经被恢复旧名特维尔大街,作家的故乡下诺夫哥罗德市也废止了自1932年起就开始使用的高尔基市的市名。但与此同时,大批的高尔基崇拜者仍在维护作家的声誉,高尔基的著作继续在书店里出售,高尔基的剧作继续在莫斯科等地的剧院中上演,国外一些学者对他的兴趣似乎也在增大。作为一个小说家和剧作家的高尔基,作为一个学术研究对象的高尔基,似乎在越来越真实、越来越亲切地呈现在我们的面前。

高尔基像(谢罗夫作,1904年)

## 第二节　流浪汉小说

　　在高尔基的小说创作,尤其是十月革命前的小说创作中,所谓的"流浪汉小说"占据着一个很突出的地位。他的第一个短篇《马卡尔·楚德拉》就是一篇流浪汉小说，不过它写的是故事中的流浪汉，而后来的《切尔卡什》、《马尔娃》和《一个人的诞生》中的人物则是现实生活中的流浪汉。流浪汉是高尔基早期创作中的一个中心形象。19世纪末，俄国资本主义的发展加速了社会的分化，激化了阶级和阶层的矛盾；当时所谓的世纪末情绪也从知识、文化界蔓延开去，笼罩着动荡前的社会。在这一社会背景下，人们既彷徨苦闷，同时也在向往追求。高尔基的流浪汉形象，在一定程度上体现了当时人们的这种心态。在《伊则吉尔老婆子》等作品中，高尔基塑造出了丹柯这样的英雄，可他笔下的流浪汉，却几乎都难以被称为大写的人。《马卡尔·楚德拉》中的拉达和洛伊科虽然漂亮勇敢，却非常自私；《切尔卡什》中的同名主人公虽然在面对金钱的时候表现出了较之加弗里拉的高大，可他毕竟是个强盗；《马尔娃》中的瓦西里和雅科夫有淳朴的一面，但都带有浓厚的农民意识。

究竟怎样看待高尔基笔下的这些人物，人们长期以来一直存在着分歧。有人认为，高尔基是在美化个人主义英雄，歌颂无政府主义的生活方式；也有人认为，高尔基的这类人物是现实的反叛者和抗议者，带有革命家和战士的色彩。关于"为什么要写流浪汉"的问题，高尔基自己有过这样的解答："我对流浪汉的偏爱就是出于我想描写不平常的人，而不想描写干巴巴的小市民型的人的愿望。"现实生活中充斥着的小市民及其卑琐的生活习气，一直是倡导积极的生活方式、憧憬理想的俄国文学所痛贬的对象，从普希金、莱蒙托夫直到陀思妥耶夫斯基和契诃夫，高尔基从前辈那里接过了抨击小市民的接力棒。可是，在抨击了生活中的反面典型之后，他却发现，现实并没有提供出新的正面形象。直到1905年，高尔基才在致契诃夫的一封信中谈到："需要英雄的时代到来了。"而在此之前，高尔基似乎就只能以流浪汉为主人公了。其实，高尔基的这些流浪汉，既可以使我们看到人的尊严和理想在现实重压下的不屈，也使我们感觉到了人的个性和情感在生活中的荒原中所遭遇的打击。这样的形象，反而具有更为丰富的内涵，反而更能引发阅读的魅力。

其实，若对高尔基的小说做一个整体性的考察，就可以看出，流浪汉小说的叙述方式实际上也成了高尔基小说最基本的结构模式之一。或由主人公以第一人称的口吻来叙述自己的身世，或由作者用故事套故事的方法来交待主人公的经历；故事由主人公连贯的见闻和遭遇构成，情节的展开也是从容不迫的，在时间和空间关系上都是循序渐进的。读高尔基的小说，其实就是在听一位见多识广的流浪者不紧不慢地讲故事,但是,他似乎是在用最平常的方式讲述那些不平常的故事,或者说,他是把那些平常的故事给讲得不平常了。

## 第三节 《海燕》和《母亲》

进入20世纪后,高尔基继续创作,在保持其作品鲜明的浪漫主义风格、"流浪汉"的形象和明确的阶级立场等特征的同时,高尔基在其创作中加强了对资本主义社会现实的揭露和批判,加强了对无产阶级未来的充满激情的呼唤。长篇小说《母亲》和散文诗《海燕》可视为他这一时期创作的代表。

《海燕》写于1901年,原是一篇小说中的一部分,后小说被禁,只有这一部分被允许发表。检察官也许没有预料到,这篇看似没有"煽动倾向"的短短的散文诗,发表之后却不胫而走,成了一份革命的号召书,其作者也被誉为"革命的海燕"。在这篇散文诗中,高尔基用优美的、充满激情的笔调,以象征的手法,描写了海燕在暴风雨来临之前的大海上高傲飞翔的雄姿。海燕的形象,迅速地被理解为无产阶级的化身,在诗篇的结尾处,海燕在无畏地高喊:"让暴风雨来得更猛烈些吧!"这也是整个诗篇的主题。《海燕》所体现出的坚定的、勇敢的斗争精神,鼓舞了当时无数的革命者;而这首诗篇自身所具有的气势和优美,又使它能被后人所广为传诵。

1906年,高尔基受布尔什维克党的派遣前往美国募捐,结果,他未能按时筹集到所需的款项,却以另一种方式对布尔什维克党做出了贡献——写出了他最具政治倾向和阶级立场的作品《母亲》。这部世界无产阶级文学史上的划时代作品,以俄国无产阶级斗争运动中的

高尔基和列宁在一起

真实事件为素材，对19世纪末、20世纪初俄国的工人运动进行了艺术的概括，描绘出一幅壮阔的革命画卷和一大批革命战士的形象。与此同时，这部小说在艺术处理上所作的一些尝试，也为无产阶级艺术提供了宝贵的经验，这部小说所体现出的某些原则，后来被确定为社会主义文学的美学原则，因而，《母亲》又被称为社会主义现实主义的

高尔基和斯大林在一起

奠基之作。《母亲》以工人革命家巴威尔的成长历程和斗争经历为线索，描写了俄国工人阶级觉醒、反抗的艰难过程，说明了无产阶级必然胜利的道理。同时，对儿子的活动从不解到理解再到亲身投入，母亲尼洛芙娜的精神觉醒历程也是小说的主要线索之一。母亲的形象，不仅在结构上使小说更为丰满，同时也在内容上加深了作品的深度，展示出了无产阶级自身解放运动的广度。

## 第四节 《忏悔》和造神论

在高尔基的诸多小说中，中篇小说《忏悔》以前并不太被人看重，然而，无论就作者的思想在作品中的渗透程度而言，还是就这部作品在高尔基所有小说中的传承作用来说，写于1908年的《忏悔》都应该被视为高尔基最重要的作品之一。

一般认为，高尔基的小说创作大致有这么几个主题：一是借助神话传说式的手法对充满浪漫主义色彩的个人主义英雄的塑造，这样的英雄是勇敢的，无私的，忠于信念和信仰的，《伊则吉尔老婆子》就是这一主题的代表作；二是如前文所述的用纪实的文字对追求自由和真诚的流浪汉生活的写照；三是对资本主义原始积累时期社会不平的揭露，对底层人民艰难生活的再现，以及对改造生活的可能性的探讨，《二十六个和一个》、《笑话》、《不平常的故事》和《鹰》都属于此类。而这些主题，在《忏悔》中却似乎都有或多或少的体现。

《忏悔》中的主人公马特维，是一个像陀思妥耶夫斯基的《卡拉马佐夫兄

弟》中的阿辽沙一样的纯洁少年。他是个弃儿,不知父母是谁,自幼和教堂助祭拉里翁一起长大。他在生活中遇到了一连串"上帝的打击":先是死了拉里翁;在他结婚之后,妻子因难产死去;后来,他的儿子又因舔了砒霜而亡。马特维开始怀疑生活,怀疑上帝了。可是,他又认为:"看不见上帝,可怎么活呢?"于是,他四处流浪,寻求生活的意义,寻求信仰的对象。人们告诉他,每个人都"各有各的上帝";人们对他说:"你的上帝就是你心里的幻想。"他自己也感到,有时"面对上帝是不自由的";他自己也认为,自己是在给朦胧的上帝擦灰,"却把上帝的形象给擦掉了"。他过了长达6年的流浪生活,他为了接近上帝还到多家修道院里去当僧人,干重活儿,但是,修道院里神职人员自私势利、肮脏下流的所作所为,却让他感到极度失望。最后,他遇到了一位香客,在他的指点下来到一家工厂,在几位工人革命者的开导下,他逐渐意识到,"民众就是上帝","上帝就在我们心中"。在小说的最后,主人公对"人民"说道:"你是我的上帝,诸神的创造者,天地间所有的神都是你在劳动和永不停息的探寻中用自己精神的美创造出来的!除了你以外世界上没有别的神,因为你是唯一的神,显灵吧!这就是我的信仰,这就是我的忏悔!"

在俄国1905年革命失败后,由俄国哲学家别尔嘉耶夫、布尔加科夫和梅列日科夫斯基提出的寻神论学说,在俄国知识分子中间得到了广泛的传播。而在这之后,卢那察尔斯基和高尔基等人又在寻神论的基础上提出了造神论学说,把那些宗教哲学家的集约性概念具体化为劳动大众,试图将科学社会主义与宗教信仰结合起来,创立一种无产阶级的宗教。在当时,无论是寻神论还是造神论,都受到了列宁等人的激烈抨击,被认为是一种宗教神秘主义,

高尔基在朗诵自己的剧本《太阳之子》

是对无产阶级革命学说的歪曲。高尔基的小说《忏悔》因而也曾受到列宁的批评。

如果说，造神论学说在政治上是左右不逢源的，那么，它在高尔基的《忏悔》等作品中的渗透，却使我们对高尔基的社会理想有了一个具体的感知。对于小说中的主人公马特维来说，集体主义和社会主义不是一个廉价的信仰，而是一种痛苦、虔诚的精神求索的结果。另一方面，对于小说的作者来说，社会主义革命并不完全是社会和经济发展的结果，而更可能是一段心路历程的终点，是信仰的归宿。面对黑暗的现实，人们不能沦落到小市民生活的泥潭中去，而必须去寻找一种更为理想的生活；如果个人无法解决社会问题，那就需要依靠集体的力量，把个人的信仰融汇到集体意志中去，用劳动创造出一个崭新的"第二自然"来。这就是高尔基的社会理想，这就是高尔基深刻的人道主义的来源和内涵，这也就是高尔基整个文学创作的基本主题。

## 第五节　《克里木·萨姆金的一生》

在高尔基晚期的创作中，甚至可以说在他一生的创作中，四卷本的长篇巨著《克里木·萨姆金的一生》(1925—1936)占据着一个最为重要的位置，这部最终未能写完的作品，却被批评家们视为高尔基一生创作生涯的总结。这部小说以资产阶级知识分子萨姆金为中心人物，通过他的经历，反映了19世纪末至1917年十月革命之间长达40年的俄国社会生活史，既表现了主人公的"资产阶级个人主义者的精神蜕化过程"，又展示了俄国社会中革命运动不断嬗变的历史进程。萨姆金是一个极端的个人主义者，他自幼就自觉与众不同，内心中潜伏着强烈的领袖欲。在历次革命中，他时而表现得随波逐流，时而也接近革命，但由于他缺乏真正的理想追求，固守自我而不去适应历史进程，在关键时刻便落伍了，甚至对革命抱敌视态度。小说说明，资产阶级个人主义是人格退化的原因，革命中资产阶级的表现是虚伪的。这样的主旨也许并不高明、新颖，但作者在这部小说中体现出来的深邃的哲学思辨能力、对历史过程客观的概括能力、高超的巨著构建能力和文字驾驭能力，却向读者表明，高尔基是一个真正的文学大师。引人注目的是，高尔基在这部史诗中以一个所谓的"反面人物"做中心主人公,这也是一个创举。高尔基在写作这部小说时说过:"我在写一部'告别的'东西,一种描写我国40年生活的纪事小说。"在这里,"告别"的含义,也许是说作者在写自己的压卷之作或传世之作,也许是说作者在为一种正在"告别"的东西作传记。成功地为一个逝去的阶级、一种逝去的生活作了文学上的"纪事",小说《克里木·萨姆金的一生》藉此获得了成功,获得了一种史诗意义。

# 第十一章

## 苏维埃文学

倡导农业集体化的宣传画（1930年）

## 第一节 "英雄"的诞生

20世纪20年代，以国内战争为题材的俄国文学中出现了以《恰巴耶夫》、《铁流》、《毁灭》等为代表的世界文学中第一批塑造出社会主义正面形象的经典作品，它们继承19世纪俄国文学中的"新人"形象塑造传统，又为苏联文学之后的人物塑造方法奠定了一个基础，在20世纪俄国文学史中起到了一个承上启下的作用。《恰巴耶夫》塑造了一个在革命中成长的人民英雄的典型，《铁流》描写经过革命熔炉锻炼的人民群众的觉醒，《毁灭》则表现了内战中人才的精选、革命中人的改造，这3部小说成了所谓"红色经典"中最早的代表作品。

从20年代初起陆续出现了许多以国内战争为题材的小说，如皮里尼亚克的《荒年》、符·伊万诺夫的《铁甲列车14—69》、扎祖勃林的《两个世界》、马雷什金的《攻克达伊尔》、李别进斯基的《一周间》、巴别尔的《骑兵军》、拉夫列尼约夫的《第四十一个》等等。这些小说从不同的侧面描绘了国内战争的激烈场面，刻画了各式各样的英雄。其中显得较为独特的是《骑兵军》(1923)和《第四十一个》(1924)。巴别尔（1894—1941）的《骑兵军》(1926)是一个短篇集，在这些小说中，作者既塑造了为革命而战的勇士形象，也暴露了这些革命捍卫者身上的残忍和放纵，作者的描写因此曾被指责为"自然主义"。这些小说在结构上很有特色，悲哀的场面常常突然被诗意的插曲所打断，英雄主义的壮举之前却是放荡的举动，一幕幕不协调的对比创造出一个个惊心动魄的意境。拉夫列尼约夫（1891—1959）的《第四十一个》将一位女革命者和一位自卫军官置于一特殊场景（一座海岛）中，让他们相爱，但在自卫军官呼唤白军轮船的关键时刻，渔夫之女马柳特卡却向自己的恋人扣动了扳机，这是她消灭的"第四十一个""敌人"。

富尔曼诺夫（1891—1926）的小说《恰巴耶夫》(1923，又译《夏伯阳》)描写的场面之广阔，情节延续的时间之长，人物的活动之多，都是这以前同类题材创作中所罕见的，但小说的突出之处首先还在于其人物形象的塑造。内战中传奇式的英雄、神勇的红军师长恰巴耶夫，是这部以其姓氏命名的小说当然的主人公。作者循着恰巴耶夫迈进的脚印，探明了英雄在内战烈火中不断成长的历史发展过程，作者想通过这一性格的发展史，表现出千万群众的觉醒和成长。

不久，在十月革命前即已成名的老作家绥拉菲莫维奇（1863—1949）推出了内战题材小说中的又一名作——《铁流》（1924）。作家抓取塔曼红军突围远征这一具有典型特征和象征意义的事件，运用纯熟的文学技巧在《铁流》中将它艺术地再现了出来。《铁流》的作者不像富尔曼诺夫那样将注意力集中于一两个主人公的性格发展，而将笔墨凝聚在作为一个集体的整个队伍的壮大成长上。小说开始时的塔曼军，是一群"乌合之众"，队伍行进时，"步枪上挑着尿布，大炮上吊着摇篮"，一群人倒背着枪，哼着淫歌，散漫地走着，"像蝗虫一样"噬光了路边的庄稼。然而，在远征结束时，这支队伍却变了样，"有一个什么新的东西"笼罩着它，"千千万万人在行进，……无数的心变成一个巨大的心脏在跳动着"。在队伍的变化中，天才的指挥员郭如鹤的作用是巨大的。这个"像是用铅铸成的人"，是整个队伍的意志和灵魂，是率领以色列人出埃及的摩西，得救的人曾向他欢呼："咱们的父——亲!!!"

富尔曼诺夫像（马留金作，1922年）

法捷耶夫（1901—1956）的《毁灭》（1927）写于20年代下半期，作者在论及这部小说的主题时说道："第一个、亦即基本的思想是：在内战中进行着人才的精选，……人的最巨大的改造正在进行着。"《毁灭》情节发展的时间不长，范围不广，人物不多（不足30个），也很少有对人物外表的细描、身世的详述，但小说在表现人才的"精选"、人的改造这一主题上所下的功力，却使这部看上去简单的作品给我们一种厚实的感觉。如果说《铁流》的作者是用放大镜夸张地表现集体的壮大，那么法捷耶夫则在用显微镜细致地观察人物内心世界的变化。在《毁灭》的人物中，占首要地位的正面

绥拉菲莫维奇

法捷耶夫

人物是莱奋生。与当时其他小说中的英雄人物不同,莱奋生是一个心理型的人物,小说中的莱奋生,思考的时间多于行动的时间,小说对他心理活动的传导也多于对其外表、身世等的描写。莱奋生这种心理型、思想型的正面主人公,在《毁灭》之前的苏联小说中是不多见的。

这3部小说中的主要人物,即恰巴耶夫、郭如鹤和莱奋生,都是内战时期现实生活中真实典型的艺术再现,可以称得上是典型环境(烽火连天的内战战场)中的典型人物(新政权忠诚的捍卫者)。革命和战争中的英雄,第一次醒目地"落户"在20世纪的俄国文学中,从此之后,这类人物形象便成了苏联文学着力塑造的对象,也是20世纪俄国文学重要的特征之一。

## 第二节 社会主义现实主义

十月革命之后,伴随着一种内容上全新的文学的诞生,关于某种全新的创作方法的探讨也逐渐展开。在20年代激烈的文学和美学争论、各种文学团体的竞争渐趋平静之后,现实主义的创作方法似乎得到了大多数新文学建设者们的认同,但关于新的现实主义与传统现实主义的本质区别,亦即究竟该给新的现实主义以一个怎样的定义,却莫衷一是,有识之士纷纷提出了自己的主张,如"新现实主义"(勃留索夫)、"有倾向性的现实主义"(马雅可夫斯基)、"宏伟的现实主义"(阿·托尔斯泰)、"社会现实主义"(卢那察尔斯基)、"浪漫的现实主义"(拉普),还有"革命的"、"革新的"、"无产阶级的"、"艺术的"、"英雄主义的"、"辩证的"、"双体的"等多种称谓,由这些称谓也不难看出当年讨论的广泛和激烈。最后,终于在1934年召开的第一次苏联作家代表大会上通过的《苏联作家协会章程》中,将"社会主义现实主义"这个术语确认为苏联文学新创作方法的名称,并将这一方法定义为:"社会主义的现实主义,作为苏联文学与苏联文学批评的基本方法,要求艺术家从现实的革命发展中真实地、历史具体地去描写现实;同时艺术描写的真实性和历史具体性必须与用社会主义精神从思想上改造和教育劳动人民的任务结合起来。""社会主义的现实主义保证艺术创作有特殊的可能性去表现创造的主动性,选择各种各样的形式、风格和体裁。"

社会主义现实主义的概念是在30年代提出的,但其理论家们却试图在此前的"无产阶级"文学中寻找这一创作方法所包涵的创作原则,于是,高尔基写于1906年的《母亲》就被确定为这一方法的奠基之作,之后,马雅可夫斯基的诗歌遗产也得到了这种"追授"式的解读。

"向苏联作家代表大会致敬"(宣传画,1934年,背景人物为高尔基)

从20年代末起,在整个苏联存在期间,关于"社会主义现实主义"创作方法的讨论和争论在俄苏文艺学界始终未曾停息,这个讨论和争论的过程,留下了许多富有教益的史实和启示。在相当长的一段时间里,这个定义被奉为金科玉律,成了全体苏联作家都必须遵循的统一的创作方法;苏联解体之后,这个"方法"又一时成为文学界遭受揶揄和嘲笑最多的对象之一。这个概念是是非非、今非昔比的境遇使人唱叹不已。

"社会主义现实主义"这个概念最早出现在1932年5月23日《文学报》的一篇社论中,社论的作者是格隆斯基,但是据后来陆续公布的文学史资料来看,授意格隆斯基提出这一概念的正是斯大林本人,同年10月26日在莫斯科高尔基寓所举行的一次座谈会上,斯大林更是亲口重申了这一术语。在苏联社会不同的历史时期,社会主义现实主义几乎成了一个能标示出苏联社会政治气候的晴雨表,在苏联社会相对松动的时候,关于社会主义现实主义的讨论就会变得相对热烈起来,而在官方的控制比较严厉的时候,就很少有人出面来置疑它的合理性和权威性。解冻时期,在1954年12月召开的第二次全苏作家代表大会上,作家们在政治上的反"个人崇拜"和文学上的反"无冲突论"的大背景下,普遍赞同西蒙诺夫的提议,决定把社会主义现实主义定义中的"同时艺术描写的真实性和历史具体性必须与用社会主义精神从思想上改造和教育劳动人

莫斯科国民经济成就展览馆（今全俄展览中心）前的"工人和女农庄庄员"雕塑（穆辛娜作）

民的任务结合起来"一句完全删除，并同时去掉了"要求艺术家从现实的革命发展中真实地、历史具体地去描写现实"一句中的"历史具体地"一词，不难看出，这样的修改是为了淡化定义中过于直露的政治要求。"冷战"时期，持不同政见作家西尼亚夫斯基发表了《什么是社会主义现实主义》一文，对这一"主义"进行了彻底的解构和颠覆："什么是社会主义现实主义？这个奇怪的、刺耳的混合名称意味着什么？难道有社会主义的、资本主义的、基督教的、伊斯兰教的现实主义吗？"但作者因此被关进劳改营，最后流亡国外。从60年代中期开始，又展开了一场关于社会主义现实主义的大讨论，其中尤以文艺学家德·马尔科夫（1913—1990）提出的"开放体系"理论最引人注目。到了80年代，和苏联解体前若干年间意识形态领域空前的自由和开放相关，关于社会主义现实主义的各种议论就逐渐变得无所顾忌起来，其中大多是批判的、否定的意见，在1989年公布的新的《苏联作家协会章程》中，已经看不到"社会主义现实主义"这个字眼了，也就是说，社会主义现实主义理论的消解，比苏联的解体还要早上几年。

## 第三节 "劳动之歌"和"教育诗"

20世纪30年代，苏联社会进入了社会主义改造的时期，工业化和集体化运动全面展开，举国上下洋溢着一种朝气蓬勃、民情振奋的气氛。处在这一时代背景下的文学，自然大体上是正面描写的，积极乐观的。这一时代的文学，主题比较集中，无论是再现工业化场面的还是展示农业集体化进程的作品，其主题都是"劳动"。这一时期的文学，开始发挥出更为能动的教育功能，用马卡连柯的作品《教育诗》的题目来概括这一时代的文学，或许是恰当的。

# 第十一章 苏维埃文学

第聂伯水电站建设场景（1932年）

反映工业化建设的长篇小说，有莎吉娘的《中央水电站》、卡达耶夫的《时间啊，前进!》、革拉特科夫的《水泥》和《原动力》、列昂诺夫的《索溪》和《通向海洋的路》、波列沃依的《火热的车间》、爱伦堡的《一气干到底》和《第二天》、马雷什金的《来自穷乡僻壤的人们》，等等。在这些作品中，卡达耶夫（1897—1986）的《时间啊，前进!》（1932）更具代表性。

《时间啊，前进!》的小说标题，取自马雅可夫斯基的《时间进行曲》一诗。这部小说其实便像一部长篇报告文学，它从头至尾地描写了乌拉尔的马格尼托戈尔斯克工地上24小时的劳动生活。第六工段混凝土生产突击队为了打破由哈尔科夫人保持的混凝土单班生产的"世界纪录"，与时间展开激烈的竞赛。当然，最终他们如愿以偿了。在破纪录的过程中，以工程师马尔古里斯为代表的革新派，与以工程处领导纳尔班多夫为代表的官僚主义和守旧作风发生了冲突，最后当然是新战胜了旧。这部小说是一个速写，人物来去匆匆，似乎连作者也来不及对他们多描画儿笔，但作者却成功地捕捉到了时间和速度这一时代的典型风貌。

乡村中轰轰烈烈的集体化运动，同样在这一时代苏联作家们的笔下得到了再现，这类作品中最有影响的是潘若夫的《磨刀石农庄》、肖洛霍夫的《被开垦的处女地》和特瓦尔多夫斯基的《春草国》。

《被开垦的处女地》共两部，第一部发表于

俄国农民排队递交加入集体农庄的申请（1930年）

1932年，第二部的发表则晚至1960年。与《静静的顿河》一样，《被开垦的处女地》描绘的仍然是顿河地区哥萨克的生活，不过是由战争代的哥萨克生活转而为集体化年代的哥萨克生活而已。不过，作者面对哥萨克生活现实的主观态度，似乎已经发生了微妙的变化，作品中已经很难感觉到作者对于"哥萨克富农"的那种恻隐之心了。小说中展示出的阶级斗争同样是惊心动魄的，工人党员达维多夫奉命到格内米亚其村领导集体化运动，白军军官波洛夫采夫也潜入同一村庄进行对抗活动，两种力量、两个阶级在这个小村中展开较量和搏斗。结局和当时写农村的每一部作品一样，新生力量战胜了旧有势力，农庄胜利建成。但是，肖洛霍夫可贵地在小说中揭露了政策上的"左"倾错误和集体化中的某些过火行为。与同类作品相比，这部作品无论在结构还是在语言上，都高出一筹。

30年代中、后期，曾涌现出一批所谓的"乡村题材"长诗，而特瓦尔多夫斯基（1910—1971）的《春草国》(1936)是其中最为出众的一部。长诗写道，不愿参加集体农庄的中农尼基塔·马尔古诺克，驾着马车去寻找传说中的幸福之地"春草国"，沿途的所见所闻，与神父、富农、农庄庄员和布尔什维克等多种人的交往，使他的思想发生了很大的转变，于是他便回转了头。这部长诗的结构是传统的，农民为寻找幸福而四处游历，这原是《谁在俄罗斯能过好日子》的模式。但《春草国》的作者却回答了涅克拉索夫最终未及回答的问题，认为集体化就是俄过农民幸福自由的乐园。

30年代苏联文学中的"劳动小说"，有其鲜明的时代特色。作为文学贴近现实的尝试，这类小说具有创新的意义。但是，这类小说所形成的模式，如新与旧、进步与落后、革新与保守的冲突线索，却使小说结构简单化了。人物也由于要负载特定的内涵，而显得个性不够突出。这些小说在当时无疑是深受欢迎的，也发挥过强大的社会鼓舞作用，但若脱离开那个特定的时代，其可读性也就大大地降低了。

20世纪的苏俄社会主义文学，强调文学的教育作用，它继承19世纪俄国革命民主主义美学传统，把文学当作"生活的教科书"。30年代的文学中，出现了许多以"教育"为主要内容或主要功能的小说，即所谓的"教育小说"，其中最有影响的，是马卡连柯的《教育诗》和奥斯特洛夫斯基的《钢铁是怎样炼成的》。

# 第十一章 苏维埃文学

《教育诗》(1933—1935)这个书名，对于30年代的文学来说具有某种概括意义，可以说，那个时代以及之后相当长时间里的苏维埃俄罗斯文学，大多都是"教育的诗篇"。但《教育诗》毕竟是一部最为典型的教育小说，其作者马卡连柯（1888—1939）出身工人家庭，上过师范学院，当过小学校长。1920—1935年，他在高尔基教养院和捷尔任斯基公社主持工作，创造性地实施对流浪儿童和少年犯的教育、改造工作；他主张既严厉管制又充分尊重少年的人格，在劳动过程和集体生活中转变孩子的思想和行为，他的教育实践和教育理论在苏联教育史上很有影响。《教育诗》一书，实际上就是马卡连柯用文学的形式对自己的作的理论归纳和总结。在一家以高尔基命名的教养院里，数百名"问题"学生在马卡连柯的教育下全都走上了正道。在小说的结尾处，高尔基教养院里的工作完成了，马卡连柯领着他的学生走向另一个尚未接受教育的库里亚日教养院，又开始了新的征程，走在途中的主人公在想："我们的教养院此刻是在完成一个虽小然而迫切的政治任务，真正的社会主义任务。"

尼·奥斯特洛夫斯基

《教育诗》写的是对一个集体有计划的改造教育，而另一部小说《钢铁是怎样炼成的》(1934)则以一个个人在革命、战争和建设事业中自觉成长的过程为线索，但两者都具有自传性质。尼古拉·奥斯特洛夫斯基（1904—1936）以自己的亲身经历为素材，塑造出了保尔·柯察金这个英雄形象，试图向读者回答书名所提出的"钢铁是怎样炼成的"这样一个问题。保尔出生于工人家庭，童年过的是贫穷的生活，少年时接近布尔什维克，在保护老布尔什维克朱赫莱时被捕入狱，获释后参加了红军，成为布琼尼骑兵团中一名勇敢的骑兵，后在战斗中身负重伤，离开了部队。接着，他拖着伤残的身体投入了共青团工作、肃反运动和修筑铁路的劳动，在一个个困难的处境中表现出了坚韧的毅力和斗争精神。为了事业，他不惜自己的身体，直至最后瘫痪在病床上；为了事业，他甚至放弃了对"资产阶级"女友冬妮娅的爱情。这是一个为理想献身的典型。在小说中，有这样一段表达主人公心声的话："人最宝贵的是生命。生命,每个人只有一次。人的一生应当这样度过:当回首往事的时候,他不会因为虚度年华而悔恨,也不会因为碌碌无为而羞愧;在临死的时候,他能够说:'我的整个生命和全部精力,都已经献给了世界上最壮丽的事业——为人类的解放而斗争。'"这段体现了主人公人生价值观的话,曾在苏联和中国等社会主义国家的青年人中广为流传,成为许多人的座右铭。

无论是"劳动的歌"还是"教育诗",都是苏联30年代那个特定的时代和社会的产物,从苏联解体前后开始,关于这类文学的评价和关于那个时代的评价一样,出现了截然不同的看法,有人认为,作为一个理想时代的艺术再现,这类作品具有恒久的文化史意义,另一种意见则认为,这类作品和那个时代一样,都应该是一种被完全否定的对象。

## 第四节 卫国战争文学

1941年6月22日,法西斯德国的军队攻进苏联,俄国历史上又一次残酷而又伟大的卫国战争开始了。从战争打响的第一天开始,像战士端起自己的枪,苏联的作家和诗人们也纷纷拿起了自己的武器——笔。他们向人民发出保卫祖国的呼唤,控诉敌人的罪行,还有许多作家亲自奔赴前线,或直接参战,或做随军记者,盖达尔等百余名苏联作家捐躯沙场。在第二次世界大战中,与反法西斯阵营各个国家的文学相比,苏联文学所起到的强大作用也许是首屈一指的。这是俄国文学和文学家传统的爱国热情的又一次迸发,也是一直强调教育功能的社会主义的俄国文学在特定时期的一个收获。

卫国战争时期,表现最为活跃的文学体裁是诗歌,俄苏诗人与人民同呼吸共命运,出色地完成了鼓舞人民、打击敌人的光荣使命,战时的诗歌,不仅是美学意义上的欣赏对象,而且还是联系人们感情和感受的精神

祖国母亲在召唤!
(卫国战争时期的宣传画,托伊泽作)

桥梁。卫国战争时期的诗歌中,压倒一切的主题自然是战争,这其中又包括对祖国的爱与对敌人的恨、死亡与不朽、战壕里的友谊与离别中的爱情、对胜利的渴望与对命运的思考等分主题。最早对战争作出反应的是抒情诗,在战争爆发的第二天(6月23日),《真理报》上就发表了苏尔科夫的《我们以胜利起誓》和阿谢耶夫的《胜利将属于我们》两首短诗。战争首先需要的是高声疾呼的诗,俄国富有公民激情的诗歌传统在战时得到了积极的继承和发扬。战争初期的诗充满热烈的呼唤,有极大的感召力。有恨的诗,就有爱的歌,没有对祖国和亲人的爱,就没有对敌人的恨,战争促成了爱与恨在抒情诗中的奇妙结合。爱,激发了人民对侵略者的恨,鼓起了人民生活的勇气,坚定了他们胜利的信念,正如普罗科菲耶夫在一首诗中所写的那样:"为了使恨更为强烈,/让我们来谈谈爱。"战时脍炙人口的名篇——西蒙诺夫的《等着我吧》,就是这样一首"爱的颂歌":"等着我吧,我要回来的:/我在与所有的死神作对。/就让那不等我的人/去说吧:"你真走运。"/没有等待的他无法理解,/在弹雨枪林,/是你用你的等待/挽救了我的生命。/我是怎样活下来的,/只有你我两人

苏军战士们把"等着我吧,我会回来的"的诗句写在军车上

才明白,/因为你比所有的人/都更善于等待。"诗人试图表明,前线战士的无限思念和爱人(已非某一具体女性)充满信心的等待,既是战士生命的寄托,也是未来胜利的保证,"等待"一词在诗中反复出现(近20次),吟出了感情的急切,也道出了信心的坚定,是前线将士心声的最好表达。因此,这首诗受到了他们超乎寻常的喜爱,有人将它抄录在致远方爱人的信中,有人将它从报上剪下来揣在贴心的口袋里,有人还将它的诗行醒目地书写在开往前线的军车上。

卫国战争期间俄苏诗歌创作中最为突出的是长诗的成就。吉洪诺夫的《基洛夫和我们在一起》(1941)、英贝尔的《普尔科夫子午线》(1943)、别尔戈利茨的《二月日记》和《列宁格勒之诗》(均1942)、阿利格尔的《卓娅》(1942)、安托科利斯基的《儿子》(1943)、普罗科菲耶夫的《俄罗斯》(1944)、特瓦尔多夫斯基的《瓦西里·焦尔金》(1945)以及阿赫马托娃、卢戈夫斯科依、斯维特洛夫、马尔蒂诺夫、鲁奇耶夫等人的作品——短短的4年中,居然涌现出这么多长诗,确是俄国诗歌史上一个较为罕见的现象。在这些长诗中,特瓦尔多夫斯基创作的《瓦西里·焦尔金》影响最大。长诗的主人公焦尔金是一个"平常的小伙子","这样的小伙子,每个连里总会有,每个排中也找得到",但焦尔金身上无疑集中着前线士兵们的主要性格特征,如对祖国忠贞不渝的爱,对侵略者刻骨铭心的恨,作战中的勇敢机智,行军宿营时的幽默俏皮,战友之间的深厚情谊等等。每一个勇敢的前线士兵,都可以在焦尔金身上看到自己。

焦尔金的素描像

战时的散文、小说创作,经历了一个由政论、短篇进而中篇、长篇的体裁扩大过程,在内容上,则一直是以战争为主题的。战时的小说创作,不仅记录下了苏联人民可歌可泣的英雄业绩,而且为作为20世纪俄国文学中重要分支之一的"战争文学"、"军事文学"开创了先河。

阿·托尔斯泰(1883—1945)的《俄罗斯性格》(1944)是一个篇幅不大的短篇小说,小说写道:坦克手德略莫夫在一次战斗中身负重伤,容颜被毁,由一个英俊的青年变成了一个面目全非的残疾人。在他回家探亲时,父母和未婚妻都未能认出他,他因此而痛苦,经过一番沉思,他决心不"暴露身份",不给亲人增添痛苦,于是重新返回部队。而父母得知真情后,为他而自豪,未婚妻也表达了她忠贞不渝的爱情。作者通过对这几个人物白描般的描述,表达出了俄罗斯普通人高尚的胸怀。在小说的结尾,作者归纳道:"是的,你们看看这几个人,他们所代表的就是俄罗斯性格!一个人看样子似乎普普通通,平平凡凡,但是一旦严重的灾难临头,在他身上就会产生出一种伟大的力量,这种伟大的力量就是人性的美。"在小说的开头,作者曾担心地写了这么一句:"俄罗斯性格!对于一个篇幅不长的故事来说,这个题目未免太大了。"可是,读完小说后,人们发现,作者成功地在一个短短的故事中完成了关于民族性格的概括,这一性格就是勇敢和忠诚,就是对痛苦的承受能力,这一性格,也是俄罗斯人最终赢得战争胜利的重要保证之一。

西蒙诺夫(1915—1979)的《日日夜夜》(1944)写的是著名的斯大林格勒保卫战。作者用新闻体的手法,对萨布洛夫营修筑工事、进行巷战的"日日夜夜"进行了具体、细致的描写。小说还细腻地描写了营长萨布洛夫对女护士阿妮雅的爱情,但为了战争,为了胜利,这对互相倾慕的有情人却不约而同地抑制着自己的感情,他们(还有作者)相信,他们只有在胜利之后才有权利享受他们的爱情和他们的幸福。这既表现了主人公的坚强,也表达了他们对胜利的坚定信念。这部小说在发表后立即被改编为话剧和电影,产生过巨大的影响。

战争胜利后不久,大批在战时写作、以战争为主题的作品纷纷面世,其中不乏佳作,如波列沃依的描写一位勇敢的红军飞行员密烈西耶夫在被截去双腿后仍以坚强的毅力重返蓝天的《真正的人》(1946),潘诺娃的记叙战时一辆军用救护列车之经历的《旅伴》(1946)等等。但在所有这类作品中最有影响的,还是法捷耶夫的长篇小说《青年近卫军》(1946;修改本发表于1953年)。《青年近卫军》是一部根据真人真事创作的长篇小说,它的素材是沦陷区克拉斯诺顿的共青团地下组织"青年近卫军"同法西斯占领军不屈斗争的英雄事迹。这部小说没有描写前线的阔大战斗场面,而是以后方的地下斗争为内容的。德军占领克拉斯诺顿后,逮捕抵抗者,活埋矿工,实行白色恐怖。但克拉斯诺顿的青年人并没有被吓倒,以奥列格·柯舍沃依为首的一批青年团员,在地下党的领导下成立了地下抵抗组织"青年近卫军",他们营救被捕者、散发传单、直接消灭敌人,同占领者进行了英勇机智的斗争。但是,就在"青年近卫军"成员已闻见红军解放克拉斯诺顿的炮声时,由于组织内出现了叛徒,"青年近卫军"的成员多数被捕,最后,他们高唱《国际歌》英勇就义。

攻克柏林 (1945年4月30日20点45分,苏联红军士兵把苏联国旗插上了德国国会大厦)

# 第十二章

## 20世纪中叶的文学

## 第一节 解冻文学

在苏联这样一个中央集权制的国家中,领导人的交接往往就意味着时代的更替和社会的巨变。1953年3月5日,斯大林逝世,赫鲁晓夫在执政后推行了许多旨在松动社会的改革措施,俄苏文学也因之获得了较为自由的天地,许多文学禁区被突破,出现了一大批鼓舞人心的作品。

俄苏文学中第一只报春的燕子,是奥维奇金派揭露农村阴暗现实的特写和小说。1954年,爱伦堡的小说《解冻》在《旗》杂志上刊出,这部艺术上并不十分出众的作品,却因尖锐面对生活真实的态度唤起读者广泛的阅读热情,引起了极大的社会反响,

赫鲁晓夫在苏共二十大上做报告(1956年)

同时,小说具有高度象征意味的题名,也为当时的文学,乃至当时的社会提供了一个形象的概括。之后,以索尔仁尼琴的《伊万·杰尼索维奇的一天》为先河的"集中营文学",以一批青年诗人为代表的"高声派"诗歌,先后领文坛之风骚,它们与战争文学中的"战壕真实派"、60年代下半期开始出现的"细语派"诗歌等一起,构成了20世纪俄苏文学史中一个声势浩大的"解冻"浪潮。

1952年,一篇题为《区里的日常生活》的特写在《真理报》上刊出,它的作者是奥维奇金(1904—1968)。这篇作品大胆地揭露了农村生活中的官僚主义等阻碍生活的消极因素和阴暗面,具有强烈的社会批判色彩。这在斯大林尚未逝世、苏联社会尚未"解冻"的当时,是让人震惊的,特写作者的勇敢也是令人钦佩的。在当时"无冲突论"盛行已久、人们渴望文学真言的背景下,这篇"准文学"作品引起了人们极大的兴趣,人们称这篇作品吹响了反对文学"无冲突论"的号角,是文学史上具有转折意义的里程碑。在《区里的日常生活》之后,奥维奇金又接连发表了4个续篇——《前沿地区》、《在同一区里》、

《亲自动手》和《艰难的春天》。这5个特写的情节是连续的,地点是一致的,人物也是相同的,在秋雨连绵之际,区委第二书记马尔丁诺夫主持了工作,他从实际出发,注意倾听群众的意见,推行了一系列旨在改变落后的农村现状的新举措。但是,休假归来的区委第一书记包尔卓夫却竭力反对马尔丁诺夫的"改革",他自认为"有功劳"、"有经验",一切按老章程办,按上级的意志办,实际上,这是一个冷漠、保守的官僚主义者。在描写两位书记斗争的同时,作者以较多的篇幅展现了官僚领导统治下的乡村死气沉沉、

奥维奇金

贫穷落后的场景,这与文学中一直存在的歌舞升平画面形成了鲜明的对照,因此,这几篇特写产生了超出文学范畴的巨大影响。1957年,这几篇特写结集出版,以第一篇特写《区里的日常生活》作为总题。

在奥维奇金的鼓舞下,一批作家也开始以暴露和批判社会中、尤其是乡村中的消极现象为创作主题,他们被称之为"奥维奇金派",该派的主要作家有特罗耶波尔斯基、扎雷金、沃罗宁、田德里亚科夫、卡里宁等,重要作品有特罗耶波尔斯基的《一个农艺师的札记》(1953—1954)、扎雷金的《今年的春天》(1954)、沃罗宁的《不需要的荣誉》(1955)、卡里宁的《中等水平》(1953) 和《月夜》(1955)、田德里亚科夫的《阴雨天》(1954) 和《死结》(1956) 等。奥维奇金派有着基本一致的追求,他们的创作个性虽不尽一致,但还是表现出了某些共同的特征,如乡村主题、道德探索倾向和题材上的特写风格等。

爱伦堡(1891—1967)的小说《解冻》共分两部,分别在1954年和1956年首载于《旗》杂志,后于1956年出版了单行本。这部作品,尤其是其第一部,之所以在当时的社会引起了轰动效应,是因为它迅即、敏锐地反映了1953年冬至1954年春这一转折关头的微妙变化。故事以伏尔加河畔一工厂中的生活为背景,厂长茹拉廖夫有过光荣的过去,但他在专制制度下已逐渐变成了一个官僚主义者,他专横跋扈,缺乏人情味,只关心死的生产指标,对工厂、工人,甚至家庭都十分冷漠。最后,在一个事故发生后,他被撤消了厂长职务,妻子也离开了他。与此同时,小说中还有另一条线索,即沃洛佳和萨布罗夫两位画家

不同艺术风格、不同创作道路的对照。沃洛佳善于见风使舵,在艺术上粗制滥造,热衷于给"先进生产者"画肖像;萨布罗夫则甘于寂寞,在绘画中执着地进行着自己的艺术追求。可见,爱伦堡描写了社会的"解冻"过程,即官僚主义的失败,同时,也在呼唤艺术的"解冻",在预示自由艺术、真正艺术的春天。在小说的结尾,工厂总设计师索科洛夫望着窗外的景色,而窗外是一派极具象征色彩的图画:"窗外是一片激动人心的情景。寒冬终于站住脚了。马路上的积雪已开始融化,到处在流水。……到解冻的时节了。"

《解冻》这部作品的贡献,不在于有趣的情节和丰满的人物,而在于它对具有转折意义的历史时刻的准确捕捉,对当时弥漫着的社会心态形象的概括。过

爱伦堡速写像(毕加索作,1948年)

去的年代,社会是一座冰山,人与人之间、生产与劳动之间、艺术和现实之间的关系,都被冷漠冰封着。当政治的热风吹过,一切都松动了,作者以一个老记者的洞察力,将这一稍纵即逝的瞬间固定了下来,创作出一部影响很大的名作。但是后来,文学史家们对这部作品的评价并不高,认为它的社会意义超过了其艺术价值。

在60年代初兴起的所谓"集中营文学",也可以视为"解冻文学"的一个组成部分。这类文学的作者大多是曾被关押的政治犯,他们的作品也大多描写专制时期各种集中营中犯人们的生活和思考。这类作品中最早出现、影响最大的,是索尔仁尼琴的《伊万·杰尼索维奇的一天》(1962)。与索尔仁尼琴同时,沙拉莫夫(1907—1982)也写作了集中营文学中的名著《科累马故事》和《科累马诗抄》,沙拉莫夫的作品就思考的深刻而言,丝毫不亚于索尔仁尼琴的《一天》,但由于发表的时间稍晚,其影响比不上前者。

白嘴鸦飞来了(萨福拉索夫作,1871年)

## 第二节　普里什文

普里什文于1873年1月23日（新历2月4日）生于奥廖尔省叶列茨县的赫鲁晓沃庄园，10岁时进入当地的中学学习，上学期间，有两件事情对普里什文后来的命运产生了决定性的影响：1884年，普里什文和另外3个同学一起逃离家庭和学校，去寻找他们想象中的童话国度——亚洲的金山国，长时间的游荡之后，他们被抓了回来，后来，普里什文在自己的作品中反反复复地提起这一事件，并认为这是他平生第一个追求理想的自发举动，而他后来毕生的创作其实也就是这次"出走"的延续。1889年，四年级学生普里什文由于顶撞地理老师而被学校开除，而这位地理老师不是别人，就是后来成了俄国著名作家和哲学家的瓦西里·罗扎诺夫。其实，罗扎诺夫原本非常赏识普里什文，在普里什文的上次出逃之后，他曾是学校里唯一为普里什文辩护的老师，可是在普里什文顶撞了他之后，他却又坚决主张开除普里什文。不过，普里什文后来却并不怎么记恨罗扎诺夫，他们后来甚至成了朋友，互赠书籍。普里什文少时生活中相继发生的这两件事，既是普里什文独特性格之鲜明体现的结果，也是他之后命运变迁的重要起因，这两个事件

普里什文

可以使我们对普里什文产生这样两个深刻的印象：首先，外表安静内向的普里什文，却始终深怀着一颗渴求的、躁动的心灵，对童话般的未知远方的追寻，构成了他意识和现实生活中最主要的内容；其次，将个性视为个人存在之前提的普里什文，同时又是一个宽容、善良的人。

1906年，在彼得堡靠给报纸作文维生的普里什文，很偶然获得一个前往俄国北方考察的机会，此次北方之行的重要收获就是他的成名作《鸟儿不惊的地方》(1907)。这部将民俗考察报告和诗意散文融为一体的作品轰动了彼得堡，受到许多著名作家和学者的好评。次年，普里什文再接再厉，又一次前往北

方,并写成了《跟随魔力面包》(1908),作品同样获得了成功,作家和批评家们对其的肯定甚至还超过了《鸟儿不惊的地方》,因为他们在普里什文的这部新作中品味出了更多的文学性和诗意。普里什文从此扬名俄国文坛,并被视为俄国北方自然和民间文化的发现者和再现者。1908年,普里什文第三次出门,此次的目的地是扎沃尔日耶地区,即伏尔加河、乌拉尔山脉和里海沿岸之间的地区,一年之后,普里什文推出了他的第三本书《在无形之城的城墙下》。3次旅行留下了3部很有影响的作品,普里什文从此一发不可收拾,他终生都在旅行,也终生都在写作,而他的写作基本上都是在旅行期间完成的。

十月革命之后,普里什文的创作出现了某种低潮,直到1926年,他的《别连杰伊泉水》一书部分发表,"别连杰伊"是俄罗斯民间传说中的自然王国的君王,正是在"别连杰伊王国"的流连忘返,使普里什文的创作发生了一个变化。1953年,以《别连杰伊泉水》为基础加工、扩充而成的《大自然的日历》一书出版,作者自称此书是"在春天的口授下完成的笔记",作者严格按照大自然四季转换的时间顺序来写,从春天的第一滴水写起,一直写到第二个春天的萌动,在这里,他第一次将"大地本身"当成了作品唯一的主人公。

1926年,普里什文迁居到离莫斯科不远的谢尔吉耶夫镇,在此一住就是十余年。谢尔吉耶夫镇是俄国最著名修道院之一的谢尔吉圣三一修道院的所在地,即便是在革命势头最猛的20—30年代,这里依然有着比较浓厚的宗教氛围。在这里,普里什文完成了他最重要的自传体长篇小说《瘦老头的锁链》。

到了20世纪30年代,普里什文已经成为一位公认的散文大师,因为他已经有了自己独特的艺术风格——在细腻、准确的随笔基础上形成的哲理—抒情散文风格。卫国战争期间,普里什文拒绝疏散至高加索,而去了雅罗斯拉夫尔的林中小村乌索里耶,那里曾是他打猎常去的地方。战争期间,普里什文最重要的作品就是包括《叶芹草》在内的《林中水滴》。战争结束后不久,普里什文在莫斯科郊外的杜尼诺村得到一幢不大的房子,

普里什文头像速写

房子坐落在莫斯科河畔,普里什文在这里度过了他生命的最后时光(1946—1954)。普里什文非常喜欢杜尼诺,他在日记中写道:"……我觉得,我仿佛又回到了赫鲁晓沃,回到了世上最美好的一块地方!"在这里,他创作出了《太阳的宝库》(1954)、《船木松林》(1954)、《国家大道》、《大地的眼睛》(1954)等作品,这些作品无论是"童话"还是"历史故事",无论儿童文学还是日记选编,其共同之处都在于对自然的抒写和对自然的深情。

在20世纪的俄罗斯文学,乃至整个俄罗斯文学中,普里什文的创作具有重要的意义:首先,其创作在20世纪的俄国文学中维持了某种平衡。"人与自然"的主题原是俄国文学中的重要母题之一,但是在20世纪20—40年代,相对于"革命"、"生产"、"教育"、"改造"等"重大"主题,"自然"的形象就"相形见绌"了,即便写到自然,也大多作为一种陪衬,一种点缀,或者干脆就是被征服和改造的对象,在这样的历史语境中,普里什文始终不渝地以自然为主要的,甚至是唯一的创作对象,这一"行为方式"所具有的意义是不言而喻的。其次,普里什文在20世纪的俄国文学中走了一条独特的"第三条路",在世纪之初的文学探索潮中,他先后接近过以梅列日科夫斯基为代表的宗教象征主义文学和以高尔基为代表的新兴无产阶级文学,但他最终还是决定走自己的路,即借助科学和知识对自然和民间文化的探究,在他十月革命之后的整个创作中,他似乎也一直处在两种激烈对峙的意识形态立场的中间,作为一个"革命对象"的地主后代,他自然没有对革命做出什么由衷的歌颂,但也没有像那些侨民作家和"内侨"作家那种对革命发出公开的诅咒。他没有在作品中公开自己的政治倾向,这也许是一种写作策略,是某种"中立"立场的体现,但更主要的原因,恐怕还在于普里什文的文学价值取向,他只想通过创作表达出"个人与俄罗斯自然亲密交往的印象",而不愿用自己的文学来服务于什么功利的政治目的,他认为文学应该像自然本身那样,是"中性"的。第三,所谓的"普里什文风格"构成了20世纪俄罗斯文学中的一大特色,文学史家一般将普里什文的文字称为"哲理抒情散文",散文、哲理和诗意这三者的统一,是其文字最突出的特征之一。由若干短小章节构成的灵活、有机的结构,日记体和格言式的文体,从容舒缓的节奏和亲切善良的语调,对自然充满诗意的描摹和富有哲理的沉思,这一切合成了"普里什文风格"的具体样式。这种风格影响到了普里什文同时代及其后的许多俄国作家,帕乌斯托夫斯基、索洛乌欣

莫斯科维坚斯基墓地中的普里什文墓

和阿斯塔菲耶夫等更被视为他的直接继承人。最后，普里什文是世界范围内生态文学的先驱作家之一。一般认为，世界范围内生态文学的奠基之作是雷切尔·卡森（1907—1964）的《寂静的春天》，但将卡森的这本著作和普里什文20—30年代的一些著作如《人参》、《灰猫头鹰》等作一个对比，就可以发现两者之间有许多相通的思想，普里什文虽然没有对使用杀虫剂等破坏自然的具体方式提出激烈的抨击，但是其作品中包含着的善待自然、敬畏生物的思想和情感却是显的。普里什文晚年的《大地的眼睛》等作品，更是充满着预言家式的生态观念和环保思想，即便是这部在他死后才出版的作品，也要比《寂静的春天》早问世了近10年。作这样的比较，决不是为了贬低卡森等人对世界生态文学和环境保护运动所做出的杰出贡献，而仅仅是为了说明，普里什文对于自然的态度和关于自然的思考具有多么超前的意识。更令人惊奇的是，普里什文进行这些思考的时空环境，又恰好是那个主张征服自然、强调人定胜天的20世纪中期的苏联社会。普里什文虽然没有给我们留下什么生态学或环保学的理论著作，但在世界生态文学的历史中，他却无疑应该占据重要的一席。

## 第三节　布尔加科夫和《大师与玛格丽特》

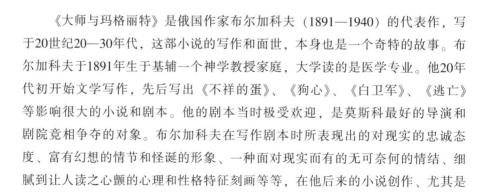

《大师与玛格丽特》是俄国作家布尔加科夫（1891—1940）的代表作，写于20世纪20—30年代，这部小说的写作和面世，本身也是一个奇特的故事。布尔加科夫于1891年生于基辅一个神学教授家庭，大学读的是医学专业。他20年代初开始文学写作，先后写出《不祥的蛋》、《狗心》、《白卫军》、《逃亡》等影响很大的小说和剧本。他的剧本当时极受欢迎，是莫斯科最好的导演和剧院竞相争夺的对象。布尔加科夫在写作剧本时所表现出的对现实的忠诚态度、富有幻想的情节和怪诞的形象、一种面对现实而有的无可奈何的情结、细腻到让人读之心颤的心理和性格特征刻画等等，在他后来的小说创作、尤其是

《大师与玛格丽特》中得到了更为集中的体现。但是，由于这些作品中体现出的关于红、白两个敌对阵营的某种"中立立场"，由于对现实所持的静观甚至嘲讽态度，作者受到了众多的非议和批判。据布尔加科夫本人统计，在他从事创作的头10年间，各类报刊登载的有关其创作的评论共有301篇，其中持批评态度的就有298篇。在这样的环境下，布尔加科夫被迫沉默，淡出文坛，直到1940年去世。但是，谁也没有想到，作家在其创作生涯的后半段，一直在呕心沥血地写作一部奇书，这就是《大师与玛格丽特》。60年代中期，随着社会氛围的宽松化，布尔加科夫的作品渐渐引起读者的注意，尤其是《大师与玛格丽特》的出版，更是引发了全苏范围内的一场"布尔加科夫热"。不过，60年代出版的《大师与玛格丽特》是删节本，其全本直到20世纪80年代末才得以问世。

布尔加科夫夫妇（1935年）

《大师与玛格丽特》的主要情节是：魔王沃兰德来到20—30年代的莫斯科，用各种魔法捉弄莫斯科人，在他施法的过程中，形形色色人物的尔虞我诈、贪婪自私等阴暗心理得到了充分的暴露和嘲讽，人们看到的是一幅阴暗的人间都市的社会生活；与此同时，一位被称为"大师"的作家在恋爱，在写作，当他写完了一部关于本多·彼拉多（即《圣经》中所载审判耶稣的罗马总督）的小说，结果被指责为宣扬宗教，为耶稣翻案，大师将作品付之一炬，不久大师又被关进了疯人院。将这两个人物、两个线索连接起来的，是大师的情人玛格丽特。为了拯救她热爱的大师，玛格丽特去参加了魔王沃兰德举办的一个舞会。魔王为了让有情人成眷属，

飞向永恒（《大师与玛格丽特》插图，娜嘉·鲁舍娃作）

施魔法从疯人院中释放出大师,又让大师与玛格丽特在莫斯科的麻雀山上腾空而起,永远地飞离了这座生活沉重的城市。小说中还套着一个小说,即大师的创作:犹大出卖了耶稣后,彼拉多本不想判耶稣死刑,但因为耶稣宣扬人道,反对专制,彼拉多不得不杀他,事后又终生悔恨。

初读《大师与玛格丽特》的人,也许会感到焦急和困惑,因为迟迟不见"大师"的踪影,故事讲了近一半,到第十三章才见《主人公的出场》。这位"大师"没有名声,没有身份,甚至连姓名都没有。别人替他买的一张彩票中了10万卢布大奖,他于是便在莫斯科市中心阿尔巴特街附近购置一处地下室,潜心写作起一部关于古罗马驻耶路撒冷总督本多·彼拉多的小说来。用我们今天的话来说,这是一位业余写作人,或者叫文学青年。没有人承认他,没有人阅读他,只有疯狂爱着他和他的小说的玛格丽特称他为"大师"。他因为写作获得了爱情,也因为写作被关进疯人院。写作使他回到两千年前,并与自己小说中的主人公相遇;而爱情则使他步入永恒,在小说的结尾,"大师"与玛格丽特一起,趁着月色,骑着黑色的马,在魔王的带领下,自莫斯科的麻雀山飞向"永恒的栖身之地"。

读着读着,我们感觉到,小说中的"大师"似乎不止一个。与"大师"在疯人院中相见、互诉衷肠的诗人伊万,也是一位大师。作为一个知名诗人,他奉莫斯科文协主席之命写作一首歌颂无神论的诗,可他却将耶稣的出生写得过于生动。在与文协主席讨论改稿时,他目睹了后者为魔鬼所害,四处追击魔鬼的他,也被送进疯人院。他愤怒过,申辩过,反抗过,但逐渐地,他身上的新、旧"两个伊万"开始对话,他为"我究竟是谁"的问题所苦恼,并"突然对诗歌有了一种难以名状的厌恶,一想起自己的诗就好像觉得不痛快",最后,诗人发生了"根本性的变化",他"再也不写诗了",转而成为历史和哲学研究所的教授,在每个月圆之夜,他都会变成"月亮的牺牲品"。

魔王沃兰德无疑也是大师,一个恶与善的大师。为了考验莫斯科人的良心,他带着3名随从来到该城。他们奚落不信神的莫斯科文协主席,让成为特权组织的作家协会化为灰烬;他们在游艺场演出落钱雨、发免费服装的魔术,让市民们普遍的贪婪心态骤然暴露;官方作家、剧院经理、房管所主任、餐厅总管、小卖部主任等在那一特定社会中很是得势的人物,都遭到了他们的戏弄;而潜心写作的大师、真心相爱的玛格丽特,却得到了他们的关照。他们恣意妄为，把莫斯科闹得天翻地覆，沃兰德成了莫斯科的主宰。然而奇怪的是，魔王的为非作歹并未引起我们的不满，反而使我们感到畅快；我们也隐隐能体味出布尔加科夫在描述他们的所作所为时表露出的欣赏，甚至是欣慰。

当然，真正的大师还是布尔加科夫本人。他既是"大师"、伊万和沃兰德的创造者，又像是他们三人的总和，"大师"的执着、伊万的反省和沃兰德的叛逆，在作者身上都有不同程度的体现。读了《大师与玛格丽特》，我们有可能意识到，大师就是那种与环境格格不入却又能成功地超越环境的人（"大师"和马格丽特最后就与魔王一行腾空而去了），就是对现实持一种旁观乃至嘲讽态度却又能改变现实、再造一个现实的人。

我们称布尔加科夫为大师，主要是就纯粹的文学意义而言。如今人们已经清楚地意识到，在谈论20世纪的俄语文学时，布尔加科夫和他的《大师与马格丽特》必然是一个话题。从传统上看，布尔加科夫是果戈理和陀思妥耶夫斯基风格的继承者。一般认为，俄国文学是道德的文学，人道的文学，是托尔斯泰式的文学，这无疑是正确的。但是，俄国文学中的另一强大传统长期以来却一直有引起我们足够的重视，这就是果戈理和陀思妥耶夫斯基的传统，它以神秘的氛围、阴暗的色彩、荒诞的情节、梦幻的主人公等为特征。在《大师与玛格丽特》中，我们遇到了陀思妥耶夫斯基的地下室和地下室人、多彩的梦和分裂的人格。果戈理游荡的"鼻子"在布尔加科夫这里变成了漂移的"脑袋"，《狄康卡近乡夜话》中那种甜蜜、神秘和恐惧的狂欢，始终荡漾在《大师与玛格丽特》里。布尔加科夫是一个继承者，可他更是一个创新者。《大师与马格丽特》的读者往往会不无惊奇地发现，在这部写于本世纪20—30年代的小说中，居然已经包括了后来构成魔幻现实主义之内涵的几乎所有要素，如似幻似真的情节、亦庄亦谐的叙述、自如转换的时空等等。在写到房管所主任接受魔鬼的贿赂时，有这样的插笔："这时出了件怪事，正如后来主任一口咬定的那样：这沓钱自动钻进了他的公文包。"诸如此类的话语，与马尔克斯《百年孤独》的著名开头如出一辙。如今，已有人将《大师与玛格丽特》称为魔幻现实主义开山之作。

## 第四节 帕斯捷尔纳克

帕斯捷尔纳克头像（安年科夫作）

帕斯捷尔纳克（1890—1960）是20世纪最杰出的俄语诗人之一，早在20年代，他的诗就已蜚声诗坛，但由于他的诗多以知识分子的内心世界为描摹对象，与轰轰烈烈的外部世界总是不大合拍。40年代末，帕斯捷尔纳克就开始了长篇小说《日瓦戈医生》的创作，直到1956年才最终完成。这部小说的主人公是尤里·日瓦戈大夫，一个典型的俄国知识分子，他在短短40年的生涯中经历了许多社会大变动，从一次大战、二月革命，到十月革命、国内战争和社会主义改造。在这些大变革中，他每每为社会的进化、自由的释放而欢欣，又为一次次的暴力和流血而痛苦，他个人的一切，包括家庭、事业、爱情等等，更是被时代的巨大脚掌所一一践踏。有评论说，《日瓦戈医生》的主题，就是知识分子与革命的问题，也就是俄国知识分子在20世纪的命运问题。作品完成后，帕斯捷尔纳克将其投寄《新世界》杂志，但杂志认为作者对十月革命所持的态度有问题而未予发表。1957年，该小说的意大利文译本率先在意大利出版，引起轰动，并立即被译成多种西方文字，在西方世界引发一场空前的"帕斯捷尔纳克热"。1958年，瑞典皇家科学院决定将当年的诺贝尔文学奖授予帕斯捷尔纳克。这一决定激怒了苏联官方和文学界的领导，他们将帕斯捷尔纳克的获奖视为西方阵营"一次敌意的政治行动"，认为作家对国家、革命和人民心存不满。10月27日，苏联作协鉴于作家"政治和道德上的堕落以及对苏维埃国家、对社会主义制度、对和平与进步的背叛行为"而将他开除出作协；官方也警告作家，如出国领奖，将永远不得再返回俄国，与此同时，国内的新闻媒介也对作家展开了铺天盖地的批判，迫于压力，帕斯捷尔纳克不得不宣布放弃接受诺贝尔奖。这就是当年轰动一时的"帕斯捷尔纳克事件"。这一事件不仅打击了帕斯捷尔纳克一人，同时也为当时趋向开放的俄国文学设置了一个新的障碍。

一般认为，帕斯捷尔纳克在这个事件之后情绪低落，不久便郁郁而终了。但是，据晚年接近帕斯捷尔纳克的人称，诗人在晚年并不悲观，而是欣悦地生活在对自然的陶醉和与自然的交融之中。作为帕斯捷尔纳克晚年诗歌创作集大成者的诗集《天放晴时》(1956—1959)就体现了诗人对自然的深情描写和欲与自然融为一体的创作心态。这部诗集一个俄文版的序言作者曾这样写道："读着这个集子，读者会发现，帕斯捷尔纳克献给大自然的诗竟如此之多。在诗人对辽阔的大地、对春天和冬天、对太阳、对落雪、对雨水的经常、仔细的关注中，也许就潜藏着其创作一个主要的主题——面对生活奇迹的虔敬和对生活的感激之情。"接着，这位论者又对帕斯捷尔纳克自然抒情诗的基本特征作了这样的归纳："如果潜心细读，就可以发现，帕斯捷尔纳克的诗实际上没有对自然作有生命者与无生命者的划分。在他的诗中，山水与人、与作者具有同等的存在权利。对于帕斯捷尔纳克来说，重要的不仅仅是他个人对对象、对自然的目光；诗人坚信，外在的对象、自然本身也在观察作者、感受着他并独自作出解释。山水与作者仿佛在一致行动，常常，不是诗人在讲述雨水和日出，而是它们自身在以第一人称的方式谈论诗人。这一体现着强大的泛神情感的方式，正是帕斯捷尔纳克最典型的手法之一。"这种近似中国古代"天人合一"学说的诗歌态度，与其说是帕斯捷尔纳克为躲避现实的磨难而采取的一种被动的措施，不如说是帕斯捷尔纳克与生俱来的哲学、美学观使他作出的一种主动的选择。通过诗歌，帕斯捷尔纳克找到了自己精神的归宿，达到了海德格尔所言的"在大地上诗意地栖息"的理想境界。诗集中的主题之作《天放晴时》，就是诗人晚年心境最为

莫斯科郊外佩列捷尔金诺村中的帕斯捷尔纳克故居

典型的体现:"硕大的湖像只盘子。/云,聚集在湖畔,/那白色的堆积/如同冷酷的冰川。//随着光照的更替,森林变换着色调。/时而燃烧,时而披上/烟尘似的黑袍。//当落雨的日子过去,/湛蓝在云间闪亮,/突围的天空多么喜庆,/草地充满着欢畅!//吹拂远方的风静了,/阳光洒满了大地。/树叶绿得透明,/如同拼画的彩色玻璃。//在教堂窗边的壁画里,/神甫、修士和沙皇,/戴着闪烁的失眠之冠,/就这样朝外把永恒张望。//这大地的辽阔,/如同教堂的内部,/窗旁,/我时而能听到/合唱曲那遥远的回响。//自然,世界,宇宙的密室,/我将久久地服务于你,/置身于隐秘的颤抖,/噙着幸福的泪滴。"

帕斯捷尔纳克是在5月里去世的,据说,在安葬他的那一天,春光明媚,路边盛开着他最喜爱的丁香花;入夜,一场雷声隆隆的暴雨洒向了诗人的新坟,这雷声和雨水也都是诗人所喜爱的。大自然在以诗意的方式迎接、收留她这个富有灵性的诗人儿子。

## 第五节 肖洛霍夫

肖洛霍夫(1905—1984)在20世纪20年代以一组关于顿河哥萨克的短篇小说登上文坛,1926年,这些作品被合为两本短篇小说集《顿河故事》和《浅蓝色的原野》,相继出版。在短暂的间隔之后,1928至1940年间,肖洛霍夫就推出了史诗巨著《静静的顿河》。小说于发表的次年获得斯大林奖金,并一直是20世纪俄语文学中最为著名、再版次数最多的长篇小说之一。1932年,正在紧张写作《静静的顿河》的肖洛霍夫,却突然中断小说的写作,转而写作了一部反映农业集体化运动的长篇小说《被开垦的处女地》,但小说的第一部发表之后,第二部却直到1959年才面世。

肖洛霍夫的名字是与他的巨著《静静的顿河》紧密地联系在一起的。这部作家花费10余年时间创作出的四部八卷长篇小说,是一部顿河地区哥萨克生活的壮丽画卷。从沙皇统治下的生活和第一次大战,到十月革命和国内战争,短短的十几年时间里,顿河哥萨克人传统的

肖洛霍夫

生活方式受到了极大的冲击。作为一个因勇敢尚武而历来被用作官方机器，而内心又酷爱自由并充满正义感的特殊阶层，哥萨克的命运在历史的动荡中就更具戏剧性。小说的主人公格里高利·麦列霍夫是一个中农哥萨克家庭中的小儿子，他热爱自由，忠于爱情，既勇敢又富有正义感。这样一个优秀的哥萨克青年，却犹如一块石子被夹进两种势力的巨大齿轮中，碾出一个悲剧性的人生。他在沙皇的军队中勇敢作战，但不久就感觉到战争的无谓。十月革命后，他曾一度加入红军，但当他目睹红军中个

格里高利和阿克西妮娅
(电影《静静的顿河》剧照，1958年)

别指挥员残酷屠杀俘虏的场面后，又易帜到白军一边；白军的作为同样让他厌恶，他便弃枪回了家。布尔什维克在哥萨克地区实施的过火政策，逼出了哥萨克的暴动，格里高利又成了暴动头目之一。之后，他又一次在红军、白军之间游离，从一个营垒转向另一个营垒。直到小说的结尾，身体、精神和感情均已疲惫不堪的格里高利，终于又一次独自返回故乡鞑靼村，他将心爱的武器抛进已开始解冻的顿河，决心以更消极的（或许正是更积极的）态度面对生活，面对顿河哥萨克那不可抗拒的变迁。格里高利的命运，是顿河哥萨克人命运的典型体现。与此同时，肖洛霍夫还塑造了众多的哥萨克人形象，广泛地反映了哥萨克人的习俗和气质，描绘了顿河地区如画的风景以及哥萨克人野性而又真挚的爱情。1965年，这部小说的作者荣获诺贝尔文学奖，瑞典皇家科学院的《授奖词》称："毫无疑问，仅凭《静静的顿河》这部作品，肖洛霍夫获得这一奖赏就当之无愧"，因为"肖洛霍夫在描写俄国人民生活中一个历史阶段的顿河史诗中表现出了艺术的力量和正直"。

《静静的顿河》及其作者得到了极高的文学奖赏，但也一直处在激烈的争论之中。早在小说的前二部发表时，关于小说主人公的形象、小说作者的"立场问题"，就曾有过争论，有人认为作者对主人公过于偏爱，对哥萨克走向革命之过程的描写过于客观，甚至说肖洛霍夫的同情心在哥萨克富农一边。关于《静静的顿河》的又一著名争论，就是其作者权问题。肖洛霍夫在推出《静静

的顿河》的前三部时还不满30岁，如此辉煌早现的文学天赋让人吃惊，也让人有些迷惑，于是，关于《静静的顿河》的作者权问题便有了种种猜疑，有一种"说法"流传最广，说肖洛霍夫是从一位被打死的白军军官身上搜走了《静静的顿河》的手稿。长期以来，关于这一"说法"的争论时起时伏，余波不息，形成一个难解的谜。不过，根据绝大多数批评家、文学史家的意见，《静静的顿河》的作者应是肖洛霍夫无疑。20世纪80年代，挪威的斯拉夫学教授克耶特萨及其助手运用计算机对《静静的顿河》和其他相关的作品文本进行了长达数年的细致的文体对比研究，得出的结论也是对肖洛霍夫有利的。

## 第六节 "高声派"和"细语派"诗歌

20世纪50年代社会和文学的解冻，也波及到诗歌，于是，一批年轻的诗人"大声疾呼"地登上诗坛，他们用诗歌清算历史旧账，抒发人们淤积在心底的呼声，抨击现实，回答人们所关切的重大的社会和政治问题。在形式上，该派诗人也大多采用朗诵诗、政治抒情诗等诗歌类型，诗句铿锵，气势昂扬。这一批诗人自认为是"苏共二十大的产儿"，是社会的代言人。这一批诗人后被人称之为"高声派"（又译"大声疾呼派"或"响派"）。该派的主要代表人物是叶夫图申科、沃兹涅先斯基、阿赫马杜琳娜、罗日杰斯特文斯基、卡扎科娃等。

叶夫图申科（1933—　）是高声派诗歌最突出的代表。他从50年代初开始发表诗作，早年创作多为一些短小的抒情诗。50年代中期起，他一反先前的诗风，走出"抒情诗的避难所"，在诗中赞扬对个人崇拜的否定，赞成对人和人性的肯定。他的诗题材广泛，既写国际上的意识形态对垒，也干涉国内政治的进程，他的诗以诗风的雄辩和言论的大胆在当时的俄罗斯诗坛上独树一帜。他在1956年的《致一代精英》中写道："一代人中的精英啊，/请把我当作一名

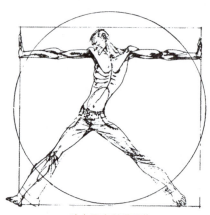

叶夫图申科漫画像

号手! /我将吹起进攻的号角, /一个言符也不会走调, /如果我的气不够足, /我会用钢枪替代军号。"

这就是叶夫图申科的诗歌创作纲领。诗人的诗大多能激起读者强烈的共鸣,因为他敢于触及最敏感的社会问题,因为他敢于道出大多数人想说却又不敢说的话。从登上诗坛至苏联解体前后,叶夫图申科领诗坛风骚长达30余年,他不断地发表新作,不断地出席诗歌朗诵会和各种诗歌的和社会的活动,同时还不断地周游世界各国(据说到过80多个国家),自命为"诗歌大使",并不断地尝试各种体裁的文学艺术创作。他的长篇小说《浆果处处》(1981)、他编导的电影《幼儿园》(1982)都曾博得广泛好评。80年代,他的长诗《妈妈和中子弹》(1982)、《禁忌》(1985)等又先后获奖。苏联解体之后,在社会言论空前自由之后,叶夫图申科的诗歌自然会失去大量的读者和听众,诗人也一下有了失落感,他或在作家协会的争斗中出头露面,或到美国的高校中讲授俄国诗歌,不过其诗歌作品的数量和影响却不如从前了。

沃兹涅先斯基(1933— )也是近30年来俄语诗坛的又一株常青树,他是与众多"高声派"诗人一同登上诗坛的。沃兹涅先斯基说过一句话:"诗人们主要的共同点就在于他们彼此都不相似。"在高声派诗人中,沃兹涅先斯基确实显得有些与众不同。他同样以社会问题为题材,同样倾诉民众的呼声,但他诗歌的突出之处却在于诗歌形式方面的探索。作为诗歌形式大师帕斯捷尔纳克的学生,沃兹涅先斯基早就掌握了驾驭语言的技巧,在他的成名作《戈雅》一诗中,诗人运用俄语中"Г"(音"格")这一辅音的不断重复,制造出一种紧张、急促的氛围,既传神地表达出了戈雅绘画的神韵,又独自营造出一幅表现主义风格的诗歌画面。此后,在他的每一首诗中,几乎都有大胆的联想、奇异的隐喻,他甚至在排列、字形等细部上也要下一番苦心。他称骑摩托车的人为"坐夜壶",称海鸥为"上帝的三角裤头",称女人为"反男人"等等。他的组诗《长诗〈三角梨〉中的四十首抒情插笔》

年轻的沃兹涅先斯基在朗诵诗歌
(20世纪60年代)

(1962)曾因形式的新奇和荒诞引起广泛的争论,许多读者和评论家都表态说啃不动这只"三角梨"。但是,诗人在诗歌形式方面的探索总的来说是富有成效的,它拓展了诗歌读者的想象天地,扩大了俄罗斯诗歌的表现手法,同时也缩小了俄罗斯诗歌与同时代西方现代主义诗歌之间的形式距离。沃兹涅克斯基在诗歌的形式构造方面体现出来的天赋,也许部分地来自他作为一个画家和建筑设计家的思维模式。他后期比较著名的作品还有《反世界》(1964)、《声音的影子》(1970)、《彩绘玻璃镶嵌大师》(1976)、《精神工长》(1982)、《公理·自寻》(1990)等。

高声派之后,另一诗歌流派逐渐引起人们的注意。它悄然而至,却又充满自信,这就是"细语派"(又译"悄声细语派"和"静派")诗歌。其实,这一流派、或曰这一风格倾向出现得并不比高声派晚,当叶夫图申科、沃兹涅先斯基等在舞台、广场和体育馆等处慷慨朗诵时,另有一批诗人却在客厅、沙龙或密林中怨诉衷曲。自然,较之高声派,这派诗人是默默无闻的,只是在高声派慢慢放低声音之后,他们的轻歌才开始被人们所倾听。60年代初期,当社会大动荡以及由此引起的情绪波澜渐渐平息下来时,人们在注重大主题的同时也开始留心诗的"小主题",人们在关注身外的社会之后也开始对自己的内心世界感兴趣。正是在这种社会背景和人们的心理背景下,细语派诗歌开始走红。

细语派诗人很少对重大的社会问题作直接的反映,他们涉猎更多的是爱情、历史、自然、死亡等"永恒主题",他们的诗,抒情多于议论,意境清新,

索科洛夫

语言淡雅。该派的代表人物是索科洛夫、鲁勃佐夫、日古林、库尼亚耶夫等。

索科洛夫(1928—1997)被推为细语派的鼻祖,他的主要诗集有《途中的早晨》(1953)、《雪下的青草》(1958)、《九月雪》(1968)、《感谢音乐》(1978)等。仅就这些诗集的题目就不难看出索科洛夫创作的倾向:对自然、对艺术的眷念和思考。他的诗,常以城市里的风景、人物和凡事为契机,细致地描绘内心的情绪,以便道出城里人的"城市情结",也不乏对现代文明副作

用的反感之情。

与索科洛夫的城市抒情诗不同,另一位细语派诗人鲁勃佐夫(1936—1971)则为俄国乡村唱着传统的田园之歌。鲁勃佐夫生在阿尔罕格尔州的乡村,父母早逝,他在保育院长大,成年后进列宁格勒做了工人,上了大学。住进了都市的他并未改变对乡村的感情,少时生活养成的敏感天性,都体现在他对大自然入微的体察和细腻的描绘上。他的《田野之星》(1967)、《心灵留存着》(1969)、《松林的喧嚣》(1970)等诗集中的诗,几乎均以乡村、自然为主题,其中不乏淡淡的忧伤和深深的惆怅。诗人最后在他35岁时早早地逝去,为他的诗篇又添加了一个哀婉的句号。

鲁勃佐夫

## 第七节 战争文学的"新浪潮"

从20世纪50年代中期开始,卫国战争题材文学中开始出现一种新的趋向,一些作家不再对战争作概括性的全面描写,而是侧重表现某个具体的战斗场面或某一个人在战争中的命运,注重揭示战争中"残酷的真实",将战争作为人、人的幸福和人道主义的对立面来加以声讨。这一创作倾向,被有的评论家称为"战壕真实",它构成了20世纪俄苏战争文学的"新浪潮"。"战壕",说明描写面之小;"真实"则是该派最高的美学追求。由于这些作者都是当年战场上的尉官,因此,他们的创作又被称为"尉官文学"。"战壕真实派"的出现,与当时社会和文学中"说真话"、"写真实"、"非英雄化"等总的倾向是相呼应的,但它也不是在几天之内突然出现的。其实,在战时和战后几年中的文学里,早已有以小场面、真实性的描写著称的作品,其中最典型的是维·涅克拉索夫的《在斯大林格勒的战壕里》(1946)、卡扎凯维奇的《星》(1947)等。《在斯大林格勒的战壕里》是其作者的处女作,它于发表的次年还获得了斯大林文学奖。小说写的是斯大林格勒保卫战,但选取的场景只是一条狭窄的战壕,描写对象也只是一些下级指战员及其修工事、运弹药等普通事。然而,就是在这些平凡的一举一动中,作者发现了,并且也让读者感受到了战争的残酷和战士的勇敢。这部开战壕真实派之先河的中篇小说的作者维·涅克拉索夫（1911—1987），从60年代开始发表一系列捍卫艺术自由的文学作品和政治文章，并参与了持不同政见者运动，为此，他于1972年被开除出苏共，1974年被开除出苏联作协，1975年侨居法国，后在巴黎主编综合性的俄罗斯侨民杂志《大陆》。

真正完成了战争文学之转折的，是肖洛霍夫的短篇小说《一个人的命运》（1956，又译《人的命运》和《一个人的遭遇》）。在1956年的最后一天和1957年的元旦，苏共中央的机关报《真理报》破天荒地用很大的篇幅在最醒目的位置连载了这篇短篇小说。小说的主人公索科洛夫是一位普通的汽车司机，在战争中，他经历了妻离子散、家破人亡、受伤被俘遭迫害、战后被怀疑等遭遇，受到了巨大的精神和肉体折磨，但是他没有垮掉，仍在默默地奉献自己的劳动，而且还收养了一个孤儿男孩，以全副的心血去抚养他。这个不过两万字的短篇小说，却包含着丰富的内容，它通过一个普通人的遭遇，揭示了战争的残酷和恐怖，同时表现了俄罗斯人丰富的感情和坚定的道德。整个作品洋溢着浓烈的悲剧气氛，又充满了人道主义的激情。在小说的结尾，与作者交谈完毕的索科洛夫，牵着养子的手离去了，作者深情地目送着他俩："两个失去亲人的人，两颗被空前强烈的战争风暴抛到异乡的沙粒……是什么在前方等待他们呢？"《一个人的命运》的意义，一在于它道出了战争的真实，战争不是一幅胜利的图画，而是左右个人命运的恶魔；二在于它对普通人命运深切的同情，对"相信人、尊重人"的新思想的鼓吹。这篇小说手法上的现实主义和思想上的人道主义，不仅为战壕真实派奠定了基调，同时也为50年代中后期，乃至60年代的整个国家文学的发展立下了一个路标。

后来被称之为"战壕真实派"的作家，大都是卫国战争的直接参加者，经历过枪林弹雨，因此，他们对战争之残酷的记忆往往是清晰而又独特的，"前线诗人"之一的德鲁尼娜（1924—1991）在一首《无题》诗中曾写道："我只见过一次白刃战，/一次在白天，千次在梦中。/谁若说身临战场并不可怕，/那他根本就不懂什么是战争。"全诗仅四行,却记叙了一次战斗及关于这次战斗永久的记忆；这首诗没有空洞的描写和浪漫的歌颂，只是暴露了战争残酷的真实，让人窥见了战神严峻的面容。贯穿在战壕真实派创作中的，正是这种"残酷的记忆"。

战壕真实派中较为突出的作家，还有邦达列夫和巴克兰诺夫等。邦达列夫（1924— ）18岁走上前线，先后在步兵学校和炮兵学校中受训。他的两部成名作《营请求炮火支援》（1957）和《最后的炮轰》（1959）都是以卫国战争中某一小部队的战斗为描写对象的。《营请求炮火支援》写的是强渡第聂伯河占领对岸桥头阵地的两个营因未得到炮火支援而全军覆没的故事，炮火未能及时支援，一是由于作战部署有变，二也因为个别高级指挥人员不珍重士兵的生命，由此，在反映战争残酷的同时也突出了人道主义的呼吁。《最后的炮轰》写的是苏军一炮兵连在波、捷两国交界处布防以阻截德军突围的故事，炮兵连长诺维科夫在组织、指挥战斗的同时，也在思考战争中的善与恶的问题。他在炮火中与卫生员列娜相爱，后在护送走负伤的列娜、返回阵地的途中，在己方给敌人歼灭性打击的"最后的炮轰"中被自己部队的"卡秋莎"排炮所击中。这样的结局，更突出了战争的残酷性。邦达列夫的这两部小说，被视为战壕真实派的奠基之作。60年代，邦达列夫继续以战争为题，创作出了战壕真实与战争全景相结合的优秀作品《热的雪》（1969）和电影脚本《解放》（1970）。70—80年代，邦达列夫作为文坛上最重要的作家之一，陆续发表了《岸》（1974—1975）、《选择》（1980）、《演戏》（1985）等重要的长篇小说，开始对新老两代人之间、东西两个世界之间、艺术和现实之间的关系进行哲理性的思考。近年来，除了文学创作外，他还对政治现实不断提出批评，捍卫他视为正确的俄罗斯道德和生活方式，已成为俄国社会中又一类型的"持不同政见者"。

巴克兰诺夫（1923— ）同样参加过卫国战争，他的代表作是《一寸土》（1959）和《永远十九岁》（1979）。《一寸土》描写的是离国境不远的德涅斯特河岸上的一小块土地上的守卫战。炮兵连长莫托维洛夫作战勇敢，但对战争也感到厌恶和恐惧，唯一的愿望就是能在战斗中生存下去。在一天战斗中，他没有死，可他身边的人却一个又一个地死去了，"牺牲了36个人，换到的却是德国兵丢下的一个小笔记本"。这部小说宣扬的"战争恐怖"、甚至是"牺牲无谓"的论点，引起过十分激烈的争论。而作者只想通过小说告诉读者："我们决不放弃我们的每一寸土地——战争之前这句话说起来多么轻松，可是，要保卫这一寸土地得付出多么大的代价啊！"

巴克兰诺夫

# 第十三章

## "停滞"时期的文学

# 第一节 "停滞"时期的文学生活

20世纪60—80年代的苏联社会,后被历史学家们称之为"停滞时期",这大致是勃列日涅夫及其接班人当政的时期。"停滞",或许只是就社会的民主化进程而言的,而就经济、科技、教育等的发展而言,却不能说是完全"停滞"的。这一时期的文化与文学,也不能以"停滞"概括之。文学一直在过着自己正常的生活,新作和新人不断涌现,文学继续享有崇高的社会地位,并一直在发挥着巨大的社会影响。

这一时期的俄国文学,总体地看是比较平稳的。文学生活转变的开始,是从苏联官方和文艺界对"两个极端"的批评开始的。1971年,勃列日涅夫在苏共二十四大的总结报告中批评了文艺界的"两个极端":一是对现实的"抹黑",把一切都"归之于个人迷信的后果";一是"粉饰"过去,"无视个人迷信的后果"。这一中庸路线也许是一种明智之举,它来源于苏俄文艺界几十年左右摇摆的经历所提供出的经验,对于了结众多不必要的论争、团结文学力量、稳定文学界和社会

勃列日涅夫时期的宣传画

中的人心,具有一定的意义。相继召开的第四次(1967)、第五次(1971)全苏作家代表大会,所讨论、所落实的主要问题,也就是"反对两个极端"。

这一时期的文学创作,从体裁上看,无论是小说和诗歌,都有一种趋向大型的动向,就题材而言,战争文学、生产文学、乡村文学构成了三足鼎立的态势,但与之前的同类作品相比,这一阶段各类题材作品的描写场面有所扩大,对现实的暴露、批判色彩有所减弱,但同时,对人物内心世界的探索却更加深入,在人与社会、人与历史、人与人、人与自然、人与工业文明等的关系中描写人的心理及心理变迁史,探讨道德、良心在当今世界中的价值和位置,从而构成了一个"道德文学"的潮流。这一潮流打破了体裁间的界限,在小说、诗歌和戏剧中均有表现;它也打破了题材的界限,在各类主题的文学中都占据了

相当大的地盘,这也是一贯重视道德力量的俄国文学传统在新的时代背景下的又一次体现。

停滞时期,在求稳求实的文学方针下,也出现了一些试图加强对文学的控制、将文艺更紧地纳入意识形态领域中去的做法。从60年代中期起,集中营文学不再被提倡,曾支持发表《伊万·杰尼索维奇的一天》的赫鲁晓夫,转而点名批评索尔仁尼琴。1966年,将所谓的"诽谤性"作品寄往国外发表的作家西尼亚夫斯基、达尼埃尔、塔尔西斯等人,被开除作协会籍、甚至国籍,并被判处长达数年的徒刑。1968年,又有两位作家受到审判,他们是加兰斯科夫和金兹堡,爱伦堡、阿克肖诺夫等17位名作家曾联合发表公开信表示抗议。60、70年代之交,索尔仁尼琴、库兹涅佐夫、涅克拉索夫、科尔扎文、加里奇、布罗茨基等作家或出逃国外,或被撵出国境。在这种社会背景下,与所谓的"官方文学"相对应,兴起了所谓的"地下文学"。

文学辑刊《大都会》的作者们(前排左二起依次为伊斯坎德尔、比托夫和阿克肖诺夫,后排左起依次为波波夫、维克多·叶罗菲耶夫、阿赫马杜琳娜和沃兹涅先斯基)

20世纪俄国的"地下文学",其成分也不是单一的,它大致包括:1. 一些作家私下写作的、由于种种原因暂时不愿或无法拿出来发表的作品,比如阿赫马托娃的《安魂曲》、雷巴科夫的《阿尔巴特街的儿女们》等。2. 一些通过手抄本、打印稿、照相复制或地下报刊等形式或手段传播或发表的作品,这类文学又称"自版文学",如地下文学杂志《大都会》、布罗茨基的诗作等。3. 一些因政治观点与政党或政府相佐而被查抄或被禁止发表的作品,其实也就是所谓的"持不同政见文学",如格罗斯曼的《生活与命运》、索尔仁尼琴的《古拉格群岛》和西尼亚夫斯基的《什么是社会主义现实主义?》等。4. 所谓的"自编歌曲"也是"地下文学"

维索茨基在演唱

中一个独特的构成部分,它在50年代兴起,在60—70年代达到高峰,其代表人物加里奇、维索茨基和奥库扎瓦的创作,将诗歌和音乐完美地融合在一起,大胆地针砭时弊,吐露真情,成了民众用来对抗僵硬、死板的官方话语的有力武器。5. 一些保存下来的旧出版物,主要是白银时代的文学遗产,如古米廖夫和曼德里施塔姆等人的诗歌,别尔嘉耶夫和舍斯托夫等人的哲学著作,索洛古勃和别雷等人的小说,这些作品后来在20世纪80年代中期大都被重新出版,构成了所谓"回归文学"的中坚。

## 第二节　乡村散文

"乡村散文"是20世纪下半期俄国文学中最为醒目的文学现象之一。在停滞时期,由于政府将主要的精力放在工业和军事上,由于城市化进程的加速发展,俄国乡村出现一片凋敝的景象。一批出生在乡村、或对乡村怀有深厚情感的俄国作家,拿起笔来描写俄国乡村近半个世纪的沧桑变迁,描写城乡的分离过程及其对现代人心理的影响,逐渐形成一个影响很广的流派和倾向。在这一时期乡村题材文学的创作中,取得较为突出之成就的俄国作家,有阿勃拉莫夫、扎雷金、阿列克谢耶夫、别洛夫、阿纳尼耶夫等人。

阿勃拉莫夫(1920—1983)生在乡村,战后毕业于列宁格勒大学语文系,后在母校的苏联文学教研室任主任,从事乡村题材文

凋零的俄国乡村(1980年)

学的研究和教学工作。与此同时,他也亲自进行文学创作,从50年代末至70年代末,他陆续发表了《兄弟姐妹》(1958)、《两冬三夏》(1968)、《十字路口》(1973)和《房子》(1978)等4部长篇小说,合成了洋洋大观的"普里亚斯林四部曲"。故事的发生地是作者的故乡、俄罗斯北方阿尔汉格尔斯克地区,小说以佩卡申诺村中普里亚斯林一家从卫国战争至70年代末长达30余年的生活经历为线索,展示了俄罗斯北方乡村生活的历史变迁。《兄弟姐妹》写战争期间佩卡申诺村民与自然斗争、坚持生产支援前线的事迹;《两冬三夏》和《十字路

口》写的是50年代初期的农村，农民们要重建家园，却又因强迫命令的官僚主义而背负重担，生活艰难，乡村中的矛盾正在激化，徘徊在"十字路口"的乡村在呼吁变革；《房子》写的是70年代的佩卡申诺，农庄已成为国营农场，农庄庄员的温饱问题已经解决，但农场中仍然存在着混乱和懒散，乡村中的生活仍是那般沉闷。阿勃拉莫夫以一个农民后代的赤子之心，用严峻的现实主义笔触揭示了各个时期乡村中的各种问题和矛盾，对俄国农民的处境和未来表现出了极大的关注，他将一幅并不乐观的俄国乡村生活编年史呈现在读者面前。

别洛夫（1932— ）是另一位杰出的乡村散文大师，这位被评论家称之为"俄罗斯的声音"的作家，以朴实无华的文字描写着俄国乡村的日常生活，使平凡的农家生活带上了某种诗意，在俄罗斯农民身上有更典型、更集中体现的俄罗斯性格也得到了欣赏性的再现。别洛夫的重要作品有《凡人琐事》(1966)、《木匠的故事》(1968)、《前夜》(1976)和《和谐集》(1981)。《凡人琐事》中的凡人伊万和《木匠的故事》中的木匠斯莫林，都是乡村中普通的人，作者把他们生活中最平凡的琐事捡起来，平淡地说给你听，然而就在这平淡之中，你却能受到某种强烈的感染，因为，无数的俄罗斯农民在艰难困苦中从不抱怨命运，而总是默默地对乡村、对故土尽着自己的义务，他们付出得多，索取得少，而且在任何环境中都坚守着他们传统的道德准则。俄罗斯人面对困难时的无畏和乐观，他们在爱和恨时体现出的洒脱，都是作者诗意地进行歌颂的对象。别洛夫也写到了俄国乡村中的矛盾和问题，他的故事中也不乏沉重，但他之写俄国乡村，是怀有一种自豪的，他试图以他笔下的乡村、乡村中的人和生活，与物欲横流的当代生活作一个对照。

乡村散文在70年代前后一度形成了一股强大的潮流，并赢得了广泛的社会承认。上面提到的扎雷金、阿列克谢耶夫和阿纳尼耶夫三位作家，分别长期担任苏联文艺界3个最重要的文学刊物《新世界》、《莫斯科》和《十月》的主编，这也在一定程度上说明了乡村题材文学在文学界所享有的较高地位。

## 第三节　道德题材文学

道德问题一直是俄国文学关注较多的一个主题，严肃的俄国族作家们总爱在充满哲学味、宗教味的文学实验室中解剖人的灵魂，并时时因人类的命运、因文化的命运而沉思和痛苦。60年代末至80年代初的俄国文学中，又一次出现了探索道德的强烈兴趣，这一兴趣似乎成了这一时期文学生活最突出的特征。这一兴趣的出现，自然有社会的原因，如物质生活发达之后在精神生活领域中出现的空虚，东西方意识形态的对垒衍生出的不同价值观、人生观的碰撞，某一统帅性的政治信仰危机后出现的社会性的迷茫情绪，等等；但这其中也有文学自身的原因，或一味歌颂或一味揭露的作品，已开始让人感到直露、无味，而那种人为设计的新旧、上下、敌我间的矛盾冲突，已因为雷同和肤浅而难以继续下去了。文学要走向深刻，就必须走向人，走向人的内心，走向人内心的道德宇宙。

这里所论的道德题材文学，与前面所谈到的战争文学、乡村散文等是既平行发展的，又是相互交叉的。道德探索的主题在各个题材的文学创作中都有所表现，而这里所述的作家、作品，又仿佛可以分门别类地归入其他的文学题材中去。乡村题材文学对俄罗斯性格及其演变的把握，战争题材文学对个人在战争中的命运的思考，都带有浓厚的人性探究色彩。

特里丰诺夫（1925—1981）从60年代下半期开始描写莫斯科城市居民的日常生活，陆继写出了好几部中篇，如《交换》(1969)、《初步总结》(1970)、《长离别》(1971) 和《滨河街公寓》(1976) 等。这一组后被评论家称之为"莫斯科故事"的作品，因其对世俗心态入木三分的描摹和辛辣的讽刺而引起过激烈的争论。《交换》的女主人公列娜婚后与婆婆不和，一直不住一起，但在婆婆快要去世时却主动搬到婆婆处，为的是"继承"婆婆那套宽敞的

特里丰诺夫

住宅。小说通过房子、住所的"交换"，反映了现代城市生活中已司空见惯的感情"交换"，甚至是道德和灵魂的买卖。《滨河街公寓》的主人公格列勃夫八面玲珑，不择手段，终于攀上高枝，成为学术界的头面人物，住进了觊觎已久的滨河街高级公寓，这个贪婪的学术新贵为了进一步向上爬，竟充当了追害自己的老师以及老师独养女的打手。作品还揭示：格列勃夫在当代社会绝非个

莫斯科的"滨河街公寓"

别现象,在功名利禄的诱惑下,越来越多的人出卖了他们作为一个人所拥有的最珍贵的东西,如爱情、友谊、忠诚、正义等等。1978年,特里丰诺夫完成了长篇小说《老人》,继续着他对现代城市市侩习气的抨击。"老人"列图诺夫在50年前曾亲眼目睹一个忠于革命的团长被错误镇压,那惨景让已年近70的老人至今还有一种良心上的不安;如今在他周围,他的子女却利用他的历史功劳不择手段地为他们自己捞实惠。作者将历史和现在两条线索交织在一起,一是为了给出一个两代人、两种世界观的对照,二也为了说明往昔的怀疑人、不相信人的政策和今天的缺乏同情人、自私自利的生活这两者间的渊源关系。特里丰诺夫对现代市侩的无情揭露,具有深刻的道德力量,人们因而曾称他为"20世纪的果戈理"。

　　特里丰诺夫通过揭露城市新市侩来实现其道德探索主题,舒克申(1929—1974)则是以对乡村中普通人的道德演变的再现来达到同一目的的。和马雅可夫斯基、沃兹涅先斯基、叶夫图申科等人一样,舒克申也是一位艺术多面手。他毕业于苏联国立电影学院,做过电影制片厂的导演,在电影艺术方面取得过显赫的成就,他导演的影片《有这样一位青年》(1964)曾获威尼斯电影节金狮奖,他自导自演的影片《红莓》(1973)获全苏电影节大奖,他曾因在《湖畔》中的出色演技获苏联国家奖。他在电影艺术方面的成功,使他成了俄罗斯的功勋艺术家。在文学创作方面,他也显露出横溢的才华。他共写有两部长篇小说、近10部中篇小说和百余篇短篇小说。他的小说具有与电影脚本相近似的风格,语言简洁,富有提示性、形象性和客观性,情节自然流畅,而他的作品对道德问题的关注更为突出。舒克申十分着重描写那些离开故土的乡村人的生活遭遇和心路历程。《在那遥远的地方》((1966)写天真纯洁的乡村姑娘在考上大学后不久,就沉湎于城市的花花世界中。作者以此表达了面对俄国乡村传统道德的逐渐丧失而生的忧虑。代表作《红莓》(1973)原为一部所谓的"电影小说"(这是由舒克申所独创的介乎于中篇小说和电影脚本之间的一种文学体裁),后由舒克申自导为电影,作者还出演戏中的男主角。这篇小说描写一个刑满获释的劳改犯，返回故乡，正当他经过痛苦的道德忏悔之后准备重新做人、开始新生活的时候，却被过去的同伙杀害，倒在故乡的白桦林中，倒在往日恋人的怀抱中。作者想告诉人们，人性的复归是艰难的，但是同时，道德的力量又是可以胜过死亡的。

## 第四节　西伯利亚文学作家群

在对现代人的道德世界的探究中，一个重要的主题被提了出来，即人与自然的主题。从20世纪下半期起，人与自然的关系已开始处于全球性的紧张状态。人类对其赖以生存的地球进行着工业化的掠夺，自然界也已以其铁的规律开始了对人类的报复。这一严峻的问题，已引起了包括俄国作家在内的全世界众多作家的注意，作家们也在作品中以不同的形式试图将他们感受到的忧虑传染给读者。在处理人和自然的关系以及与此相关的道德问题上，一群西伯利亚作家表现出了他们出众的才华。这也许是因为他们自幼就生活在这世界上最阔大、最天成的自然之中，从而养成了某种与大自然休戚与共的深厚情感。

"西伯利亚文学"是一个较为悠久的概念，早在19世纪中后期，由流放犯们带去的文化种子就已在那片浩瀚的大森林中生出了新芽。在苏维埃时代，广袤的西伯利亚土地又养育出了一个又一个的杰出作家，他们的作品程度不一地体现出了某种共性，这一共性除了风格上的地域色彩外，重要的还有那种对自然的眷念和对俄罗斯传统的珍视。从20世纪中期开始崛起的"西伯利亚作家群"，构成了20世纪俄国文学中一个独特的现象。前面提到的舒克申是西伯利亚人，叶夫图申科也出生在西伯利亚，当然最"纯粹"、最杰出的西伯利亚作家，可能还是万比洛夫、阿斯塔菲耶夫和拉斯普京等人。

万比洛夫（1937—1972）是20世纪俄国戏剧文学中最杰出的人物之一，也是道德心理剧的大师。从60年代初开始文学创作时起，到他于1972年8月17日溺死在故乡的贝加尔湖中止，他总共写了近10部剧作。在这些剧作中，剧作家以一种抒情而又幽默的笔调，营造着一个又一个既荒诞又平淡、同时却具有深刻悲剧意味的戏剧冲突，把当代人迷惘、无奈的心态绝妙地体现在舞台上。但万比洛夫之所以要展现这种悲剧，这种失望，目的还在于：在普通人的心目中寻找道德的支撑点。在他的代表作《打野鸭》（1967）中，主人公奇洛夫厌烦周围的工作和生活,甚至厌烦友谊和爱情,他把"打野鸭"作为生活的唯一寄托,可他从来就没去打过,而且根本就不会放枪。这个人物是剧作家一个惊人的发现,而且,作者在剧中也对这一主角表现出某种不置可否的态度。这一切,引起了广泛的争论,但争论之后,人们发现,奇洛夫在他们中间随处可见,甚至就是他们自己! 于是,"奇洛夫"这个人物便作为一种从当代社会中提炼出的典型进入了俄国文学的形象陈列馆。万比洛夫的最后一部剧作《去年夏天在丘里木斯克》(1970)则表现出了完美人性强大的道德力量。小餐馆的女招待瓦连京娜在舞台上自始至终忙着修补那一次次被人踏倒的栅栏,与此同时,她也在用自己的情爱修补着别人和自己心中出现漏洞的道德堤坝。最后,齐洛夫式的人物沙曼诺夫终于在她那儿获得了生活下去的勇气和意义。

阿斯塔菲耶夫

阿斯塔菲耶夫(1924—2000)的小说《鱼王》(1972—1975)是人与自然主题中最杰出的作品之一。这是一个由12个中篇构成的系列中篇集,各篇之间无直接的人物和情节联系,但对大自然的描写和歌颂、对人与自然关系中表现出的道德问题的探讨,则是贯穿《鱼王》的中心思想。《鱼王》的主题篇是偷渔者伊格纳齐依奇与大鳇鱼之间的搏斗。伊格纳齐依奇钓到一条近五米长的"鱼王"后,想马上得到这份可喜的收获,而鱼王则不愿束手就擒,于是双方展开了一场惊心的斗争,最后两败俱伤,负伤后的偷渔人在昏迷中突然良心发现,放走了大鳇鱼。这个故事使人们很容易联想到海明威的《老人与海》,也容易联想到普希金的童话诗《渔夫与金鱼的故事》。但在这里,阿斯塔菲耶夫欲体现的不是征服自然的硬汉精神,也不是善恶皆有报的寓言真理,他用寓言化的手法赋予鱼王以象征色彩,象征着自然,象征着自然与人的平等权利,象征着自然可能投向人类的报复。《鱼王》之后,阿斯塔菲耶夫又写作了一系列作品,主题仍多为人与自然的关系问题和道德问题。

与万比洛夫同年出生在伊尔库茨克的瓦连京·拉斯普京(1937— )是俄罗斯当今最重要的作家之一,在阿斯塔菲耶夫、索尔仁尼琴去世之后,拉斯普京在文坛的分量就越发显重了。他的创作题材广泛,既有写乡村生活的《为玛如肖斯塔科维奇、马尔夏克、帕乌斯托夫斯基、楚科夫斯基等人,都曾出面为营救他而奔走,而其中最积极的营救者就是布罗茨基的诗歌导师阿赫马托娃,她甚至挺身而出为要求释放布罗茨基的呼吁书征集签名。在阿赫马托娃等人的努力下,布罗茨基只服了一年半刑就回到了列宁格勒。但是,归来后的布罗茨基似乎仍难容于当局,5年之后的1972年,布罗茨基被告之,他已成为苏联社会所不需要的人,一架飞机将他带到维也纳,他被迫开始了流亡西方的生活。

到了西方以后,布罗茨基的生活安定了下来。在维也纳,他得到了著名英语诗人奥登的热情帮助,奥登把他介绍给了西方的诗歌界和出版界。不久,布罗茨基接受了美国密歇根大学要他去该校任教的邀请,移居美国。之后,他又在美国的多所大学执教,并迅速融入了美国的主流文化圈,尤其是在他于1987年获得诺贝尔文学奖之后,更成了一位世界级的大诗人。1977年,布罗茨基加入了美国籍,但他的流亡者的身份和心态似乎并没有立即随之结束。1996年1月29日,布罗茨基因心脏病发作在美国纽约病逝。后来,他的灵柩被安葬在意大利,那里是他夫人的故乡,更是眷念古代文明的他为自己选定的一处归宿。

在自传体散文《小于一》中,布罗茨基曾写道:"一个人也许是小于'一'的。"他也许是在暗示,一个人永远也无法完整地展示出自我,或者,一个人永远也无法完整地体验自己的内心世界。换一个角度,我们却以为,一个人,当他具有了空前丰富的经历和体验,并将这样的体验换化为审美的对象和诗歌的结晶时,他也是有可能大于"一"的。布罗茨基自"小于一"开始,逐渐丰满为一个显赫的诗歌象征,在20世纪世界诗歌的历史中留下了高大的身影。

## 第二节 "悲伤与理智"

布罗茨基生在彼得堡,并在那里开始了诗歌创作,20余年之后,他的诗歌走向了世界,也把他带到斯德哥尔摩,带上了诺贝尔奖的领奖台。从彼得堡到斯德哥尔摩,再到斯德哥尔摩之后,布罗茨基走过了一条曲折却又顺利的创作道路。

布罗茨基的研究者们通常以布罗茨基的被流放(1964)、他的流亡生活的开始(1972)和他获得诺贝尔文学奖(1987)这3个重大事件为基点,将他的创作划分为4个阶段。

布罗茨基早期最成功的一首诗,就是他那首著名的《献给约翰·邓恩的大哀歌》(1962)。在写作此诗后不久,西方的一家出版社就在他不知情的情况下出版了他的第一部诗集《长短诗集》(1965)。

布罗茨基自画像

从1964年的流放到1972年的流亡,这期间的近10年,是布罗茨基最认真、刻苦的创作时期,现在看来,也是他收获最丰、成就最高的时期。他在被流放后不久写的《献给奥古斯都的新章》一诗中写道:鸟儿全都飞回了南方,我多么孤独,又多么勇敢,甚至没有目送它们远行,我不需要南方。从这首诗起,孤独作为主题就深深地扎根在了布罗茨基的诗歌中,成为他整个创作的一个"母题"。流放归来之后,布罗茨基的创作热情高涨,诗艺日臻成熟。他的诗作所具有的那种深邃的历史感和立体的雕塑感、激烈的内在冲突和冷峻的抒情态度和谐统一的独特韵味,在《狄多和埃涅阿斯》(1969)一诗中得到了典型的体现。

流亡之后,布罗茨基诗歌中的孤独感越来越深重,渐渐地与时间和死亡的主题结合在了一起。在《1972年》(1972)一诗中,他这样写道:"心脏像松鼠,在肋骨的枯枝间/跳跃。喉咙歌唱年龄。/这——已经是衰老。//衰老!你好,我的衰老!/血液滞缓地流动。/双腿匀称的构造时而/折磨视力。脱下鞋子,/我提前用棉絮拯救/我感觉的第五区域。/每个扛锹走过的人,/如今都成为注意的对象。"衰老和死亡,都是时间对人的"赠与"。"时间"一词以大写字母开头不断出现在布罗茨基这一时期的诗歌中,被当作主宰一切的主人、敌人和刽子手。时间摧毁一切,如布罗茨基形容,"废墟是时间的节日","灰烬是时间的肉体"。在这里,布罗茨基把他的孤独主题、死亡主题与时间主题对接,并由此扩展开去,在人、物、时、空的复杂关系中继续他对生命的探究。《科德角摇篮曲》(1975)是诗人这类思考的集中体现,诗中认为"空间是物",时间是"关于物的思想","时间大于空间",它的形式是生命。空间,作为永恒的、不朽的时间的对应体,是物质的。但它和时间一样,都是人的依赖。人在本质上属于时间，在形式上属于空间，人是"空间的肉体"。生命的人与静止的物相对立，但时间却能将两者调和。作为时间之一种手段的死亡，把人变成物，同时在人身上实现着时间与空间的分裂。人被时间杀害，却又通过时间脱离了空间。这样，布罗茨基诗中的生命便具有了某种形而上学的意味。

1987年，布罗茨基获得了诺贝尔文学奖，成为该奖历史上最年轻的获奖者之一。从此，布罗茨基成了一个国际文化名人，他不停地应邀在世界各地演讲、讲学、出席各种会议、接受媒体的采访、忙于各种应酬，诗歌的创作热情似乎有所下降，与此同时，他这一时期的散文创作，尤其是先后出版的两部散文集《小于一》和《悲伤与理智》，都获得了广泛的好评。他的散文作品，大致包含着这样几个内容：一是自传性、回忆性的文字，如《小于一》、《在一间半房间里》等；二是为一些作家的作品集所写的序言或评论，如《文明的孩子》、《哀泣的缪斯》和《诗人与散文》等；三是学术会议和讲堂上的演说和讲稿，如《我们称之为流亡的状态，或浮起的橡实》、《析奥登的〈1939年9月1日〉》和《悲伤与理智》等。在这些文章中，布罗茨基用诗一样优美、精制的文字，用学者般严谨、扎实的精神，宣传了他的诗歌思想和人生态度。此外，在这一时期，布罗茨基除了散文和抒情诗外，还写作了一些长诗和剧作，如《20世纪的历史》、《民主！》等。从主题上看，除了传统的题材外，所谓的"帝国"主题在布罗茨基的创作中所占的比重越来越大，他对历史和现实中的专制帝国及其合理性提出了种种怀疑，并试图在文学中建立起他理想的诗歌"帝国"。

在近40年的写作生涯中，布罗茨基总共写下了近千首抒情诗、百余万字的各类散文和许多其他体裁的作品，先后出版了几十种各类作品集，其中较常为人所称道的有：《长短诗

布罗茨基在流放中

集》(1965)、《荒野中的停留》(1970)、《美好时代的终结》(1977)、《罗马哀歌》(1982)、《献给奥古斯都的新章》(1983)、《小于一》(1986)、《悲伤与理智》(1995)。从彼得堡到斯德哥尔摩,再从斯德哥尔摩到世界,布罗茨基一路上始终没有停止歌唱;从与死者的对话到对文明的眷恋,从孤独的体验到"死亡的练习",从时间与空间在诗中的融合到帝国与文化的对立,布罗茨基在不停地吟着他那"悲伤与理智的诗。"

## 第三节 "文明的孩子"

每一位诗人都自觉或不自觉地置身在诗的传统之中,布罗茨基也不例外。布罗茨基对诗歌传统是充满敬重的,对俄语诗歌传统,尤其是俄国白银时代诗歌传统的继承和发展,是他成功的主要原因之一。站在诺贝尔文学奖颁奖典礼的讲坛上,布罗茨基曾感到不安和窘迫,因为他在那一时刻回忆起了几个他认为比他更有资格站在那里的诗人:曼德尔施塔姆、茨维塔耶娃、弗罗斯特、阿赫马托娃和奥登。他所列出的这几个人,恰好是对他影响最大的诗人,尤其是其中的3位俄国诗人。

在20世纪后半期的诗人中,布罗茨基较早对曼德尔施塔姆予以关注,并大胆地断言后者是"本世纪最伟大的俄国诗人",这是因为,他比别人更深刻地理解了曼德尔施塔姆。1977年,纽约的一家出版社出了一本英文版的曼德尔施塔姆诗集,布罗茨基为这部诗集写了序言,这就是后来被收到文集《小于一》中去的《文明的孩子》一文。布罗茨基称曼德尔施塔姆为"文明的孩子",至少有这么几层意义:首先,他不仅是一般意义上的"文明人","他更是一个献身文明的和属于文明的诗人";其次,曼德尔施塔姆的诗的源头是世界文明,反过来,"他又对赐予他灵感的东西做出了贡献",作为文明的一个创造者,"在本世纪,他或许比任何人都更有资格被称为属于文明的诗人";最后,曼德尔施塔姆的悲剧性遭遇,似乎也是世界文化之当代命运的一种象征,文化与政治、与大工业社会的冲突,文明与所谓"现代文明"的抵触,在曼德尔施塔姆身上得到了较为典型的体现。在布罗茨基看来,曼德尔施塔姆的悲剧,并非由于某一首反对斯大林的诗作,而是因为,他那由独特的诗学和美学所决定并铸就的个性,必然会与现实发生冲突,作为文化和文明的牺牲,他的悲剧注定是不可避免的，所以说，"他的生和他的死，均是这一文明的结果"。如果从这几个角度来看，布罗茨基自己也同样可以被称为"文明的孩子"。他之所以成了曼德尔施塔姆的"后代里的读者"，并不仅仅是因为他和曼德尔施塔姆拥有共同的种族、故乡和语言，更因为共同的诗学、共同的对世界文化的情感。

如今，人们已经清楚地意识到，布罗茨基的成功，在很大程度上就是仰仗他对上个世纪之交白银时代俄罗斯文学的传统，尤其是阿克梅派诗歌传统。因此，布罗茨基又被称为"最后一个阿克梅派诗人"。他对文化、对诗歌所怀有的近乎偶像崇拜式的虔诚感情，表明他确实是俄国诗歌中"彼得堡传统"的传人。他受白银时代俄国诗歌传统的影响而形成的诗歌态度和诗歌风格，既不同于他同时代的俄苏诗歌，也不同于西方的诗歌。在20世纪的国际诗坛上，布罗茨基就像一个虽显得与现实不大合拍，却因拥有蓝色诗歌血统而保持着高傲的"最后的俄国贵族"。

需要指出的是，布罗茨基不仅是俄语诗歌的传人，他还在英语诗歌中找到了他感觉亲近的传统。17世纪英国玄学派诗歌的意象、弗罗斯特的诗体和奥登的批判精神，都对布罗茨基产生过非同一般的影响。诺贝尔文学奖的授奖人在给布罗茨基授奖时曾说：俄语和英语是布罗茨基观察世界的两种方法，掌握了这两种语言，他犹如坐上了一座高峰，可以静观两侧的山坡，俯视人类和人类诗歌的发展。同时继承着两种平行的文学传统，并在创作中成功地将两者融为一体，这是布罗茨基对20世纪世界诗歌做出的最大贡献。基于对不同时代、不同语种和不同大师的诗歌遗产的融会贯通，布罗茨基成了20世纪最杰出的诗人之一；而他的充满了革新精神的创作，又成了20世纪诗歌遗产中的一个重要组成部分。如今，在他去世之后，我们感到，俄语诗歌的世界影响在逐渐下降，俄国侨民文学也仿佛走到了尽头，只有在这个时候，我们才更清楚地意识到了布罗茨基在20世纪俄语文学历史中的价值和意义。

# 第十六章

## 苏联解体后的文学

叶利钦下令炮轰白宫时的场景（莫斯科，1993年10月4日）

# 第十六章　苏联解体后的文学

## 第一节　"后苏联文学"

苏联解体后英文媒体中泛滥一时的"前苏联"的说法最近有些少见了，可它作为一个舶来词在汉语中似乎还很流行，其实，人类历史中只有过一个"苏联"，又哪里来的"前苏联"？如果说"前苏联"的说法似是而非，那么，在苏联解体已经过去十几年后的今天，我们仿照"后现代"和"奥斯维辛之后"等提出的"后苏联"概念，因其特定的时空指向或许是可以成立的，而所谓的"后苏联文学"即是对苏联解体以来俄语文学的总称。

苏联解体对俄语文学所造成的冲击，或许并不亚于其对俄罗斯政治、经济和社会生活的冲击，文学赖以生存的社会基础在顷刻之间土崩瓦解，文学受众的审美趣味和价值取向突然发生了空前的转变，传统的文学生活被彻底搅乱，所有的作家及其作品都被重新洗牌，两个世纪之交的俄语文学遭遇一场前所未有的碰撞和整合。十几年过后，回首俄语文学的发展历程，发觉它在喧嚣的时空背景下显现出了诸多悄然的变化。

首先，文学出现了某种非意识形态化的倾向。苏联时期的文学曾被当作一种重要的意识形态工具，而后苏联文学最为突出的特征之一则是其非意识形态化，这一特征又具体表现在如下几个方面：首先，广大俄语作家或主动或被动地与政治拉开了距离，原有的苏联作家协会出现分裂，并且不再具有官方色彩，作家们的"社会代言人"和"灵魂工程师"的身份不再得到普遍认同，文学和政治、政权间的直接联系被中止。其次，后苏维埃社会厌恶意识形态的集体无意识，也深深地渗透进了文学，如果说，在解体前后的回归文学大潮中，那种揭露苏维埃社会种种弊端、鼓吹民主和改革的文学曾得到追捧，那么在当下，这种文学却正在重蹈其所抨击对象——以歌颂某种社会体制、塑造正面人物为己任的苏维埃文学——之覆辙，同样面临着被疏远、被淡忘的命运。最后，后

一个小男孩在被放倒的捷尔任斯基雕像旁玩耍
（莫斯科，1991年）

苏联文学的非意识形态化，还表现为对俄罗斯文学传统的部分消解，俄罗斯文学引以为骄傲的道德感、使命感和责任感等，却遭到了很多新潮作家的揶揄和调侃。

其次，文学的风格也更加多元化了。早在苏联50年代的解冻时期，作为苏联文学唯一创作方法的社会主义现实主义就开始受到侵蚀，苏联解体前后，在20世纪世界现代主义文学理论的发源地俄罗斯，各种文学创作方法更是百花齐放，各领风骚。而后现代主义文学和文化思潮的兴起，则是后苏联文学中一个最为突出的现象。俄国后现代主义经过几十年的发展，在苏联解体前后的确曾一度在文坛上占据显赫的位置，被认为是后现代作家的维克多·叶罗菲耶夫、佩列文和索罗金等人，也的确是当前最畅销的作家。但是，俄国文学的现实主义传统毕竟是强大的，即便是在现代主义和后现代文学蔚为壮观的当今俄罗斯，渐渐恢复了元气的现实主义文学重又占据了半壁江山。当今俄罗斯现实主义文学最杰出的代表，可能要数索尔仁尼琴、拉斯普京和马卡宁等人。被誉为"俄罗斯文学主教"的索尔仁尼琴继续写作，在《红轮》等作品中试图史诗般地、真实地再现历史；依然活跃在文坛上的瓦连京·拉斯普京，曾被视为苏联文学中的"战争文学"、"乡村散文"和"道德文学"等多个流派的代表人物，在现实生活的巨变之后，拉斯普京并没有放弃对现实的关注，而且还在《谢尼亚的故事》和《伊万的母亲，伊万的女儿》等新作中加强了对现实的批判。有"当代果戈理"之称的弗拉基米尔·马卡宁，在《地下人》、《审讯桌》等作品中将现实主义的内容和后现代的手法合为一体，形成了所谓的"新现实主义"。

最后，即便是在意识形态色彩有所淡化的今天，俄罗斯文学仍由于社会和思想立场的不同分化成了两个彼此对立的阵营。一个是所谓的传统派，又称爱国派、保守派等，该派作家以从前的俄罗斯联邦作家协会为核心，代表人物有作家拉斯普京、邦达列夫、普罗哈诺夫和加尼切夫等，《文学俄罗斯》、《莫斯科》等报刊是他们的主要阵地。该派作家主张捍卫俄罗斯传统的道德价值，面对日益西化的俄罗斯社会和俄罗斯文化，他们痛心疾首，义愤填膺，他们大多将苏联的解体视为民族的悲剧，视为西方成功策划并实施的针对俄罗斯的大阴谋。在文学创作方法上，他们更注重俄罗斯古典文学的现实主义传统，更注重文学对普通读者的思想教育作用。

与传统派构成对峙的就是所谓的民主派，又称自由派、改革派等，该派作家大多为苏联时期的持不同政见作家、"高声派"诗人、地下作家、侨民作家和非主流作家，如叶夫图申科、沃兹涅先斯基、阿克肖诺夫、沃伊诺维奇和维克多·叶罗菲耶夫等，苏联解体后保留下来的苏联作家协会（后更名为"作家协会联合体"）成为他们的大本营，《文学报》、《新世界》等一贯比较开放、激进的报刊成为了他们的喉舌。这一派作家对苏联时期的社会体制基本上持否定态度，主张接受西方的民主、自由、人权等"普遍的"社会和道德原则，在文学形式上更倡导与国际"接轨"的多样化，并将之视为言论和创作自由、真正的文学性和独立的创作个性等等在俄罗斯文学中的实现。

需要指出的是，俄罗斯文学中的这两个派别之争，并不是苏联解体之后才出现的文学事件，而是一个由来已久的文化现象，从近处说，它似乎就是20世纪50年代爆发的《新世界》和《十月》两大杂志的大论战在新时期的重演，往远处说，它又是俄罗斯文化史中斯拉夫派和西方派两种思想倾向长期对峙所产生的深远影响，两派作家的根本分歧，其实仍在于对俄罗斯民族的历史命运、对俄罗斯国家的社会取向之认识的不同。

## 第二节 后现代文学

在苏联解体前后就有人戏称，当时的俄罗斯社会可能是世界上最适宜后现代思潮发展的土壤，后现代主义所倡导的颠覆传统、解构秩序、重估价值等理论主张，在解体前后的俄罗斯政治、经济和文化各领域都有了令世人瞠目结舌的具体"实践"。与此同时，俄罗斯文学中也出现了一股来势汹涌的后现代潮流，所谓的后现代文学，成了苏联解体前后俄罗斯文学中最引人关注的话题之一。

俄国后现代文学大致经历了3个发展阶段，即20世纪60年代末至70年代末的形成时期，70年代末至80年代末的确立时期，以及80年代末至90年代末的

"合法化"时期。

后现代主义在俄罗斯的出现比在西方要晚，这是因为，在苏维埃社会，包括文学艺术在内的整个意识形态领域受到了严格的控制，俄罗斯文化与整个西方文化之间因而出现了某种疏远和隔离。而俄罗斯后现代主义的出现，主要表现为知识分子反对派在后斯大林时代对意识形态自由的一种追求，因此，最初的俄罗斯后现代作家都表现出了鲜明的"非官方"立场，大多长期处在"地下写作"的状态之中，试图让文学摆脱意识形态控制的他们，其创作却悖论式地体现出了较为强烈的政治色彩，不过，让人惊讶的是，相对于西方同行而言，俄罗斯后现代作家的解构对象要更为明确，更为狭隘，即社会主义现实主义，而非整个文化。通过对传统文学和文学传统的嘲讽和戏仿，在创作中戴上疯子或丑角的"作者面具"，他们试图达到颠覆苏维埃文化价值体系的目的。

西尼亚夫斯基（20世纪60年代）

在这一时期，所谓的"地下文学"往往就是"后现代文学"的同义词。60—70年代的"地下文学"，其中最值得一提的是西尼亚夫斯基的写作、布罗茨基的诗歌和文学丛刊《大都会》。西尼亚夫斯基在1956年就写作了《什么是社会主义现实主义？》一文，对官方创作方法的权威地位提出了挑战，后来，他在集中营里又写作了《与普希金散步》（1975）等书，在对俄罗斯神圣不可侵犯的文学偶像普希金进行了一番调侃的同时，也宣传了他的自由主义文学思想。布罗茨基从50年代末开始写诗，在60年代，随着"布罗茨基案件"引起的轩然大波，布罗茨基也成了一位举世闻名的诗人，他的诗歌综合性地继承了17世纪英国玄学派诗歌和"白银时代"阿克梅派诗歌的传统，形式严谨却又含有先锋色彩，内容悲观却又不时流露出几分戏谑，在他于1987年获得诺贝尔文学奖之后，在他成功地将"白银时代"的诗歌遗产介绍给整个世界之后，人们意识到了他的诗歌遗产对于俄罗斯诗歌，乃至整个俄罗斯文学的意义，甚至有人还将团结在他周围的诗人群体称为"布罗茨基诗群"，将以他的创作为代表的20世纪俄罗斯文学中的那段时期命名为"青铜时代"。文学刊物《大都会》出版于1979年，发起者为阿克肖诺夫、比托夫、维克多·叶罗菲耶夫、伊斯康德尔和波波夫等人,这份刊物发表了一些在思想上有异端倾向、在形式上有先锋色彩的作品,在文学界和社会上都激起了较大反响,其编者和作者因此也都受到了不同程度的惩罚。此外,这一时期出现的一些作品,如安德烈·比托夫的《普希金之家》(1964—1971)、韦涅季克特·叶罗菲耶夫的《从莫斯科到佩图什基》(1969—1970)等,也被视为俄国后现代的奠基之作。

俄国后现代文学在20世纪70、80年代之交得以确立,其代表人物为叶夫盖尼·波波夫、萨沙·索科洛夫和维克多·叶罗菲耶夫,波波夫的"小散文"、萨沙·索科洛夫的《傻瓜学校》和维克多·叶罗菲耶夫的《俄罗斯美女》等都轰动一时,对于苏维埃文学的结构和大众文学趣味的转变起到了巨大作用。

经过相当漫长的地下蛰伏时,俄罗斯后现代文学终于在苏联解体前后获得了出头之日。俄罗斯后现代作品是在"回归文学"的大潮中纷纷走向读者的,自20世纪90年代起,《文学问题》、《哲学问题》和《外国文学》等大型杂志纷纷发表系列争鸣文章或圆桌会议纪要,多种后现代文学文集和杂志也相继面世,还逐渐涌现出了一些俄罗斯后现代文学的研究专家,如维亚切斯拉夫·库里岑、马克·利波韦茨基、鲍里斯·戈罗伊斯、亚历山大·斯基丹、维克多·拉尼茨基等。俄罗斯后现代文学终于成为文学生活中一个"公开",甚至时尚的文学现象,它填补了后苏维埃文化时代社会主义现实主义文学突然遭遇危机之后留下的巨大空白。俄罗斯后现代

维涅季克特·叶罗菲耶夫

文学在赢得更为自由、宽松的发展空间之后,自身也呈现出更为多元的态势,许多不同倾向、不同风格的作家及其作品,往往都会被人冠以"后现代作家"的头衔,如安德烈·比托夫的《被命名者》(1969—1995)、柳德米拉·彼得鲁舍夫斯卡娅的《男性地带》(1994)、德米特里·加尔科夫斯基的《无止境的死路》(1988)、索罗金的短篇小说、佩列文的中长篇小说、马卡宁的《地下人,又名当代英雄》等。

如今,在一场热闹过后,当下的许多俄国作家和文艺学家已经在谈论后现

代主义的没落和现实主义的回归了,也许,对于俄罗斯文学这样一种现实主义传统异常厚重的文学而言,任何非现实主义的倾向都是难以持久的,或许,俄罗斯社会对后现代主义的开始疏远,与整个俄罗斯社会对前一历史时期的全盘西化及其后果的深刻反思也不无关系。但无论如何,后现代文学已经构成20世纪后半期和21世纪初俄罗斯文学中的主流之一,这却是一个不争的事实。

## 第三节 当代女性文学[①]

女性文学的崛起,也是后苏联文学的一道景观。一贯以男性作家占据主导地位的俄语文学,在近十几年里出现了某种性别变化,一大批女性走上文坛,成为主流作家,而柳德米拉·彼得鲁舍夫斯卡娅、塔吉雅娜·托尔斯泰娅和柳德米拉·乌利茨卡娅则被并称为当代俄罗斯文学中的"女性三杰"。

彼得鲁舍夫斯卡娅(1938— )是俄罗斯当代的著名戏剧家、作家。自上个世纪70年代起,她一直积极活跃在当代俄罗斯文坛,由于她丰富的创作手法

彼得鲁舍夫斯卡娅

和"别样"的美学立场,其作品成为阐示新时期诸多文学潮流的最佳素材,90年代初,随着女性文学这一概念引入俄罗斯,她又成为这一创作潮流中被提及最多的作家之一,她得到了俄罗斯和西方女性文学研究者较为集中而又密切的关注。

彼得鲁舍夫斯卡娅于1938年5月26日出生在莫斯科的一个知识分子家庭,其外公是著名的语言学家雅科夫列夫。1961年,她在莫斯科大学新闻系毕业后,相继在杂志、电台和电视台做过编辑工作。1972年,彼得鲁舍夫斯卡娅在《阿芙乐尔》杂志上首次发表两篇短篇小说,从此正式踏上了文学创作的道路,在此后的30余年间,她一直保持着旺盛的创作热情,先后发表了百余部剧作、中篇小说、短篇小说和童话作品。

彼得鲁舍夫斯卡娅的创作大致可以划分为两个阶段。第一个阶段是从20世

---

[①] 本章由陈方撰写。

## 第十六章 苏联解体后的文学

纪70年代初到80年代末,这一时期,她主要创作了一些剧本,如《房屋和树木》、《又是25年》、《斯米尔诺娃的生日》等。由于苏联时期严格的文学审查制度,这些剧本只能由一些地下剧团和业余剧团上演,直到80年代初,她的戏剧作品才获得公演的机会,莫斯科的"塔甘卡"、"现代人"等剧院都曾排演过她的作品。彼得鲁舍夫斯卡娅的戏剧作品基本取材于日常生活,她着力表现现实生活中的荒诞和悖谬,她从不描写那些幻想和假定场面,而是在非常真实准确的日常生活场景中表现人与人之间的紧张关系,表现由于住房拥挤和物质匮乏而导致的父母与孩子之间、男性和女性之间、朋友和亲人之间的冷漠和疏远。在她的戏剧作品中,有这样一些常见的内容,如《音乐课》(1983)讲述的是家庭生活以及父辈与子辈之间不同寻常的关系,《三个蓝衣姑娘》(1986)由争夺别墅这一外部事件折射出三位女主人公的个人生活的不幸,《科洛姆比娜的住房》(1985)反映的是住房拥挤的普遍问题,而《爱情》(1979)讲述的则是男女两性之间的精神隔膜以及他们对爱情和幸福的永恒寻找。在彼得鲁舍夫斯卡娅笔下,不带任何浪漫色彩的日常生活描写与令人产生丰富联想的作品标题产生了强烈的反差。剧作集《20世纪之歌》(1988)、《三个蓝衣姑娘》(1989)为彼得鲁舍夫斯卡娅带来了剧作家的声誉,她被认为是继万比洛夫之后俄国当代最优秀的剧作家之一。

从80年代中后期至今,彼得鲁舍夫斯卡娅的创作主要集中在小说和童话领域,随着短篇小说集《不朽的爱情》(1988)、《沿着爱神的道路》(1993)、《家庭的秘密》(1995)的发表,彼得鲁舍夫斯卡娅在批评家和读者心里得到了普遍的认同。1991年,她获得第二届德国汉堡托普费尔基金会设立的普希金文学奖金;1992年,她的中篇小说《夜晚时分》被评为俄罗斯年度最佳作品之一,并获得首届俄语布克奖提名。近些年来,作家笔耕不辍,1996年,她出版五卷本作品集,随后她的中短篇小说集《女孩之家》(1996),《梦境,找到我吧》(2000)等相继问世。作家的小说创作延续了戏剧创作的一贯主题,并且,她运用小说写作更为丰富的可能性,在这些作品中突出而集中地表现了女性的命运变数。死亡、疾病、性渴望、酗酒、流产、贫困——彼得鲁舍夫斯卡娅展示出了生活的各个侧面,她从来不去美化她笔下的生活,更不去刻意地遮掩什么,就像绝大多数"别样小说"作家那样,她总是把日常生活中最为丑陋、肮脏、阴暗的内容展示在自己作品的主要层面,她突出表现女性在这种环境下为生存所付出的艰辛，以及由此产生的疯狂和内囿等心理特征。

　　中篇小说《夜晚时分》创作于1992年，是彼得鲁舍夫斯卡娅最为优秀的作品之一，也是作家篇幅最长的一部作品，小说从几个不同的侧面，全面地展示了当代俄罗斯女性生活的本质。小说是用第一人称进行叙述的，它是女诗人安娜"在桌子边上写就的札记"，是一份由"许多写满了字的纸片、学生练习册，甚至电报纸组成的手稿"，是诗人的女儿在母亲死后邮寄给作者的。安娜没有丈夫，她孩子们的父亲曾经是一个有妇之夫，他和安娜生下孩子后就被迫回到了自己合法妻子的身边，而安娜因此丢掉了杂志编辑的工作。年轻的安娜一个人亲手把孩子带大，其中的辛苦是常人难以想象的。现在儿女都长大成人了，可是安娜并没有得到一丝喘息，她的两个孩子总是给她带来各种各样的烦恼：儿子因为替别人承担罪行进了监狱，出狱后时常为了钱对母亲进行恐吓和威胁；而女儿在生活中缺乏足够的判断力，她不断被各种男性欺骗和抛弃，最后得到的仅仅是三个无辜的孩子，而那些孩子的父亲全部离她而去；安娜的母亲住在精神病院，马上面临无处可去的遭遇。女主人公为了一家人的生活而四处奔波，一杯加了糖的茶水、一片加了肉的面包对于她来说，都是生活的奢侈品，她为生活所累，为一家人的生存而操劳，她不堪重负的沉重喘息声自始至终贯穿在小说之中。在奔忙之余，她唯一能够得到一丝喘息的时候就是夜晚在厨房角落中的小憩，而这也是她一整天中最为快乐的时光。《夜晚时分》中所描述的内容就是发生在普通俄罗斯家庭中的日常小事，它打破了社会生活的乌托邦幻象，我们在其中看到的不是充满希望的现实生活和美好的未来，而是生活的恐怖、残酷和扭曲，它解构了女性生存的实质，同时也解构了在这种生存环境下的女性形象。在《夜晚时分》中，彼得鲁舍夫斯卡娅将叙述场景设置在封闭的环境内，主要是在家庭中，一方面，她反映出了女性的生存危机和心理压抑；另一方面，她在作品中体现出了一种从细小方面、局部空间折射全人类总体危机处境的忧患意识。封闭的空间象征着女性生存的边缘性，象征着他人对女性生存状态的一种忽略和漠视，象征着女性在生存斗争之中的孤立无援。作为一名以非传统立场踏上文坛的作家，彼得鲁舍夫斯卡娅在《夜晚时分》中表现出了对传统文学内容和审美追求的反叛，传统文学中对诸社会现象的神话化（或美化）与她所表现的特定空间下的现实，这两者之间的对立是构成彼得鲁舍夫斯卡娅这部作品，甚至是她整体创作之诗学特征的主要基础，她绕开统治文坛多年的美学标准,以自己的审美方法对生活现实进行描绘,对传统的文学内容进行了颠覆。对诸多传统艺术手法的解构,形成了彼得鲁舍夫斯卡娅诗学特征中最为重要的一个方面,其小说从多个层面推翻了传统文学中关于人和现实生活的美好图景,贯穿了一种荒诞的味道。作品的情节、语言、人物等,都充满了悖谬,引起人们对女性,乃至人类整体生存状态的深思。

乌利茨卡娅(1943— )是俄罗斯当代著名的小说家,她于1943年出生于莫斯科一个"热衷于写作"的犹太知识分子家庭,她的曾祖母是一位诗人,爷爷在音乐方面出版过专著,而父母均为自然科学工作者,常年写作学术论文。童年时代,作家享有充分的读书自由,也正是广泛而庞杂的阅读兴趣培养了作家最初的文学感觉,如作家自己所述,帕斯捷尔纳克、纳博科夫、普拉东诺夫等作家对她的童年和青年时代均产生过重要的影响。乌利茨卡娅在青年时代从事的是与文学毫无关系的自然科学,她毕业于莫斯科大学生物系,后来又在莫斯科普通遗传研究所获得遗传生物学副博士学位。70年代末,她的一些朋友被克格勃盯梢,她也因此受到牵连,被开除了公职。从此,作家开始走上了一条与从前完全不同的生活道路。从1979年到1982年期间,退出生物学圈子的乌利茨卡娅在犹太室内音乐剧院做文学编剧,在此之后,整个80年代她都在从事各种各样的与文学相关的工作,她创作儿童剧本、童话故事,为广播电台写作,给木偶剧院写脚本等等。在这一时期,作家完成了两部童话作品集,《一百个纽扣》(1983)和《玩具的秘密》(1989),这些作品虽然是面向少年儿童的,但是我们在其中仍不难读到女性特有的一些细腻感受和丰富的情感,它们让人感到世界的温暖,体味到爱、善良、关心等美好的感情给人带来的无穷的力量。

乌利茨卡娅

20世纪90年代,乌利茨卡娅的创作转向短篇小说,她最初的作品是在法国和德国发表的,法国的伽俐坞出版社出版了作家的第一部短篇小说集,这部作品集即使在俄罗斯也还未曾与读者谋面,而这种做法在伽俐玛的历史上是前所未有的。在此之后,作家将这些小说陆续发表在俄罗斯境内的一些文学杂志上,其中,发表在1991年《星火》杂志上的短篇小说《燕麦穗》引起了评论者和读者对作家的关注。1995年,乌利茨卡娅在俄罗斯出版了小说集《穷亲戚》,其中收入了作家在90年代初发表在国内一些大型文学杂志上的短篇小说,如《幸福的人们》、《布哈拉的女儿》、《别人的孩子》、《漫长的生活》等。90年代中期,乌利茨卡娅开始涉足中篇小说和长篇小说创作。1993年,作家发表中篇《索涅奇卡》,这部小说是乌利茨卡娅真正意义上的成名之作,也是其作品中激起反响最大的一篇。小说篇幅不长,写的是一个相貌平平的犹太女子索涅奇卡的一生。由于长相丑陋、体形奇怪,女主人公从来没有过任何异性追求者,她用读书来打发自己孤独的青年时代。一个偶然的机会,她嫁给了一个颇具才华,然而在当时并不被重视的艺术家。索涅奇卡一直认为这是上天对她的恩赐,她本不配享有如此的幸福,于是将自己的一切都奉献给了家庭和丈夫的事业。十几年后,丈夫的作品重新获得了承认,事业如日中天,他认识了一个善于利用身体和美貌改变自己命运的年轻女子。索涅奇卡容忍了这一切,并为丈夫能够在花甲之年重新找到创作灵感而感到欣慰。不久,丈夫去世,索涅奇卡带着丈夫的情人参加葬礼,她的平静和自若使那些"最乐意议论他人隐私的人都安静了下来",人们惊叹道:"多美呀……利娅和拉结……从没有想到利娅有这么美……"在为丈夫的情人安排好生活之后,美狄亚重新回到了自己孤独的生活之中,她又重新拿起了被她冷落了很久的书,沉浸于字里行间的美好世界,重新回到了很久以前属于她的那种生活。她虽然已经老了,可是仍然保持着一种内心的平静与和谐。索涅奇卡的形象引起了读者久久的思考,虽然她其貌不扬,但是她那种处乱不惊、与世无争的平和性格博得了很多人的喜爱,人们似乎在索涅奇卡的形象中看到了当代俄罗斯文学中久违了的传统女性形象。

不久以后的1996年,乌利茨卡娅另一部小说《美狄亚和她的孩子们》出版,其中的女主人公与索涅奇卡相媲美,引起了读者更为广泛的阅读兴趣。乌利茨卡娅笔下的美狄亚和希腊神话中以杀害孩子来报复丈夫不忠的美狄亚相同,她也有希腊血统,而且在生活中处处保留着那份对古老文化和生活习俗的热爱。美狄亚没有自己的孩子,但是她拥有一个视她为中心的大家庭,她有侄子、侄女、侄孙,所有这些人都把每年去她的住地旅行当作一种仪式,当作一种家庭的传统。美狄亚从16岁起开始替早逝的父母抚养弟弟妹妹们,承担起了维护家庭完整的重任。结婚后,她对丈夫忠贞不渝,把他视为自己生活中最为重要的一部分。虽然在丈夫死后,美狄亚发现了他过去的背叛,而且是和自己心爱的妹妹,但是她却竭力克制自己,力图保持内心的平和以及对生活的乐观,这与神话中对生活中的一切都进行否定的美狄亚形成了强烈的对比。希腊神话中的美狄亚是一个复仇女神,而乌利茨卡娅笔下的美狄亚却用俄罗斯女人身上那种平和地接纳一切的能力,化解了生活中的不幸和坎坷。她和《索涅奇卡》中的女主人公一样,始终拥有着属于自己的、不容他人侵犯的内心世界,保留着一份精神上的自由。在小说中和美狄亚形成鲜明对比的是她的妹妹亚历山德拉和她的外甥女尼卡,她们追求肉体欢乐、崇尚浮华,而小说中的另一个女主人公,也是作家笔下较为生动的一个女性玛莎,也和美狄亚的情感道德构成了强烈的对比,她由于内心的矛盾,由于在现实生活中找不到灵与肉的统一而自杀了。这些女性形象从另一侧面突出了美狄亚心灵的高度和谐与宁静,以及从这样的心灵中生发出来的令人感到慰藉的力量。《美狄亚和她的孩子们》散发着一种宁静和祥和的氛围,在20世纪末充满动荡的俄罗斯社会,作品以其历史感、永恒感,以其散发着温馨感觉的细节描写赢得了文学界的一致赞誉。

2001年,乌利茨卡娅发表长篇小说《库科茨基医生的病案》,小说以一位事业有成的妇产科医生库科茨基为中心,记录了他的家庭成员——妻子叶莲娜、养女塔尼娅和朋友戈尔德伯格的生活。在这部小说中,我们明显感觉到作家的视野明显拓宽了,小说的情节发展跨越了几乎整个20世纪,我们可以看到卫国战争,战争初期苏军的撤退,苏联时期国家对遗传学以及从事这一专业的人的压制,在生育政策方面的种种不合理现象,斯大林去世以及在莫斯科规模盛大的葬礼场面,60年代苏联年轻人的生活,爵士乐在彼得堡和莫斯科的兴起等等。乌利茨卡娅在小说中还原了很多俄罗斯人在生活中曾经亲历,并且永生难忘的场面。事实上,正是整个国家的命运造就了每一个俄罗斯人的个体命运,这对于作品中的人物来说也不例外,他们的个人生活就是俄罗斯上一世纪社会生活的一个缩影。妇产科医生库科茨基和遗传学家戈尔德伯格及其家人的生活,构成了这部小说的主要内容,小说反映了一代知识分子的命运。库科茨基是一名在自己的专业领域取得了巨大成就的人,几乎没有什么问题是他解决不了的,有很多新生命是经过他的双手降临到世间的,他也使许多已经丧失得子希望的夫妇重新获得了天伦之乐。然而,他也不得不去面对那些他百思不得其解的问题。他具有俄国知识分子所特有的忧国忧民的意识，二战刚一结束，他就为国家制定了促进人口增长的规划，但是由于官僚主义和一些人的愚昧无知，这个规划久久没有施行。面对科学院中的种种虚伪现象，他只能采用喝酒的方式来进行逃避。对于一个有着强烈责任感的医生来说，这些工作中的问题可能就是他的一份难解的特殊病案。但是，更加令人烦恼的病案是在自己的家里，由于在看待生育和流产问题上的分歧，男主人公和妻子叶莲娜和谐的婚姻生活走到了尽头，他们无法像从前那样进行正常的交流，妻子病了，她活在自己的世界里，而库科茨基也只能靠喝酒来麻痹自己的神经。相对于医生，他的好朋友，被他称之为聪明的脑袋长在了傻瓜身上的戈尔德伯格，却是一个永远的乐天派，虽然他一次又一次地被关进集中营，经历了命运中不计其数的艰辛，然而直到垂暮之年，他仍然保持着旺盛的斗志和清醒的智慧。在他身上，作者刻画了，甚至是张扬了俄国知识分子的典型特征，那就是对真理的执着追求，永远富有战斗精神，勇敢而又诚实。在小说的另一个主要人物，叶莲娜的女儿、库科茨基的养女塔尼娅身上，我们不难感觉出作者对她的喜爱之情。她本该成为父亲的事业和精神的继承人，但是她却选择了一条远离科学的道路，因为她认为，在那时的科学界里充斥着的是谎言和虚伪。她和她的朋友们根本不去想那些迫切的道德、社会、政治问题，而他们的所作所为就是对一切形式的谎言，无论是国家的还是公众的谎言的反抗，他们向往自由，不愿意受制于任何人，包括国家。塔尼娅和她的同伴们所选择的生活方式，其实就是对集权制度的一种反抗。作为一名女性作家，乌利茨卡娅在叶莲娜和塔尼娅身上表现出了她对女性生活和命运的关注，以及她对女性的爱情、性爱等问题的关注。同时，作为一名曾经的生物学者，乌利茨卡娅以自己丰富的医学和生理学知识，为小说增添了很多令人回味的细节描写，如人在母体中的形成，精子和卵子的相遇，此外还有许多含蓄而又优美的性爱描写等。此外，小说第二部分的非现实主义描写，也成为了作品中较为独特的地方，作者在这一部分主要描写的是叶莲娜病中的幻觉，然而却在这种非现实的场景中表达了她对宗教、死亡和爱情等永恒问题的深入思索。2001年，《库科茨基医生的病案》获得了俄语布克奖，俄国评论者称《库科茨基医生的病案》是一部"家庭史诗"，是一部"迟到了将近20年之久的、智慧得不可思议的小说"，迄今为止，它已被翻译成将近20种语言。这部作品不仅仅引起了俄罗斯和西方女性主义文学评论者的密切关注,成为了俄罗斯女性文学研究的典范文本,同时,它也是当代俄罗斯文学风貌的微缩体现。

在当今的俄罗斯文坛,各派作家争论不断,各种创作潮流相互排斥,能同时赢得各方喝彩的作家是为数不多的,而乌利茨卡娅就是这样受到了多方认同的作家,其作品所传达出的史诗感、宗教感和永恒感为身处乱世的俄罗斯人带来了很多心灵上的慰藉,读者非常愉快地接受了她的每一部作品。2003年的一份统计数字表明,当今在俄罗斯严肃文学中,作品销量最多的作家就是女作家乌利茨卡娅,这也充分说明了作家在读者心目中所占据的位置。

托尔斯泰娅(1951)出生于列宁格勒并在那里度过了整个青年时代,她身上引起人们注意的是她极为显著的"文学血统",她的爷爷就是著名作家阿·托尔斯泰,奶奶是诗人克兰季耶夫斯卡雅-托尔斯泰娅,外祖父是诗人、翻译家洛津斯基。虽然托尔斯泰娅的父母从事的都是自然科学工作(其父亲是一位深受大学生爱戴的物理教授,母亲也毕业于物理专业),但是那种深厚的家庭文学传统却在托尔斯泰娅和她的六个兄弟姐妹身上得到了延续。他们中的大多数人都有自己的职业,然而都"偶然地"开始了自己的文学创作生涯,作家的姐姐娜塔丽雅·托尔斯泰娅是一所大学的斯堪的纳维亚语文教研室的副教授,近年来从事短篇小说创作,其创作所引起的关注并不亚于塔吉雅娜·托尔斯泰娅,她的哥哥伊万·托尔斯泰在俄罗斯"自由"广播电台工作,是研究纳博科夫创作的专家。塔吉雅娜·托尔斯泰娅1974年毕业于列宁格勒大学古典语文专业,之后定居莫斯科,在"科学"出版社的东方文学部开始做编辑工作。1983年,托尔斯泰娅在俄罗斯的《阿芙乐尔》杂志上发表了她的处女作《在金色的台阶上……》,马上引起了文学评论者和读者的关注,从那时起,托尔斯泰娅的短篇小说一个接一个问世,在90年代之前,她共发表了20余篇短篇小说,从1987年起,托尔斯泰娅陆续出版了短篇小说集《在金色的台阶上……》、《爱还是不爱》、《姐妹们》(与姐姐娜塔丽雅合著)、《奥科尔维里河》和《夜晚》等,但是在这些作品集中,作家的新作并

塔·托尔斯泰娅

不多，基本上都是早期作品的选编。这一时期，托尔斯泰娅的大部分时间都是和家人在美国度过的，她在多所大学教授文学和文学写作等课程，与此同时，她本人积极投身于政治，文学创作的方向也从小说转向杂文和政论文的写作，她那些充满睿智的文章刊登在《莫斯科新闻》和《俄罗斯文传电讯》等报纸上，它们同样吸引了很多读者的注意，并且毫不逊色于作家的小说创作。2000年，作家将这些散文作品结集出版，分别命名为《葡萄干》和《白日》，作家的儿子为母亲的新书制作了封面。2000年，在经过了数年的小说创作停顿之后，托尔斯泰娅发表了众人期待已久的长篇小说《吉斯》，作品获得了2001年的俄罗斯"凯旋"奖。

托尔斯泰娅的小说被翻译成了多种语言，一些国家的学者还举办了她的创作研讨会，有关作家创作的评论文章甚至超过了其作品的数量，这也是当代俄罗斯文学中的一个非常罕见的现象。现在，托尔斯泰娅被认为是俄罗斯"新浪潮"文学中的代表人物，她的短篇小说虽然均完成于80年代中后期，然而不到20年，它们已经成为了当代俄罗斯文学的经典作品，成为了新时期读者的必读书目。

2000年，经过了将近10年的沉默之后，托尔斯泰娅为读者奉上了她的新作《吉斯》（又译《野猫精》）。这部小说创作于1986—2000年，时间跨度为14年，是托尔斯泰娅唯一的一部长篇小说，同时也是她在新的体裁领域做出的一种尝试。评论者都认为这是一部反乌托邦小说，作者用夸张、荒诞的手法，用拉伯雷、斯威夫特、萨尔蒂科夫–谢德林式的风格，写出了一部非现实主义作品。小说叙述的是一次核灾难（指切尔诺贝利核电站的事故）之后，人类重新回到了许多个世纪之前，莫斯科变成了一个名叫费多尔–库兹米奇斯克的地方，在那里，先进的技术成果被人类遗忘，文化成果遭到了破坏，而语言也变得残缺不全，只剩下了能够指称物品的功能。经历过灾难的人们发生了彻底的变形，他们身上混杂着各个时代——前彼得时期，鞑靼入侵时期以及苏维埃时期的生活习惯。而莫斯科变成了一个废弃的大仓库，它唯一的功能就是为幸存下来的居民提供生活的必备品。城市的名字随不同的统治者而改变，而统治这个地方的君主的政策也完全不同，比如费多尔—库兹米奇斯克统治时期可称作是停滞时期，而库杰亚尔—库杰亚雷奇是自由民主时期，他在自己女婿，小说主人公贝内季克特的帮助下完成了国家的转型，同时也建立了更为严酷、更为血腥的

# 第十六章 苏联解体后的文学

制度。托尔斯泰娅写作小说的时间恰好是俄罗斯发生政治剧变的时期,她显然想借助自己虚构的这个故事来探讨另外一些非常现实的问题,评论者指出,她小说中的中心问题有三个:一是意识形态问题,二是文化和文化继承性的问题,最后是知识分子问题。作者借助小说男主人公,贝内季克特对大爆炸缘由的探寻,对以往语言的渴望,表达了对文化遭到破坏的痛切之情,她对国家转型期文化保护问题予以关注,同时也对近20年间俄罗斯的国情和政治作出了自己的评价。

## 第四节 佩列文

在如今空前多元的俄罗斯文学中,要想找出某一位最具代表性的作家来,无疑是一件相当困难的事情,不同的批评家和读者也许会给出一个完全不同的答案来。但是,在苏联解体之后才涌现出的新一代俄罗斯作家中,维克多·佩列文(1962— )无疑是突出的,无论是就其创作的风格及其代表性而言,还是就其在文坛的地位及其在文学受众中的影响力来说,佩列文都是当今俄国最具典型意义的作家之一。

这是一位既大众又神秘的作家。在所谓的"文学中心主义"已不复存在的当代俄罗斯,"佩列文"依然被俄罗斯人常常挂在嘴边,他的中长篇小说一部接一部地出版,各种多卷本文集也不断推出,印数动辄数万(这在当今的俄罗斯严肃文学中是比较罕见的),且销路很好。在大学的图书馆里和地铁车厢里,在广场和街边的长椅上,随处可以看到有人在捧读他的小说。在莫斯科的书店里,他的作品总是与那些侦探、言情、科幻的外国畅销小说一起被摆放在最显眼的位置上,街头的每个书摊上都有他的书出售。在莫斯科国际书展上,一家出版社("瓦格里乌斯"出版社)在为佩列文图书所做的广告中这样写道:佩列文是当今俄罗斯作家中"唯一的畅销"。佩列文显然是一

佩列文

个被广告化了的作家,但奇怪的是,他却又始终是众多职业文学批评家们所潜心研究的对象。关于他的论文,可以在俄罗斯最权威的文学评论刊物《文学问题》上读到;在俄罗斯的高校和研究机构中,以他的作品为题的学位论文也已有人动笔在写了。据说,俄罗斯有关部分正在考虑把他的作品选入中学语文课本。所谓的"雅俗共赏",在佩列文这里可以说是有了一个最为生动、典型的体现。

佩列文于1962年11月22日生于莫斯科市,1979年考入莫斯科动力学院,1989年考入高尔基文学院。从上个世纪90年代初以来,他陆续发表的作品有:长篇小说《昆虫生活》、《奥蒙·拉》、《夏伯阳和虚空》、《"百事"一代》、《转折时期的辩证法》和《护国者的圣书》等,中篇小说《推土机手的一天》、《隐士和六指人》、《黄色箭头》、《国家计划王子》、《蓝色灯笼》等,另有40余篇短篇小说。

出版于1999年的《"百事"一代》是佩列文的代表作,它描写的是一个名叫瓦维连·塔塔尔斯基的知识分子在商业社会中的生活经历和心理变化。小说主人公和小说作者一样,也是高尔基文学院的毕业生,但是,在苏联解体、意识形态剧变后的新现实里,在迅速商业化的当今俄罗斯社会中,纯文学这碗饭是难以吃下去了,他便受雇于一个车臣商人,在售货亭里卖香烟(小说中,塔塔尔斯基曾叹着气对他的老板说,如今有点文化的人,"早就都去地铁站边卖香烟了")。与文学院老同学莫尔科文的偶遇,改变了塔塔尔斯基的生活轨迹,他步入广告界,开始为国内外的诸多著名商标写作广告词。他先后在多家广告公司工作,他为之费过神的商标有"雪碧"饮料、"国会"香烟、"奔驰"轿车、"雀巢"咖啡、"碧浪"洗衣粉、"丹碧丝"卫生巾、"耐克"运动鞋、"索尼"电器等十几种,后来,他有了吸毒、嫖妓、开"奔驰"等嗜好,也目睹了多次暗杀,得到了拉美革命家格瓦拉魂灵的指点,还在幻觉中攀登巴比伦塔,见到了女神伊什塔尔,并最终成了她的"人间丈夫",成了大权在握的广告业老板。

佩列文是一个既很后现代又很"传统"的作家。总体地看,佩列文的作品依旧是对苏联解体之后的新俄罗斯现实的观照,其作品主人公多为大都市的"雅皮士"、暴富的"新俄罗斯人"、下海的俄罗斯知识分子和"喝着可乐长大的"新一代俄罗斯人等最能体现社会转型时期特征的人物。用文学反映社会,

## 第十六章　苏联解体后的文学

再现社会的转型，佩列文的小说因而大多是可以从传统文学的角度来阅读和理解的。然而，佩列文又被公认为当代俄罗斯文学中后现代主义的代表，其创作的"后现代性"大致体现在这样几个方面：(1) 内容上的大量引用；(2) 对传统意识形态的消解和创作者立场的超然；(3) 结构上大幅度的时空跨越；(4) 语言上的游戏性。

不难体会出，佩列文仿佛在通过自己的创作进行某种消解，在他这里，严肃文学和通俗文学的界限模糊了，官方文学和地下文学的传统同时遭到扬弃，小说体裁的诸多内在规定性也受到了挑战，不过，在他的消解之中分明又有着淡淡的怀旧，在他的嘲讽之余又流露出了深深的担忧。一个社会和文学上的过渡时期，能给人以想象和希望的空间，同时也会带来失落和彷徨的心境。佩列文在他的小说中既漫画又严肃地描绘了苏俄社会过渡时期的生活场面，反过来，他的创作又构成了过渡时期俄罗斯文学中一个夸张却又真实的例证。

佩列文